국어 시간에 뭐 하니?

1판 1쇄 | 2016년 6월 2일   1판 4쇄 | 2019년 11월 13일

지은이 | 구자행
펴낸이 | 조재은
편집부 | 박선주 김명옥 육수정
영업관리부 | 조희정 정영주

펴낸곳 | (주)양철북출판사
등록 | 2001년 11월 21일 제25100-2002-380호
주소 | 서울시 마포구 양화로8길 17-9
전화 | 02-335-6407   팩스 | 0505-335-6408
전자우편 | tindrum@tindrum.co.kr
ISBN | 978-89-6372-207-8 03810   값 | 14,000원

편집 | 이혜숙   디자인 | 표지·하늘·민 본문·육수정

국어 시간에 뭐하니?

구자행 씀

양철북

1부
무엇이든 말할 수 있는 교실

1부 무엇이든 말할 수 있는 교실

"야자를 쨌단 말이야⋯⋯."
"그래, 그래갖고?"
교실에서 이야기판이 벌어지고
아이들이 마음속에 묻어 둔 이야기들을 꺼낸다.
아이들 말문이 트이고, 숨통이 트이는 시간!

고자행님

정철의 관동별곡을 공부하는데
기홍이가 시무룩하다.

"기홍이 너 오늘 무슨 일 있나?"

"샘, 오늘 기홍이 억수로 공깄는데요."

"그랬나, 어느 선생님한테 야단맞았노?"

"날개 샘한테요."

"맞았나?"

"맞지는 안 했는데 언어폭력 당했는데요."

"무슨 말 들었는데?"

"니 물 나오나 이런 말도 듣고……."

"그래, 날개가 무슨 뜻인데?"

"날마다 개지랄한다."

"내 궁금한 게 있는데, 내 별명은 머꼬?"

"고자행님."

기홍이도 같이 웃었다. (2000년 9월 26일)

상현이

아침에 교실에 들어서니 상현이 자리만 비었다.

상현이는 학교 교문 바로 옆에 산다.

넷째 시간, 우리 반 문학 시간이라 들어갔더니 상현이가 앉아 있다. 내하고 눈이 마주쳐도 무슨 말이 없다.

"상현아."

"예."

"언제 왔어?"

"3교시 중간에 왔어요."

"왜 늦었을까?"

"늦잠을 잤어요."

"그래. 그러면 내가 니한테 먼저 물어봐야 되겠나, 니가 먼저 이래서 늦었다고 말해야 되겠나?"

"……."

"그리고 늦잠을 자도 그렇지. 3교시까지 잤다는 게 말이 돼. 변명 같이 들리는데?"

10

"……."

"앞으로 나와 봐라."

딱히 화가 난 건 아닌데 내 목소리가 갈수록 커졌다. 흥분했다는 증거다. 숨 고르기를 했다.

"그럼 니하고 내하고 역할을 바꿔 보자. 내가 니고 니가 이제 선생님이다. 선생님 눈으로 내 같은 애가 이해가 되는지, 처지를 바꾸어서 한번 생각해 봐라."

그러고는 상현이와 서로 자리를 바꾸었다. 나는 상현이 섰는 자리로 가고, 상현이는 내가 섰던 교탁 앞으로 갔다.

"자아, 그럼 시작한다."

"선생님, 저 오늘 늦잠 자서 지각했어요. 늦잠을 자도 너무 자서 3교시에 학교에 왔어요."

"그래, 다음부터 그러지 마라."

상현이는 인자한 아버지처럼 아주 부드러운 말로 타일렀다.

그 말에 우리 반 아이들이 모두 깔깔대면서 책상을 두드리고 웃는다. 나도 웃음이 나왔다. (2012년 9월 12일)

아이들 말

둘째 시간, 1학년 1반 교실에 들어서는데 저 뒤에서 욕하는 소리
가 들린다.

"……씨발."

"……씨발년아."

아이들 떠드는 소리에 묻혀 무슨 말을 주고받는지 알 수 없으나
욕은 또렷하게 들려왔다.

아이들은 종소리에도 아무 반응이 없다.

생각해 보면 그럴 만도 하다. 교사야 내가 하는 한 시간 수업이지
만 아이들 처지에서 보면 언제 끝날지 모르는 긴 하루 가운데 겨우
한 시간일 뿐이다.

상우와 현태는 아직도 서로 얼굴을 붉히고 티격태격하고 있다.

두 놈을 교탁 앞으로 불렀다.

"무슨 일이고?"

"추운데 상우가 문을 안 닫고 들어오잖아요."

먼저 현태가 상우 탓을 한다. 그러자 상우도 지지 않는다.

"현태가 먼저 욕을 하잖아요."

"내가 잘 모르겠으니까 아까 한 그대로 상황극을 해 보자. 아까 한 말, 표정, 행동 하나도 속이지 말고 그대로 해 보자. 현태는 자리에 앉아 있고 상우가 뒷문을 열고 들어오는 상황부터 시작이다."

상우가 문을 열고 들어서자 현태가 짜증이 가득한 말투로 내뱉는다.

"아, 문 닫으라고. 씨발."

그러자 상우도 퉁명하게 받아친다.

"내 알 바가."

"아, 존나 싸가지 없네. 씨발."

"니만 하겠나. 씨발년아."

"그래도 닫으라고. 씨발."

조금 전 상황을 그대로 되살리니 아이들은 재미난다고 책상을 치고 웃고, 현태와 상우도 입가에 웃음이 번진다.

"자, 그럼 이제 아까처럼 하지 말고 이번엔 아주 친절하게 말해 보자. 상우가 문을 안 닫고 들어온다. 그때 현태 큐!"

"상우야, 문 좀 닫아 줘."

현태가 애교를 떨며 말을 한다. 현태 말에 앞자리에 앉은 희우는 오글거린다고 손가락 끝을 모아 쥐고 몸을 비틀고 야단이다.

"싫어."

"그래도 좀 닫아 줄래. 상우야."

"응, 그래." (2013년 11월 7일)

학급 평화회의

2학년이 된 지 보름쯤 지났지만 아이들은 1학년 때 친하게 지내던 친구끼리만 마음 트고 지내고, 다른 아이들하고는 아직 서먹서먹하다. 모두 흩어져서 새로 반이 갈리게 되니 지난해 같은 반을 했던 아이들은 몇 안 된다. 나도 올해 이 학교로 옮겨 와 우리 반 아이들 이름하고 얼굴만 겨우 익혔을 뿐이다.

3월 13일 금요일, 첫 학급회 시간이다. 학급회야 한 달에 두 번 있지만 우리 이야기를 할 수 있는 시간은 거의 없다. 자살 예방 교육이니, 낙뢰 피해 예방 교육이니, 폭력 예방 교육이니 하는 것을 모두 이 시간에 한다. 거기다 학교 행사나 교내 경시대회도 이 시간을 빌어 한다. 시험이 코앞에 닥칠 때쯤에야 겨우 학급회 시간이 우리 차지가 되지만, 그땐 시험공부에 쫓겨 회의는 뒷전이다.

책상을 가 쪽으로 밀고 걸상만 가지고 교실 가운데 둥글게 앉았다. 나도 아이들 틈에 끼어 앉았다.

"선생님, 뭐 해요?"

여기저기서 뭐 하는 거냐고 묻는다.

"학급 평화회의."

설명 없이 짧게 끊어 대답했다.

"모두 옆 사람 손을 잡아요."

아이들은 또 무슨 엉뚱한 일을 펼치나 하고 내키지 않는 표정이다.

"오른쪽, 왼쪽 옆 사람 눈을 보면서 서로 인사해요. 같은 반 친구가 돼서 반갑다고."

따뜻한 얼굴로 마음을 담아 인사를 나누면 좋겠는데, 건성으로 하거나 그것조차도 안 한다. 그런 것은 초딩들이나 하는 거지, 하는 생각이겠지 싶다.

"자, 돌아가며 고마웠던 일을 한 가지씩 이야기해 보기로 해요. 2학년 올라와서 지난 두 주 동안 겪은 일 가운데 고마웠던 일 하나를 붙잡아서 자세하게 풀어서 이야기해 봐요. 누가 먼저 시작할까?"

기다려도 선뜻 나서는 아이가 없다.

"그럼, 내가 먼저 이야기해 볼게요."

내가 한다는 말에 모두 손뼉을 쳐 준다.

"나는 바로 어제 겪은 일인데, 어제 밤늦게 야간자습 마치고 미적거리다가 좀 늦게 나갔거든. 그런데 차 몰고 교문을 나가는데 교문이 닫혔어. 내려서 보니까 번호 자물쇠로 잠가 놓았어. 다른 선생님들은 모두 여는 번호를 알고 다니는 모양인데 나는 올해 와서 아직 번호를 들은 적이 없어. 어쩌나 하고 있는데, 그때 어디서 예린이가 나타났지. 예린이는 다른 반 친구랑 둘이 학원 시간 맞춰서 간다고 늦게 나왔대. 그런데 예린이가 '선생님, 교문이 잠겨서 못 가시나 봐요. 번호 이거 행정실 가서 물어보면 돼요. 제가 갔다 올게요' 하더니 쏜살 같이 텅 빈 운동장을 가로질러 달려가네. 나는 뒤에서 '괜찮아 예린 아, 내가 갔다 올게' 그러는데 벌써 예린이는 저만큼 한참 달려가고 있어. 예린이가 번호를 알아 와서는 손수 문을 열고, 내가 차를 몰고 나가자 본래대로 교문을 밀어서 닫고 자물쇠까지 채워 주네. 하도 고마워서 예린이와 친구를 학원까지 태워다 주었지. 집에 가서 자려고 누웠는데 예린이가 어두운 운동장을 가로질러 달려가는 모습이 생생하게 떠오르더라."

이야기가 끝나자 아이들은 예린이에게 손뼉을 보내 주었다.

이렇게 내 얘기를 마치고, 옆에 앉은 성미부터 차례로 이야기를 해 보자고 했다. 미처 할 이야기가 떠오르지 않으면 옆 사람에게 넘기고 한 바퀴 돌아올 동안 준비했다가 그때 하라고 하고.

"2학년 올라와서 아는 친구도 없었는데 친구들이 따뜻하게 대해 줘서 고마웠어요."

성미는 나를 빤히 보면서 나한테 말하듯이 얘기한다.

"성미야, 나한테 얘기하지 말고 친구들을 보면서 친구들한테 말해. 그리고 고마웠던 일을 뭉뚱그려서 얘기하지 말고, 언제 어디서 무슨 일이 있었는지 풀어서 얘기해 주면 좋지. 다시 해 볼래?"

잠시 생각하더니 다시 얘기했다.

"우리 반에서 쉬는 시간만 되면 살구받기를 하잖아. 근데 나는 살 구를 잘 못해. 못하지만 나도 하고 싶었어. 그래서 살구 하는 애들 옆 에 서서 구경하고 있었거든. 근데 경민이가 나보고 들어오래. 잘 못

16

한다고 해도 괜찮다면서 같이 하재."

우리 반은 쉬는 시간만 되면 교실 바닥에 퍼질러 앉아서 살구받기를 하고 논다. 다 하는 건 아니고 네댓 명 늘 하는 패가 있다. 살구 실력은 경민이가 으뜸이라고 했다. 공부 시간에 보면 경민이 책상 위엔 언제나 살구가 다섯 알 가지런히 놓여 있다. 청소 시간에도 남보다 먼저 자기 맡은 일을 해 놓고 칠판 앞에서 판을 벌이기 일쑤다. 딴 반 아이들은 그러고 놀지 않는데 우리 반에서만 볼 수 있는 자유로운 풍경이다.

이어서 도희가 얘기했다.

"얼마 전에 자습 마치고 집에 갈 때 비 왔잖아. 그때 우산이 없었거든. 비 맞고 걸어가고 있는데, 누가 뒤에서 우산 씌워 주는 거야. 돌아보니 다른 반 앤데, 얼굴은 알겠는데 이름도 모르고 몇 반인지도 모르겠어. 참 고마웠어."

개학 첫날 짝지가 먼저 말을 걸어 줘서 고마웠다는 얘기, 매점에서 지현이를 만났는데 아이스크림 한 입 먹게 해 줘서 좋았다는 얘기, 은혜가 수학 문제를 친절하게 잘 가르쳐 줘서 고마웠다는 얘기, 모두 한 가지씩 이야기를 풀어냈다. 들으면서 깔깔대고 웃기도 하고, 고마운 마음을 함께 느끼기도 하고, 어느새 교실 분위기가 참 따뜻해졌다. 옆 반 아이들이 지나가다 보고 창문으로 지켜보고 서 있기도 했다. 마땅히 할 얘기가 생각나지 않던 아이도 한 바퀴 돌아오자 기다렸다는 듯이 자기 얘기를 풀어놓는다. 분위기가 이렇게 좋아질 줄 나도 몰랐다.

"모두 고마웠던 이야기를 하나씩 풀어놓으니 참 좋네요. 이번에는 우리 반 문제를 가지고 이야기해 보면 좋겠어요. 아주 사소한 거라도 좋으니 무엇이든 꺼내 놓고 의논해 보기로 해요. 누가 먼저 얘기를 꺼내 봐요."

"수진이가 빵을 너무 많이 먹어요. 하루에 두 개씩 사 먹는 거 같아요. 수진이가 중학교 때는 지금처럼 통통하지 않고 날씬했대요. 근데 고등학교 와서 탄수화물을 너무 많이 먹어서 살이 10킬로그램이나 쪘대요. 이 문제를 좀 의논해 봤으면 좋겠어요."

반장 승연이가 장난스럽게 얘기를 꺼내자 짝지 수진이도 웃으면서 받아 준다. 나도 웃음이 나오고 반 아이들 모두 웃음보가 터졌다.

"수진아, 정말 하루에 두 개씩이나 먹나?"

"아니에요. 한 개밖에 안 먹어요."

"그렇구나, 한 개구나. 한 개 정도는 괜찮지 않을까요?"

"선생님, 안 돼요. 수진이 비만 심각하게 되면 어쩔 거예요."

"그럼 이 문제를 어떻게 해결하면 좋겠니?"

"쉬는 시간에 수진이가 매점에 못 가게 붙잡아요."

"우리가 수진이를 미행해서 매점 가면 따라가서 빵을 뺏어요."

여기저기서 저마다 한 가지씩 방안을 내놓는데 별 뾰족한 수가 없어 보인다.

"이 문제는 수진이 마음에 달렸다고 생각해요. 빵이 몹시 땡길 때마다 우리 반 친구들이 지켜보고 있을 거야, 생각하면 될 거 같아요. 이쯤 하고 다음으로 넘어가기로 해요. 다음 또 의논해 보고 싶은 게 무엇이 있을까요?"

"상아가 지각을 많이 해요."

이번에는 은채가 문제를 던졌다. 상아는 지난 보름 동안 거의 절반은 지각했다. 나는 상아가 늦어도 왜 늦었냐고 한 번도 다그친 적이 없다. '늦었네요?' 하면서 웃으며 맞이해 주었다. 언젠가는 일찍 오겠지, 기다려 보자고 마음먹고 있었다. 그런데 아이들은 그걸 지켜보는 게 답답했던 모양이다.

"그래요. 상아가 지각을 자주 했지요. 그런데 상아가 왜 지각을 하게 되는지 무슨 사정이 있을 것 같지 않아요? 먼저 상아 이야기부터 들어 보기로 해요."

상아가 잠시 망설이더니 곧 자기 이야기를 풀어냈다.

"9시에 학교 마치자마자 바로 학원에 가. 학원 마치고 집에 가서 씻고 누우면 그때가 1시가 넘어. 근데 바로 안 자. 핸드폰 가지고 놀다 2시나 3시 되어서 자. 그러면 아침에 엄마가 깨워도 못 일어나."

"그 시간에 놀면 안 되지. 바로 자야지."

"잠이 안 와."

상아가 왜 지각을 하는지 알게 되었다. 들어 보니 참 딱하다. 누구나 잠들 시간을 놓치면 잠들이는 데 애를 먹곤 한다.

"잠이 안 오면 따뜻한 물을 한 컵 마셔 봐. 잠이 잘 오더라."

"아니야. 어려운 수학 문제를 풀어."

"학원 시간을 조절해 보는 건 어때?"

"혼자 하는 게 아니라서 어려워."

이번에도 해결책을 찾지 못한 채 벌써 한 시간이 다 흘렀다. 첫 학급회의는 여기서 마쳤다. 그래도 함께 고민하고 의논해 보았다는 데 가치가 있지 싶다. 무엇보다 이야기를 나누면서 남의 처지를 조금이나마 헤아리게 되었다.

　몇몇 반은 지각하면 벌금을 매긴다. 지각 500원, 결석 1000원 하는 식이다. 그 돈으로 학년 말에 피자를 사 먹거나, 삼겹살을 먹으러 갈 거라고 한다. 처지를 바꾸어서 생각하면, 그 담임들도 나에게 할 말이 있지 싶다. '어떻게 아이들을 관리하지 않고 반을 내팽개치지.' '벌금을 내는 건 자기 행동에 대한 책임을 지는 거다.' 나도 할 말이 있다. 처음부터 '지각과 결석이 없는 교실'을 마음속에 딱 정해 두고, 거기에서 조금도 벗어나지 않으려고 하니 서로 마음을 다치는 거다. 다른 건 마음에도 없고 지각했다는 그것만 붙잡고 화가 치밀어 올라 아이에게 짜증을 낸다. 아이들은 그런 담임에게 마음을 닫아 버리지 않을까. 처음부터 이래야 한다는 틀을 짜 놓고 맞춰 넣으려 하거나, 거기에 미리 무슨 의미를 붙이고 해야 할까. 조금 모자라면 모자란 채로 조화를 이루고 지내면 안 될까. 사이좋게 웃으면서 지내다 보면 생각지도 못한 우리 반 모습도 생겨나고, 거기에 저절로 사는 보람과 재미도 생기고 하지 않을까.

　아무튼 그 뒤로 수진이와 상아는 버릇을 고쳤다. 수진이는 빵을 끊었고, 상아는 차츰 지각 횟수가 줄어들더니 4월 들어서는 아예 지각을 안 한다. 이제는 우리 반 1등으로 학교에 온다. 학급 평화회의 덕분일까? 그건 나도 알 수 없다. (2015년 3월 13일)

참나무야 대나무야 옻나무야

내 어렸을 적 얘기 하나 할까 해.

어릴 때 살던 우리 동네 이름이 메실이야. 산골짜기란 뜻이지. 얼마나 산골이던지 전깃불도 없었어. 전깃불이 없으니 텔레비전 이런건 구경도 못 했고, 모두 호롱불 켜고 살았어. 무슨 볼일이 있어 진주나 마산 이런 도시로 가 볼라 치면 기차를 타야 돼. 기차역까지는 어른들 빠른 걸음으로도 한 시간이 넘게 걸려. 버스도 안 다녔으니 늘걸어서 다녔지 뭐.

메실이라는 동네에, 또 작은 마을로 갈라져 살았는데, 우리가 사는 마을은 '새터'고 우리 바로 웃마을은 '쇠밧골'이야. 새터는 새로 마을터를 잡았다는 뜻이고 쇠밧골은 소방아골이란 뜻이지 싶어. 어릴 때는 그 뜻도 모르고 그렇게 들었는데 어른이 되어 생각해 보니 그래. 그런데 초등학교에 들어가니 그렇게 말 안 해. 메실, 새터, 쇠밧골 이런 이름은 없어지고 '하곡'이니 '신기'니 '동촌'이니 그렇게 말하더라. 그래도 길 가다가 혹 다른 동네 어른들이 "니 오데 사노?" 이래 물으면 "메실 삽니더" "새터 삽니더" 그랬지. 그 말이 더 자연스럽게 나왔어.

　우리 마을을 새로 터를 옮겨 잡았다고 새터라 했는데 옛날에는 지금 사는 건너편 산자락, 그러니까 응달쪽에 마을이 있었다고 해. 그러다가 응달이니까, 겨울에는 춥고 여름에는 덥고 하니까 지금 사는 양달쪽으로 마을을 옮긴 거야. 지금 우리 고향 집들은 모두 남향집이지. 겨울에는 따뜻하고 여름에는 시원하고. 이렇게 마을을 옮긴 것은 내가 태어나기 훨씬 이전 일이라서 그 사정은 잘 몰라. 왜 처음부터 지금 터에 집을 짓고 살지 않고 응달에 집을 짓고 살았는지.

　하여튼 내가 태어나 자랄 때는 모두 이사를 나온 뒤였는데, 그때까지도 이사 나오지 못해 그냥 응달쪽에 눌러 살고 있던 집이 딱 두 집이야. 한 집은 배산골이라고 쑥 들어간 골짝에 있었고, 또 한 집은 모 뭇골이라고 제법 깊은 산골짝이 있는데 거기 남아 있었어. 모뭇골 골짝에 나보다 나이가 한 살 적은 일근이란 아이가 살았는데, 하루는 우리 마을로 놀러 나온 거야. 늘 산골에서 혼자 식구들하고만 지내다 보니 심심해서 나왔겠지. 아주 가끔 한 번씩 놀러 나왔다가 돌아가고 했는데, 자주 놀러 나올 수가 없었어. 그도 그럴 것이 모뭇골 골짝에서 우리 마을 새터까지는 아이들 걸음으로 한 시간 정도는 걸려.

　그때가, 우리가 초등학교 들어가기 전이니까 한 예닐곱 살씩 먹었지 싶어. 모처럼 일근이가 우리 마을로 놀러 와서 우리 또래 아이들과 막 어울려 놀았지. 요즘도 그런 놀이 하는지 몰라. 돌 세워 놓고 멀찍이 서서는 돌을 던져 맞추어 넘어뜨리는 비석치기 말이야. 우린 그걸 말맞추기라 했는데. 그래 그 놀이를 하고 놀았는데, 놀이를 하다 보면 서로 자기가 옳다고 우기는 수가 많잖아. 막 떼까리 쎄우면서, 넘어 갔느니 안 넘어 갔느니, 죽었느니 살았느니 우기잖아. 그래 그 비석치기 하면서 놀다가 싸움이 붙은 거야. 모못골 일근이하고 우리 동네 춘근이하고. 처음에는 둘 다 자기가 옳다고 우기다가 끝내 싸움으로 번졌어. 어린아이들 싸우는 것 보면 몸으로 엉겨 붙어 싸우기만 하는 건 아니잖아. 입으로는 온갖 욕을 다 하잖아. 그래 먼저 춘근이가 욕을 하기 시작한 거야.

"야이 씨발놈, 개새끼야, 좆만새끼, 호로자석……."

이렇게 춘근이가 한바탕 욕을 끌어붙자, 멍하니 듣고 있던 일근이가 맞서 대거리한다는 것이 이러는 거야.

"야이 참나무야, 대나무야, 밤나무야, 옻나무야, 감나무야."

모못골 일근이는 그때까지 욕이란 걸 몰랐던 거지. 한 번도 들어 본 적이 없으니까. 늘 보고 듣는 것이라고는 소나무, 대나무, 밤나무, 노루, 토끼, 새소리, 물소리, 바람 소리 이런 것뿐이었으니까. 자연에서 자란 아이 일근이 마음속에는 사람 때가 묻지 않은 자연이 고스란히 들어앉아 있었던 거야.

싸움은 어찌 되었냐고? 어떻게 되긴, 모두 깔깔 웃고 말았지.

자라온 이야기 쓰기에 앞서 들려주는 내 자라온 이야기 가운데 하나다. 어린 시절 따뜻했던 그림 하나가 어른이 된 다음에도 사람답게 살아가는 힘이 된다고 믿기에, 아이들에게도 따뜻한 자기 이야기를 떠올려서 써 보자고 한다. (2001년 3월 23일)

무엇이든 말할 수 있는 교실

　글쓰기에 앞서 자유롭게 말할 수 있는 교실이 먼저다. 하고 싶은 말을 아무 거리낌 없이 마음껏 말할 수 있는 자유로운 교실이라야 살아 있는 글이 나온다. 말길이 트여야 글길도 열리는 법이다. 아이들과 함께 살아 있는 글쓰기를 부지런히 실천하는 선생님들은 한결같이 이 점을 강조한다. 이호철 선생님은 《살아 있는 교실》(보리, 2004년, 52쪽)에서 "교사는 아이들과 허물없이 가까워야 한다. 그래야만 아이들이 교사를 믿고 마음의 문을 연다"고 하면서, 인사 먼저 하기, 점심 같이 먹기, 손톱 깎아 주기, 아이들과 같이 놀기, 생일 맞은 아이 업어 주기 같은 사례를 소개하고 있다.

　이야기 나누기에 제출될 어린이의 작품은 생활 속에서 본 것, 들은 것, 한 것, 느낀 것, 생각한 것, 등 남에게 알리고 싶지 않은 것까지도 있는 그대로 자세히 쓴 글이어야 충분한 효과를 낼 수 있습니다. 그러기 위해서는 모든 관념적인 관점이나 사고방식에서부터 어린이를 해방시켜 주어야 합니다. 사실에 입각하여 보고 생각하게끔 지도하는 '개념 풀이'라든가 '구체적으로 쓰는' 과정을 참을성 있게 반복하지 않으면 안 됩니다. 그러나 이것도 '무엇이든 이야기할 수 있는' 자유로운 분위기가 없다면 불가능합니다.

(고시니 겐지로, 《학급혁명》 사계절, 1999년, 202쪽)

《학급혁명》을 읽어 보면, 고시니 겐지로 선생님은 자유로운 교실 분위기를 만들기 위해 온갖 마음을 다 쓴다. 아침 일찍 어느 아이보다 먼저 교실에 간다. 그리고 아이들에게 먼저 인사한다. 학교에 일찍 가는 것은, 아이들이 학교에 오는 대로 교탁 위에 올려놓는 일기장을 읽기 위해서다. 공부 시작하기 전에 일기를 읽어 두어야 생동하는 분위기 속에서 수업을 진행할 수 있다고 생각한다. 아이들과 가까워지기 위해 손톱을 깎아 주기도 하고, 귀지를 파내 주고, 코를 닦아 주고, 귀에다 대고 소곤소곤 얘기할 때는 키를 그 아이보다 낮추고, 자기가 잘못했을 때는 아이들과 똑같이 사과한다. 이렇게 하여 아이들의 눈만 보아도 아이들 마음을 읽을 수 있게 되었다고 한다.

나도 아침 교문에서 아이들을 만나면 먼저 인사를 하고 말을 건넨다. "성준아, 안녕." "영찬이, 아침 못 먹고 왔나 보구나." "현우야, 여자 친구랑 며칠째야?" "문근이, 오늘 기분 좋아 보이네." 또, 우리 교실에 들어서면 "얘들아, 안녕" 하고 큰소리로 외친다. 처음에는 내가 인사해도 아무 반응이 없었다. 그러다가 요즘은 내가 교실에 들어서면 나보다 먼저 여기저기서 인사 소리가 터진다. "안녕하세요?" 하기도 하고, 내 말투를 그대로 흉내 내서 "선생님 안녕?" 하기도 한다.

우리 교실 아침 자습 시간 분위기는 꽤나 자유로운 편이다. 아침부터 웃음소리가 흘러나오고 떠들썩하니까, 옆 반 선생님이 인상 쓰고 왔다가 교실에 내가 있는 것을 보고는 무안해서 그냥 돌아서기도 한다. 하루 아홉 시간 공부를 하고, 저녁 먹고 또 두 시간 야간자습까지, 열 시간 넘게 공부할 텐데 공부 시작 전부터 숨 막히는 교실로 만들고 싶지는 않다.

우리 교실은 자주 이야기판이 벌어진다. 공부 시간에 내가 자리를 만들어 주기도 하지만, 자기들끼리도 수다 떨며 노는 모습을 종종 본다. 한번은, 저녁 시간 교실 앞 컴퓨터 자리에 앉아 일을 하고 있는데 아이들끼리 이야기판이 어우러졌다. 돌아가며 선생님들 흉내를 내면서 깔깔대며 노는 모습이 하도 재미있어 나도 일손을 놓고 구경했다. 틈만 나면 손전화를 붙들고 앉아, 누가 업어 가도 모를 정도로 오락에 골몰하던 녀석들이 이야기 재미에 빠져서 노는 모습이 놀라웠다.

공부 시간에 따로 이야기판을 열어 주어도 앞에 나와 곧잘 자기 이야기를 풀어 놓는다. 기환이는 자기 형 이야기를 했다. 형이 처음으로 여자 친구를 집으로 데려와 식구들한테 소개하는 날이었다고 한다. 집 청소도 하고, 맛있는 음식도 준비하고 해서 형 여자 친구를 맞이했다. 형 여자 친구가 집에 오자 기환이는 반갑게 인사를 했다고 한다. "안녕하세요?" 그런데 그 누나는 어찌 된 영문인지, 인사를 받지 않고 무시하더라는 것이다. 지금 생각하니, 첫 방문이라 아마 몹시 긴장한 탓이었던가 싶다고 했다. 그렇지만 기환이는 기분이 상했다. 그래서 모두가 둘러앉아 밥을 먹고 있는 자리에서 이렇게 말했단다. "형, 전에 왔던 그 누나 아니네." 기환이 이야기에 아이들이 모두 배를 잡고 웃었다. 그날 기환이는 형한테 오지게 맞았단다.

평소 말수가 적은 훈민이는 어머니 이야기를 어렵게 꺼냈다. 훈민이가 중학교 1학년 때 어머니와 아버지가 이혼하고 지금은 아버지와 산다고 했다. 고모들하고 어머니가 돈 문제로 크게 싸웠는데, 아버지가 고모 편을 드는 바람에 어머니가 집을 나가게 되었고, 그 뒤로도 일이 틀어져서 끝내는 이혼하는 지경까지 갔단다. 그때 당시 훈민이는 중학생이라 덜했지만 동생이 유치원 다닐 때라 걱정이 많이 되었다. 동생이 학교에 가서 친구들한테 엄마 없다고 놀림받을 때 가장 가슴이 아팠다고 했다. 그래서 어린 동생을 잘 보살펴 주었고, 지금은 그 동생이 초등 4학년이 되어 잘 자라고 있다는 이야기였다. 훈민이 이야기를 듣고 아이들이 가만히 손뼉을 보내 주었다.

상우는 아버지 이야기를 했다. 아버지가 스마트폰으로 처음 '밴드'라는 것에 가입하게 되었고, 그리하여 초등학교 동창들과 오랜만에 서로 연락이 닿게 되었고, 거기 밴드에 소개해 놓은 친구들 프로필을 아버지가 보게 된 것이다. 프로필에 약대 나온 친구를 보고서 아버지가 그랬단다. "우아, 인마 이거 나보다 공부 못했는데." 또 은행 지점장 하는 친구를 보고는 "인마도 나보다 공부 못했는데." 지금 인쇄소를 운영하는 아버지 말을 들어 보니 공부가 다가 아니구나 생각하게 되었단다.

이렇게 이야기를 꺼냈다 하면 한 시간이 금방이다. 시키지 않아도 자기도 이야기할 게 생각났다면서 손을 들고 나온다. 이야기를 나누다 보면 교실 분위기가 자유롭고도 따뜻해진다는 걸 느낄 수 있다.

4월이 되면 학급 일기 쓰기를 해 봐야지 하고 마음속으로 준비해 두고 있었다. 그랬는데 우리가 제주도로 수학여행 다녀온 바로 그다음 주에 세월호 사고가 났다. 처음에는 그저 안타까운 마음이었다가, 바로 눈앞에서 아이들이 죽어 가는 것을 보고도 나 몰라라 한 어른들에게 분노가 치밀어 올랐다. 이게 모두 우리가 아이들을 귀하게 여기지 않는 풍토 때문일 거라 생각하니 힘이 쑥 빠졌다.

4월을 넘기고 5월 중순이 되어서야 아이들 앞에 학급 일기 공책을 내밀었다. 몇 가지 당부를 했다. '이 공책이 낙서장이 되지 않았으면 좋겠다.' '학교 오며 가며 있었던 일, 공부 시간, 쉬는 시간, 저녁 시간, 또는 학원이나 집에서 겪은 이야기를 정직하게 쓰자.' '일이 벌어진 시간과 장소가 분명하게 드러나도록 자세하게 쓰자.'

그러면서 우리 반 준엽이가 쓴 글과 여학생 반 진희가 쓴 글을 읽어 주었다. 두 글은 문학 시간에 소설 공부를 하고 나서 '손바닥 소설' 쓰기 할 때 쓴 글이다. 준엽이는 겪은 일 하나를 잡아서 썼고, 진희는 사건을 붙잡지 못하고 생각만 나열하여 이야기글(서사문)이 되지 못했다.

친구와 엄마 연제고 2학년 조준엽

학교를 마치고 학원에 갔다. 엄마가 데려다 주셨다. 그리고 학원에 가서는 수업을 받았다. 항상 그렇듯이 마친 뒤에 내 친구와 담배를 피웠다. 디스 아프리카. 더럽게 맛없지만 주길래 그냥 피웠다. 피우면서 우

리는 이야기를 했다. 실업계에 다니는 걔와 중1 때부터 친구였고 지금
도 절친이다. 지금 내 여자친구도 걔가 소개시켜 주었고, 여러 가지로
좋은 친구다. 중학교 때 공부를 안 해서 그렇지 머리는 참 좋은 놈이다.
고등학교 선택에서 안정권에 못 든 그는 결국 실업계를 선택했으나,
막상 커트라인이 발표되니 걔 성적보다 낮아도 인문계 갈 수 있었다.
아무튼 걔는 피우면서 말했다.

"학원 쌤이 말한 거 기억하나?"

"뭐?"

"실업계 가면 사람들이 무시한다고."

"그랬지."

"지금도 무시당하는 거 같다고 말했제?"

"누가 그러더노?"

걔가 담배를 후욱 빨더니 연기를 뿜으면서 말했다.

"너희 엄마가 그랬다더라."

나는 순간 헛웃음이 나왔다. 그리곤 한 번 쭈욱 빨고 크게 뱉으면서 말
했다.

"진짜가?"

"어."

그러면서 자기 친구가 카톡을 보낸 대화 내용을 보여 주었다. 보자마
자 나는 배신감이 올라오기 시작했다. 학원 쌤과 전화하는 걸 들었는
데 그 중에 그런 내용이 있었다는 것이다.

그 뒤로 나는 세 개피 정도 더 피웠고, 온 몸에 담배 냄새가 배었다. 일

부러 손도 씻지 않았으며, 12시 30분쯤에 집에 도착했다. 도착하자마자 가방을 던지고 화가 나서 벽을 찼더니 엄마가 나왔다. 왜 늦게 와서 시끄럽게 구냐고 했다. 난 엄마를 추궁했고 엄마가 결국 울었다. 담배 피우는 걸 밝힌 뒤에는 친구한테 엄마가 직접 전화로 사과했다. 짜증이 났고 그 다음부터 나는 부모님 누구와도 차갑게 지낸다. 아무도 믿기가 힘들었다. (2014년 4월 3일)

EXO 연제고 2학년 정진희

요즘 아이돌계의 대세인 EXO를 엄청 혐오하여 이름만 들어도 싫어했었는데 주변 애들 중에 광팬들이 나타나니깐 더 싫어졌다. 그런데 이번 '중독' 노래를 듣고 처음에는 이게 뭔 노래고 했다가 이제는 노래만 나오면 애들이랑 춤추기 바쁘고, 집에서도 이 노래만 듣는 것 같다. 그 정도로 이 노래에 빠졌다. 그렇지만 EXO는 여전히 좋지 않다.

(2014년 4월 3일)

글을 읽어 주고, 두 글 차이가 무엇이냐고 물었다.

"준엽이 글은 재미있고, 진희 글은 재미가 없어요."

"그럼, 준엽이 글이 왜 재미있을까?"

"장면을 자세하게 묘사했어요."

"그래, 바로 그거야. 사건이 있고, 사건이 벌어진 장소와 시간이 분명하지. 글을 쓸 때 놓쳐서는 안 되는 것이 때와 장소다. 언제, 어디서 벌어진 일인지 때와 장소를 놓치면 이야기가 되지 못하거든."

내가 머릿속에 그리는 학급 일기는 이야기가 되게 쓰는 것이다. 전에 실패해 본 경험이 있기에 이것을 몇 번이나 강조했다. 교실에서 겪었던 일을 붙잡아 쓰지 않고, 친구들을 한 명씩 나열하면서 소개하거나, 어디서 보고 들은 글을 베껴서 쓰거나, 노래 가사를 적기도 했다. 그러면 글이 장난스럽게 흘러가 낙서장이 되기 일쑤다.

조금 덧붙이자면, 준엽이는 이 글을 쓰고 난 뒤 별명이 '디스 아프리카'가 되었다. 디스 아프리카는 아이들이 피우는 담배 이름이다. 준엽이는 친구들 짓궂은 장난을 다 받아 주면서도 자기는 남을 괴롭히지 않는 평화주의자다. 묵묵히 제 할 일 하면서 공부도 곧잘 한다. 글을 읽고 준엽이의 또 다른 모습을 보게 되었다.

그 뒤에 준엽이에게 따로 물었다.

"준엽아, 너 글 쓰고 나서 아이들이 디스 아프리카라 놀리는데, 혹시 글 쓴 거 후회 안 되나?"

"괜찮아요. 글 쓰고 나니까 속이 시원해졌어요."

그랬는데, 우리 반 아이들에게 학급 일기 공책을 내민 바로 그날 야간자습 시간에 준보가 '피가 거꾸로 솟다'라는 제목으로 글을 썼다.

피가 거꾸로 솟다 연제고 2학년 심준보

우리 반에서 5월 16일 불금에 롤(LOL) 반 내전을 했다. 반 내전이란 롤 하는 사람 5명을 모아 팀을 짠 뒤 탑, 정글, 미드, 원딜, 서포터, 이렇게 각 포지션 별로 역할을 한 명씩 정해 대전하는 게임이다.

이렇게 짜면 10명이니까 각 역할이 두 명씩 생겨, 어쩔 수 없이 서로

라이벌이 되기 마련이다. 대부분 역할 담당들은 실력이 비등했으나, 하늘과 땅 차이만 한 역할이 있었으니 그것은 '정글'이란 곳이었다. 두 사람 이름은 김기환, 백현종인데 차이가 얼마나 심하냐면, 기환이가 롤 유저 중에 0.3%다. 공부로 치면 서울대랑 카이스트 둘 중 어디 갈까 고민하는 클래스라면, 백현종은 영신사이버대 그 이상도 그 이하도 아닌 수준이다.

근데 이 기기(김기환 별명)라는 작자가 겸손까지 더하면 얼마나 좋겠냐마는, 중하위권 애들한테 부리는 악덕 짓이 장난이 아니었다. 자기중심적인 사상에다 어디서 거슬리는 소리가 들렸다 하면 '아니'라는 선행사와 함께 "아니, 좆도 못하면서 왜 설쳐?" 하는 말로 반 친구들의 미움과 반감을 쌓아 왔다. 하지만 저 콧대를 꺾을 수도 없었다. 애초에 범접할 수도 없는 실력이거니와 최근 동아리에 '아령'이라는 여친도 생겨 높던 콧대는 한없이 높아져만 갔다.

자, 다시 본론으로 들어가서, 5월 16일 반 내전으로 가자. 사실상 우리 팀은 백현종이 정글이었기에 정글 싸움은 제쳐 두고 남은 네 명이서 알아서 해 보자는 생각이었는데 아니 이게 뭐야, 기기 말대로 좆도 안 되는 백현종이 좆이 열 개는 넘치는 좆부자 김기환을 영혼까지 탈탈 탈수기로 돌려 버린 것이다. 남은 네 명은 꿈이라도 꾼 것 마냥 자기 볼을 꼬집으며 꿈이 아닌 게 확인되자 키보드가 터져라 백현종을 부르짖기 시작했다. 이게 실감이 안 나는 놈을 위해 설명하면, K리그 질뱅이들이 영국 프리미어들하고 떠서 우리가 이긴 거랑 같다고 보면 된다. 그렇게 하늘을 찌르던 기기 코는 조준엽 대가리마냥 땅으로 가라

앉았고 월요일까지 단톡방에서 집단 언어 폭행까지 당했다.

그리고 대망의 월요일, 석식 시간까진 봐 줄 만했다. 왜냐, 백현종이 잠잠했고 남은 네 명이서 갈궜으니까. 근데 석식 먹고 쉬는 시간, 잠잠하던 백현종이 코 푸는 기기를 찾아와 등을 탁탁 두 번 치고는 "너 다이아 어떻게 찍었나?" 하는 말을 남기고 시크하게 돌아섰다. 7교시쯤까지 놀림 받고 그 뒤론 평화로웠는데, 갑자기 영신사이버생이 저런 말을 하니까, 흐르던 피가 귀뚜라미 보일러마냥 거꾸로 솟을 판이었다. 기기의 리액션이 궁금하다면 지금 바로 안동근한테 가서 "너 어떻게 전교 1등 찍었어?" 하고 비웃음 치며 물어보자. 니가 보는 그 표정이 기기 표정이다.

암튼 이뿐만이 아니다. 교실 애들이 미치도록 웃어 주자, 오랜만에 관심을 받은 현종이가 연달아 쐐기포를 터뜨렸다.

"애들아, 담에 할 땐 녹화라도 하자."

"약속 시간 늦으면 쫄아서 튄 걸로 간주한다."

"김기환, 화장실 갈 시간 있나. 연습해야지."

이런 촌철살인을 날리자 안 그래도 오전에 헌혈까지 한 '아령 썸남 기기'는 피가 뒷골까지 차올라 임종할 낯이었다.

이리하여 어떻게 마지막 말할 기운이라도 생겼는지 기기는 백현종에게 "아니, 좆도 못하면서 왜, 왜, 왜 설쳐" 하는 말을 남기고 뒷목을 잡고 쓰러졌다. 애들은 단순히 많이 웃었지만 난 통쾌하기까지 했다. 저 높은 콧대를 언젠가 꺾고 싶었는데 생각보다 훨씬 빨리 꺾어졌으니.

(2014년 5월 21일)

준보가 첫 글을 참 잘 썼다. 우리 반에서 일어났던 일을 사실 그대로 붙잡아 아주 자세하게 장면을 그리면서 썼다. 이야기가 막힘이 없고 자연스럽게 흘러간다. 무엇보다 자기 말투가 생생하게 살아 있어 좋다. 글을 재미있게 쓰려고 애쓴 듯한 곳이 몇 군데 눈에 띄는 것이 흠이라면 흠이다.

롤은 요즘 아이들 사이에서 유행하는 컴퓨터 게임이다. 롤 게임 이야기로 깊이 들어가면, 게임을 모르는 사람들은 무슨 말인지 도무지 감을 잡을 수 없다. 간혹 아이들이 컴퓨터 게임을 글감으로 쓴 글이 있는데 재미도 없고 이해하기도 어려웠다. 이 글은 게임 내용이 아니라 게임으로 빚어진 사건에 초점을 맞추어 썼다.

글을 읽고 아이들 반응이 대단했다. 이야기의 주인공이 바로 자기들이니 그 느낌이 남다를 수밖에 없다. 금방 소문이 퍼져 너도나도 학급 일기 공책을 돌려 읽었다. 준보가 쓰자 다음으로 우리 반 장난꾸러기 상우도 이어 썼다.

봉침대전 연제고 2학년 남상우

오늘 9교시는 정동진 선생님이 출장을 가서서 우리 반은 자습을 했다. 예정에 없던 자습이어서 공부가 되지 않았다. 나는 너무 심심하고 지루해서 벌 모양 부채에 벌침 부분을 칼로 날카롭게 잘라 내 팔을 한 번 찔러 보았다. 팔이 잘리는 줄 알았다. 이거다 싶은 나는 문근이의 머리에 벌침을 놓았다. 한창 재미가 오른 나는 여기저기 있는 친구들의 머리에 벌침을 놓고 다녔다. 완전 내 세상이었다. 재웅이는 나에게 반격을 하려 했지만 벌침으로 위협을 하니 금방 고개를 숙였다.

그렇게 내가 기고만장하게 반을 누빌 때 기회를 보던 문근이가 나의 부채를 강탈했다. 부채를 뺏자마자 문근이는 특유의 살인마 표정을 지으며 나를 노려보았다. 정말 무서웠다. 나는 바로 무릎을 꿇었다. 이제 문근이의 시대가 온 것이다. 기고만장해진 문근이를 막을 자는 아무도 없었다.

그러던 문근이가 준엽이를 집중해서 괴롭히고 있었다. 준엽이가 계속 괴롭힘을 당하다가 문근이의 팔을 잡으면서 저항했다. 당황한 문근이가 봉침으로 준엽이의 팔을 풀파워로 찍었다. 준엽이는 고통에 겨워 혓바닥을 내밀었다. 하도 지랄발광을 하길래 팔을 봤더니 피가 났다. 나는 농담 반 진담 반으로 팔을 소독해야 된다면서 팔에 물을 부었다. 그러다가 준엽이가 팔을 뿌리치는 과정에서 준엽이 바지가 물에 젖었다. "아! 시발" 하고 외친 준엽이의 목소리를 듣고 사랑이 머리를 한 3반 선생님이 들어왔다.

그때까지만 해도 바지가 다 젖은 준엽이에게 많이 미안했다. 그런데 준엽이가 3반 선생님의 눈치를 보면서 젖은 바지를 스윽 보여 주었다. 그걸 눈치 챈 선생님은 문근이와 나를 야단쳤다. 준엽이에 대한 미안한 마음이 눈 녹듯 사라졌다. 그리고 3반 선생님이 가신 후 준엽이에게 봉침을 몇 방 놓다가 종이 쳐서 봉침대전은 그렇게 막을 내렸다.

(2014년 5월 23일)

9교시면 정규 수업이 끝나고 보충 둘째 시간이다. 지루한 시간인데 마침 자습이다. 말이 자습이지 한 시간 마음 놓고 쉴 수 있는 시간이 된 것이다. 몸이 근질근질하던 상우가 슬슬 장난을 걸었다.

글에도 나와 있듯이, 상우와 문근이가 얌전한 준엽이를 곧잘 놀려 먹는다. 처음에는 걱정스러워 문근이를 불러서 나무라기도 했다. 들어 보니 준엽이가 정직해서 아이들 미움을 사기도 하는 모양이다. 준엽이는 영어 학습도우미다. 영어 단어 시험지를 나눠 주고 거두는 일을 맡아 한다. 그런데 단어 시험 칠 때 아이들이 옆 사람 걸 보고 쓴다고 영어 선생님한테 일렀다는 것이다. 글 끝에 준엽이가 젖은 바지를 3반 선생님한테 스윽 보여 주는 장면에서 웃음이 나왔다. 상우는 그게 또 못마땅해서 준엽이에게 미안했던 마음이 눈 녹듯 사라졌다고 썼다.

내가 간섭하기 어려운 아이들의 세계려니 하면서도, 준엽이의 정직함에 마음이 끌린다. 아침 자습 시간, 영어 단어 시험을 칠 때면 준엽이를 도와서 남의 것을 보고 쓰지 못하게 단단히 일러 주었다.

준보가 쓴 '피가 거꾸로 솟다'를 다른 반에 가서 읽어 주었더니, 기환이는 자기 이름이 전교에 다 팔렸다고 투덜댔다. 투덜대긴 해도 크게 싫지는 않은 눈치였다. 그러더니 자기 속마음을 담은 이야기 한 편을 썼다.

오뚜기 연제고 2학년 김기환

시간을 잠시 거슬러 올라가 보자. 때는 5월 23일 토요일이었다. 난 그 날 동아리 활동 때문에 무거운 몸을 이끌고 학교로 가고 있었다. 짜증

나는 기분으로 횡단보도를 건너고 교문을 향해 오르막길을 오르고 있었는데 평소 눈여겨보던 여자아이가 교복을 입고 학교로 가고 있었다. 걔를 보자마자 물이라도 맞은 듯 정신이 확 들었다. 그대로 걸어가다가 학교 아래 럭키슈퍼쯤에서 말을 붙였다. 평소에 쭈욱 봐 왔는데 웃는 모습이 참 예쁘다고 생각했다고, 친하게 지내고 싶었는데 접근할 방법이 없었다고 전화번호를 가르쳐 달라고 했다.

그런데 내가 말을 걸자마자 특유의 웃음을 짓는 것이었다. 미리부터 알고 있었다는 듯이. 나는 그 웃음을 어떻게 해석해야 되는지 머릿속으로 생각하며 길을 걸었다. 걔는 학교 아래 슈퍼에서 서점까지 가고 나서야 입을 열었다.

"미안해. 안 주면 안 될까? 어색해."

그렇다. 퇴짜를 맞은 것이다.

나는 그 말을 듣고 '아, 내가 뭐 그렇지' 이런 생각을 하며, 알았다고 하고 빠른 걸음으로 학교를 먼저 들어갔다.

학교에서 비싼 돈을 들여 강사를 초빙해서 강의를 해 주는데, 두 시간 동안 아무 생각이 나지 않았다. 중간 중간 화가 나기도 했다. 조금 더 생각해 본다고 말하고 조금이라도 더 뒤에 거절했더라면 상심이 덜 했을 거라는 생각도 했다. 지금 생각해 보면 슈퍼에서 서점까지면 생각할 시간은 충분했는데 말이다.

우울한 기분으로 집에 돌아와서 침대에 누워 눈을 감았다. 시간이 조금 지나니 생각이 긍정적인 쪽으로 더 많이 들기 시작했다. 말 한 번 못 걸어보고 속만 타느니 차라리 이 꼴이 낫지 않냐는 자위도 했다. 그리고 결론을 지었다. 열 번 찍어 안 넘어가는 나무 없다는 말도 있듯이, 오뚜기 마냥 다시 일어날 것이다. 물론 상대가 너무너무 싫어하면 그만둘 것이다. 안 그랬으면 좋겠다. (2014년 5월 24일)

이 글에 나오는 럭키슈퍼와 연제서점은 우리 학교 아이들이 아침마다 학교 오는 바로 그 길가에 있는 가게다. 때와 장소가 또렷하게 드러나니 글이 더욱 생생하게 다가온다. 글을 읽으면 저절로 그림이 그려지고, 기환이 바로 옆에서 함께 걷고 있는 듯하다. 우리 아이들도 같은 느낌일 것이다.

마음에 둔 여학생에게 사귀자고 말을 건네기도 쉬운 일이 아니거니와, 고백했다가 퇴짜 맞은 이야기를 하기는 더욱 부끄러운 일이다. 무엇이 기환이에게 이런 마음을 내게 하였는지 알 수 없지만 참 고마운 일이다. 기환이 덕분에 다른 아이들도 무엇이든 다 말할 수 있는 용기를 얻었지 싶다.

재웅이는 학생부장 선생님한테 서운했던 일을 썼고, 진혁이는 축구 대회를 앞두고 연습하면서 겪은 힘들었던 이야기를 풀었다. 광명이는 '고립'이란 제목으로 우리 반에 자기들끼리만 어울려 노는 무리 네 명을 대변하는 글을 썼고, 문근이는 지각 때문에 엄마와 다투었던 일을 생생하게 그려 썼다. 창민이는 요즘 사랑에 빠진 현우 이야기를 썼고, 기환이는 '초콜릿'이란 제목으로 고백 2탄을 썼다. 우리 반 아이들이 글 쓰는 재미에 푹 빠진 듯하다. 친구가 쓴 글을 돌려 가며 읽고 한마디씩 댓글을 달기도 한다.

다음은 준보가 두 번째로 쓴 '운수 좋은 날'이다.

운수 좋은 날 연제고 2학년 심준보

오늘은 정말 운수가 좋은 날이다.

난 집이 사직운동장 옆이라 항상 지하철을 타고 등하교를 한다. 집에 돌아오면 9시 50분이다. 옷 벗고 씻고 밥 먹고 방에 들어오면 10시 반 정도 된다. 천성이 배우는 것과 거리가 있기에 팬티만 입고 침대로 돌진한다. 그리고 선풍기를 구렛나루에 고정하고 스마트폰으로 원피스를 보다 기절하는 게 일상이다.

사건의 발단은 어젯밤이었다. 늘 그렇듯 원피스를 보다 기절하려 하는데, 갑자기 폰을 들고 있는 내 팔이 눈에 들어왔다. 그리고 시선이 점점 내 좁은 어깨로 흘러갔다. 폰 화면에는 근육남 조로가 칼을 휘두르고 있는데, 내 좁은 사이드라인은 옹골찬 표정으로 내 면상을 쳐다보고 있었다.

처음으로 만화 캐릭터에 수치심을 느낀 나는 팬티 바람으로 여동생 방에 가서 아령을 두 개 집어 들었다. 문을 열고 나가려 하는데 뒤에서 동생이 "난 여자로 안 보이나 미친놈아" 했다. 방구 한 번 끼고 나올까 했는데, 그건 남매간에 예의가 아닌가 싶어서 두 번 끼고 나왔다. 그리고 다시 내 방으로 왔다.

한 10분쯤 운동을 하자 온 몸이 떨렸다. 고작 10분인데 이렇게 힘들다니 오기가 생겨서 40분을 더 채웠다.

운동을 마치고 침대에 누웠는데 너무 행복했다. 앞으로 어려운 일이

닥쳐도 다 견딜 거 같은 기분이었다. 그렇게 잠이 들었는데 입에서 말 똥 맛이 났다. 근데 이게 먹을 만해서 잠자면서 계속 먹었는데 알고 보니 쌍코피였다.

화장실 가서 거울을 보는데 이빨이 피로 물들었다. 근데 이것도 보다 보니 은근 흡혈귀 같고 멋있어 보여서, 김민석 마냥 피 셀카라도 찍을 까 하다가 참고 세수를 했다. 이때 시각이 새벽 4시 반이다. 여기까진 웃고 넘어갔다.

난 7시 32분 지하철을 타고 학교에 간다. 오늘도 제 시간에 맞춰서 집 에서 출발했다. 지하철을 타고 의자에 앉아 멍을 때리는데, 한 여자가 바지를 팬티 같은 걸 입고 내 앞에 섰다. 찰진 허벅지에 매혹될 거 같 았지만, 난 교회를 다니고 또 새벽에 난 코피 때문에 코가 민감해져 건 드리면 또 날 거 같은데, 허벅지 보다가 터지면 3호선 코피남이 되겠기 에 눈을 감았다. 존나 아쉬웠다.

눈을 감고 3초 뒤에 다시 떴는데 이 열차 종점까지 왔다. 이 미친놈이 그새 기절한 것이다. 그때 시간이 7시 55분이었는데 학교로 달려가 봤 자 박대홍 쌤과 앞마당에서 다섯 바퀴 런닝맨 달려야 하고, 자행 쌤이 오늘도 지각하면 발바닥 조진다 했기에, 1교시 시작할 때 등교하기로 하고 슈퍼에서 초딩들이랑 철권 다섯 판 하고 등교했다.

교실에 들어가자마자 애들이 나를 김민석이랑 엮어서 놀리기 시작했 다. 신학기 때부터 나를 그 근육마초맨이랑 엮더니 이젠 공식 커플이 됐다. 아! 쓰니까 또 빡친다. 내 친구들은 평소엔 좋은데 그 근육년이랑 엮을 때면 아가리에 아구찜을 처박고 싶다.

그렇게 1, 2, 3교시가 끝나고 4교시 2층 1학년 교실에서 한국지리 수업을 했다. 마칠쯤 화장실에 들어갔다 나오는데 윤승민이 내 가방을 챙겨 오면서 "가자" 했다. "역시 내 친구야" 하고 우리 교실로 올라갔는데, 이 미친놈이 책상 속에 넣어둔 지갑을 가방에 안 넣고 챙겨준 것이다. 나는 다급해져 다시 1학년 교실로 뛰어 내려갔다. 1학년 키 큰 낙타들이 스크린으로 월드컵을 보고 있었다. 애들이 너무 몰려 있고 시끄럽기도 했다. 다급하게 책상을 뒤졌는데 역시나 없다. 너무 우울해서 터벅터벅 애들이랑 밥 먹으러 갔다. 비빔밥이 맛있었다.

밥을 먹고 화장실에서 수저를 씻고 김기환이랑 지갑 얘기를 하는데 뒤에서 1반 이승진이 1학년 다 털어서 찾아 준다길래 고맙다고 하고 같이 내려갔다. 이승진이 특유의 무브먼트로 1학년 사이를 털고 다닐 때 기환이랑 난 어색해서 1학년 교실 컴퓨터로 축구를 보고 있었다. 어떻게 어떻게 해서 지갑을 주운 놈이 나왔다. 걔 말로는 도서관 앞에서 지갑을 주웠다고 하는데, 지갑을 여니까 돈이 하나도 없다. 베트남 화폐도 없길래 베트남에서 전학 온 우리 반 민현이를 의심하면서 교실로 올라갔다. 교실로 가서 애들이랑 이 문제를 의논한 결과 CCTV를 돌리기로 했다.

시간이 흘러 7교시가 되고 언제 수호천사 박대홍 쌤에게 CCTV를 부탁하고, 도로 교실로 가서 책상 서랍을 보는데 이번엔 영어책이 감겼다. 순간 열린 창문을 보고 충동을 느꼈지만 방충망이 없어서 좀 무서웠다.

이 시점에서 난 현금 8만 원과 민현이 화폐 만 6천 원, 그리고 영어책

마저 잃은 상태였고, 좀만 건드리면 요절할 것 같아서 조심스럽게 석식 먹으러 가는데 내 앞에 모의고사 1등 송상민이 척추를 잡고 쓰러져 있었다. 무슨 일이냐 묻자 발에 쥐났다고 했다. 말투는 요절 10분 전인데, 발에 쥐났다고 하니까 같잖았지만 부축해서 데려갔다.

석식 줄에 서니까 나의 수호천사 대흥사마가 활짝 웃으며 지갑 찾았으니 걱정 말라고 했다. 진짜 오늘 부로 지각할 때 앞마당 다섯 바퀴도 웃으면서 할 거 같았다.

그렇게 운수 좋은 날은 정말 운수 좋게 끝나려 했으나 교실에서 남상우한테 원피스 스포를 당했고, 피가 거꾸로 솟아 바로 코피가 또 터졌다. 뒤에서 애들은 뒷목 잡고 웃는데 난 치가 떨려 부들거리며 세수를 했다. 그러자 뒤에서 기기가 예술가는 작품을 따라간다면서, 내가 전에 썼던 '피가 거꾸로 솟다'를 디스했다. 그러면서 "너 요즘 코피 자주 터지는데 병원 가 봐야겠다" 하며 걱정했다. 원조 피꺼솟이 저런 말을 하니 같잖았다. (2014년 6월 17일)

잃어버린 돈 8만 원을 되찾아 운수 좋았던 하루를 자세하게 기록하여 썼다. 돈을 찾아 운수가 좋았던 날이긴 해도, 이야기 결말을 보면 코피가 터져 꼭 좋게 끝난 날은 아니었다.

사건은 어젯밤으로 거슬러 올라간다. 스마트폰으로 원피스 만화를 보다가 가느다란 어깨에 수치심을 느끼게 되었고, 그것이 계기가 되어 여동생 방에 가서 아령을 가져와 운동을 하게 되고, 오기가 생겨 운동을 무리하게 하게 되고, 무리한 운동으로 자다가 코피가 터졌다.

코피 걱정에 지하철 안에서 유혹을 참으면서 눈을 감았고, 그것은 지각으로 이어지고, 반 친구들에게 놀림까지 받게 되었다. 나쁜 운수는 거기서 끝나지 않고 지갑을 잃어버린 사건까지 겹치게 된다. 다시 읽어 보아도 기막힌 짜임새를 갖춘 이야기다.

준보는 몸집이 작고 목소리도 가늘다. 자주 배가 아파 내 방에 와서 매실즙을 달라 하기도 한다. 반 아이들이 왜 준보와 민석이를 엮어서 놀리는지 궁금해서 물었다. 지난해 준보와 같은 반을 했던 기환이 대답은 이랬다. 준보가 허리띠를 너무 꽉 졸라매어 준보 힘으로 끄를 수가 없었다고 한다. 그러자 힘 좋은 민석이가 나선 것이다. 그런데 민석이가 준보 허리띠를 끌러 주는 그 장면이 문제였다. 준보는 고개를 뒤로 젖히고 섰고, 민석이는 의자에 앉아 얼굴을 가까이 갖다 대고 허리띠를 푸는 모습이 아이들 눈에 이상하게 비친 것이다. 그때부터 둘은 공식 커플이 되었다고 한다. 들어 보니 준보나 민석이나 억울하기 짝이 없다. "아, 쓰니까 또 빡친다" 하는 말에 그 억울한 심정이 잘 드러나 있다. '친구들아, 이제 제발 그만 놀려' 하는 준보의 항의였구나 싶다.

이제 시작이지만, 우리 반 학급 일기를 읽으면서 새삼 느낀 바가 있다. 글은 쓰고 싶을 때 써야 하는구나, 하고 싶은 말이 있을 때 써야 되는구나. 쓰고 싶어서 쓴 글과 시켜서 억지로 쓴 글의 차이를 또렷이 느끼게 되었다.

또 하나, 아이들끼리 사이도 좋아졌지만, 무엇보다 아이들 글을 읽으면서 내가 아이들 곁으로 쓱 다가간 느낌이다.

우리 반 학급 일기의 주인공은 바로 우리 반 아이들이다. 아이들은 자기가 주인공으로 등장하는 이야기를 쓰고 또 함께 나누면서, 자기 삶이 귀한 줄 알게 될 것이다. 한발 물러서서 자기를 살펴볼 줄도 알고, 친구들 마음도 헤아릴 줄 아는 듬직한 사람이 되지 않을까.

무엇이든 마음껏 말할 수 있는 교실, 내가 꿈꾸는 교실이다.

(2014년 6월 23일)

지각

탁현이는 지난 토요일 공부 시간에 썼고, 원규는 지난 금요일 교내 백일장 시간에 글을 썼다. 탁현이는 2학년 1반 단골 지각생이고, 원규는 우리 반 단골 지각생이다. 둘 다 공부해서 점수 따고, 그 점수로 살아갈 아이들은 아니다. 그런데도 졸업할 때까지 들러리 신세를 져야 한다. 참 안됐다. 공부 잘하는 아이들은 이런 농땡이들이 반 분위기 흐린다고 생각하겠지만, 이 아이들 편에서 보면 오히려 이 아이들은 공부 잘하는 아이들 때문에 피해를 당한다. 공부 잘하는 아이들 들러리 서자고 아침 0교시에 공부하러 올 까닭이 없는 아이들이다. 아침 7시 40분까지 교문을 통과해야 한다는 압박감이 이들 정신세계를 얼마나 옥죄고 있을까. 애들이 왜 그런 억압을 받아야 할까.

선생님 부산고 2학년 김탁현

근래에 들어서 지각을 안 하려고 노력하지만 집이 멀어서 차라도 조금 막히면 이내 지각하고 만다. 그런데 어떤 날 지각 안 하고 학교로 들어가면서 선생님들 앞에 지나가는데, 키 작고 머리가 흰, 처음 보는 선생님이 날 불러 세우더니 무턱대고 "야 이 새끼야" 이러는 것이었다. 나는 속으로 당황하고 내가 무엇을 잘못했는지 보았다. 그때는 머리도 짧았고, 신발도 괜찮았고, 무언가 싶었다. 그런데 그 선생님이 하는 말은 나를 진짜 당황하게 했다.

"니, 가방을 손에 들고 가고 그게 뭐야. 이 새끼야, 가방 등에 안 메고 갈래?"

지금도 생각이 난다. 곧 교실에 들어가면 가방을 벗을 거니깐 그냥 들고 간 건데, 그걸 가지고 뭐라고 하다니 속으로 '내 참 기도 안 차네' 이렇게 생각했다.

그 뒤로 며칠 동안 그 선생님의 시비 아닌 시비는 계속되었다. 그러다 한동안 안 보이다가 며칠 전 내가 다리를 다쳐서 신발을 꾸겨 신고 다리를 절면서 들어오니, 그 선생님이 날보고 잘 걸렸다 싶었는지 "마, 니 이리 와봐. 신발이 그게 뭐야." 내 한쪽 발을 본 딴 선생님은 "다쳤나? 조심하지" 이러셨지만 그 나를 무척이나 싫어하는 선생님은 "붕대 풀어 봐" 이랬다.

나를 의심하는 것이었다. 내가 미쳤다고 안 다쳤는데 붕대까지 감고 신발을 꾸겨 신고 올 것이란 말인가. 또 한 번 기가 찼다. 상처를 보여주고 나니 그 선생님에게서 나온 말은 '어쩌다 그래 다쳤노?'가 아니라 "니가 눈에 많이 띤다이. 등치도 커 가지고 눈에 안 띠게 해라"였다. 내가 대체 뭘 그리 선생님에게 잘못하고 실수를 했는지. 내가 보지도 못한 선생님이 나에게 그러는 게 너무 화가 나고 분노가 치민다.

(2002년 10월 12일)

46

등굣길 2학년 이원규

나는 바쁘게 살아가는 친구들과 다른 등교를 한다. 학교에 늦을까 봐 다른 애들이 거르는 아침을 천천히 꼭꼭 씹어 먹고, 세수도 후다닥하는 애들과 다르게 샤워도 한다. 학교에 가기 위해 81번 버스에 오르면 '오늘도 역시나 늦었구나' 생각을 하게 된다. 우리 학교 친구들이나 시끄럽게 이야기하는 여고생들은 없고, 묵묵한 여회사원들과 이상한 눈으로 쳐다보는 아저씨들만 가득 있다.

이 시간대 버스 안은 정말 조용하다. 사람이 하나도 타지 않은 버스처럼. 그래도 나는 지금 이 시간에 버스를 타는 것이 좋다. 조용한 버스 좌석에 앉아 햇살을 받으며 밖에 거리를 보는 것이. 종종 경남상고 다니는 중학교 동창을 만나면 우리가 그 조용함을 깨지만.

그러다 버스 안을 보면 낯익은 사람들도 있다. 등산하고 내려오시는 빨간 모자 쓴 할아버지, 같은 아파트에 사는 차가워 보이는 인상을 가진 누나, 날마다 젖은 머리로 버스 타는 누나, 그리고 자주 마주치는 20대 중반쯤 돼 보이는 이쁜 누나. 그러다 서면을 지나면서 물갈이를 한다. 이상한 추리닝을 입은 아저씨나 진역에서 내리는 시끄러운 경남여중생들.

버스에서 내리고 난 후 학교 교문에서 우리 반까지 올 때는 무섭다. 선생님에게 걸릴까봐. 그래도 나는 지금 등교할 때가 좋다.

(2002년 10월 11일)

그동안 원규 마음을 몰랐다. 원규 글을 읽고 나니 원규가 새롭게 보인다. 이제 원규가 지각해도 웃을 수 있을 것 같다. 모범생들은 원규의 이 느긋한 즐거움을 도저히 못 느껴 볼 것이다. 어쩌다 한번 지각이라도 하는 날엔 교문 들어갈 걱정이 앞서 따뜻한 아침 햇살을 느낄 틈이 있겠는가.

지각하는 게 두렵기는 원규도 다른 아이들과 마찬가지다. 그러나 그걸 미리부터 걱정하지 않는다. 그건 교문 앞에 가서 걱정할 일이고, 버스를 타고 가는 지금은 생각할 필요가 없는 일이다.

(2002년 10월 14일)

어른 노릇

저는 방학 때 하는 특기적성 상담할 때 이야기를 해 보겠습니다. 기말 고사 시험 치기 한 주 전에, 한 주 전 토요일 날 방학 때 특기적성 안 할 사람 오보라길래 제가 학년실에 가 보니까 탁현이가 앉아 있고, 조금 상담하고 있으니까 동협이가 들어오데요. 동협이 들어와서 뭐 "동협이 너 해라" 이러니까 "엄마하고 계획이 있는데요" 하니까 "그래도 해라. 엄마한테 전화할 테니까 해라" "예" 하고 나가고. 샘 열받아 있는데 재민이 들어와 가지고 "니도 해라" 하니까 바로 아무 말도 안 하고 "예"이라고. 찬욱이도 그러고 나가고.

인제 그때부터 앉아 갖고 상담을 하는데, "니, 왜 안 하노?" "학교가 더 워서 하기 싫은데요." 잔소리 계속 하고 약 한 20분쯤 상담하다가 갑자기 탁현이 보고 떼기 잡으면서 "니도 해라" 이러니까, 탁현이는 안 할 줄 알았는데, "예" 이라고 나가데요. 나가고 그때부터 바로 "따라와" 이래 갖고 교무실 가서 앉아 갖고, 아까 했던 얘기 또 하고. "니, 왜 안 하노?" "하기 싫은데요." 그렇게 한참 말하다가 떼기 한번 잡고 "해라" 그러면 "아니요" "해라" "아니요" 계속 이라다가, 갑자기 화를 내면서

"니, 안 하는 이유가 뭔데?" "더워서 아무것도 안 되는데요" 그러니까 "솔직히 교실이 제일 시원하잖아? 교실보다 시원한 데 없다" 이라는 기라.

황당해 갖고 가만히 있으니까, 또 떼기 잡으면서 "해라" "아니, 안 할 건데요" 이라니까, 또 아까 했던 말 계속하고. 계속하다가 이번에는 아, 또 비굴해지더마는 "제발 한 번만 해라" 이라는 기라. "아, 제발 한 번만 봐주라. 이번 한 번만 봐주면 우리 반에 인제 니 혼자 말고는 다 하니까, 니가 안 하면 물이 샌다 아이가?" 막 이라고. "대답해라" 그래서 "아니요" 이라고. 또 아까 했던 얘기 계속하고.

그래 마지막에 샘들 교무실에서 다 나가고 아무도 없으니까 "그만 하자" 이라데요. "예 그만 하겠습니다" 이라니까 "그라모 이번에 끝난 게 아니고 다음에 한 번 더 한다이?" 이래서 "예" 이라니까 "예에, 그라모 계속한다 이 소리가?" 또 계속 아까 했던 얘기 또 하다가, 그래 아무도 없으니까 인제 "그만 휴전하자" 이라데. 생각해 보니까 밖에 성호가 기다리고 해서, "예" 이라고 나갈 때가, 들어올 때가 1시 20분이었는데 나갈 때 보니까 3시 30분이더라.

(부산고 2학년 김현수 2002년 7월 15일 국어 시간에 앞에 나와서 한 이야기)

여름방학을 앞두고 교무실에서 선생과 아이들이 실랑이를 벌인다. 방학 때 하는 보충수업을 두고 안 하겠다는 아이들과 안 된다 해야 된다는 선생. 아이들도 눈치 봐 가면서 버틴다. 담임선생 한마디에 아예 찍소리 못 하고 다 하는 반이 많다. 그나마 이렇게 제 뜻을 드러

낼 수 있는 게 다행인지도 모른다.

아이들 예닐곱이 우르르 몰려와서 학년부장 선생 앞에 둘러섰다. 담임 힘으로 안 되니까 학년부장 선생한테 넘긴 모양이다. 학년부장 선생은 아이들을 빙 둘러 세워 놓고 한바탕 긴 연설을 한다. 아이들은 묵묵히 서서 건성으로 듣고 있다. 늘 들어온 뻔한 얘기니까. "방학 때 집에 있으면 뭐 하노. 학교에 나와 한 자라도 더 배우는 게 낫지. 집에 있어 봐야 늦잠이나 잘 게 뻔하다. 그러니 보충수업 해라. 대학 가야 할 거 아니가." 이런 얘기다. 학년부장 훈계가 끝나고 나니까 그 옆에 다른 선생이 아이들을 붙잡고 한 시간 내내 구슬린다. 아이들이 참 딱하다. 공부 시간인데 교실로 가지도 못하고 시달려야 하니.

아이들도 몇 번 해 봐서 다 안다. 아침 먹는 둥 마는 둥 하고 나와서 아침 8시부터 오후 1시까지 달아서 다섯 시간 버티기가 어디 쉬운 일인가. 그것도 스무 날씩이나. 덥고 잠 오고 배고프고 참 할 짓이 아니다. 그것도 공부나 좀 하면 듣고 있기나 하지. 공부를 못 따라가는 아이들 괴로움은 이만저만 아니다. 그러니 좀 버티다가 무너진다. 한두 시간 하고 도망치거나 아예 학교에 안 나온다.

심지어 아이들 입에서 이런 말까지 나온다고 한다. "선생님, 돈 내고 안 하면 안 됩니까?" 담임이 하도 으르고 깝치니까 한 말인데 건방지다고 오히려 아이를 탓한다. 참 부끄럽다. 아이들한테 이런 말까지 들어 가며 기어코 강제로 시켜야 할까.

앞에 이야기는 옆 반 아이 이야기를 녹음해서 그대로 옮겨 적은 것이다. 아이에게 선생 밑바닥을 다 드러내 보이고 말았다. 선생이 비굴하게 애원하는 게 다 보였다. 그렇게 해서라도 우리 반은 보충수업을 한 사람도 빠짐없이 다 하게 만들었다는 말을 듣고 싶은 것이다. 그게 담임 능력이라고 생각한다. 가나모리 우라코가 쓴《이런 선생이 아이를 망친다》(햇살과나무꾼 옮김, 내일을여는책)에 나오는 선생 가운데 이런 선생이 있다. 학교에서 담임으로서 체면도 있다고 선생을 '연기'하는 선생님.

바닷가 부산고 2학년 김승우

나는 바닷가에 자주 간다.
바닷가 방파제에 누워
가만히 파도치는 소리를
들어 본다.

그리고 밤하늘을 올려보며
밤하늘의 별을 본다.
그리고 시계를 보다가
작은 바늘이 9를 가리키다 보면
일어난다.

그리곤 조용히 집으로 돌아간다.
4시간의 야자 시간을

견디지 못한 탈출과

4시간의 방황과

어쩔 수 없는 시간 메우기이다. (2002년 6월 21일)

공부 못하는 아이는 어디도 정붙일 데 없는 곳이 학교다. 몇몇 잘하는 아이들 들러리 신세다. 힘닿는 데까지 좇아가 봤자 앞선 무리를 도저히 따라잡을 수 없다. 웬만큼 좇아갔다 싶으면 1등은 더 멀리 달아나 있다. 그동안 인문계 고등학교에서 아이들을 지켜본 선생이라면 환하게 보인다. 아이들도 고등학교 2학년쯤만 되어도 다 안다. 들러리가 되기 싫어 돌아서면 더 초라하고 외롭다. 집에서 버린 자식되고, 학교에서 따라지 대접받고, 또래 동무들과 어울리지 못하는 그참담한 외로움을 어떻게 견딜 수 있겠나. 그러니 0교시 보충수업도 하고 밤 9시까지 야간자습도 할 수밖에. 들러리가 되더라도 그런 무리에 휩쓸려서 지내는 게 차라리 속 편한 일이니까.

승우는 공부 시간에도 자주 잔다. 공부가 안 맞는 아이다. 이제는 하려고 해도 안 되겠지. 그래도 집에는 야간자습 한다고 말한 모양이다. 하지만 승우에게 저녁 5시부터 밤 9시까지 네 시간은 참 길고 지루한 시간이다. 그냥 앉아 있어도 지루하고 엎어져 잠을 자도 답답하기는 마찬가지다. 갑갑해서 학교를 뛰쳐나왔지만 마땅히 갈 데도 없다. 탁 트인 영도 바다와 파도 소리, 밤하늘 별이 승우의 답답한 가슴을 쓸어 주었을까.

담배 부산고 2학년 김탁현

아침에 지각할까봐 열라 뛰어왔는데
또 지각이다.

벌받고 있는데 김○○ 선생님이
갑자기 센타를 까더니만
담배 내놔라고 했다.

담배를 주고 나니
뺨을 계속 때린다.
열받아서 한 대 치고 싶은 생각까지
들었지만 그래도 참았다.

사흘 청소하고 벌 받고 끝난 토요일
집에 가는데
김○○ 선생님이 또 부른다.
또 센타를 깐다.
남방 주머니에 있던 담배 한 개 또 걸리고
뺨 또 맞았다.

진짜 주먹이 끝까지 올라왔지만

그래도 어쩔 수 없었다.

화장실에서 담배 들고 있다가
또 걸렸다.
진짜 한 번이라도 피고 걸리면
억울하지나 않지.

교무실에서 반성문 쓰고 있는데
샘이 내 머리를 발로 밟는다.

결국에는 금연학교까지 갔다 오니
샘이 아는 척하지 말고
수업에도 들어오지 말란다.
나도 별로 아는 척하고 싶지 않은 사람이다. (2002년 6월 28일)

　이 글을 읽어 보면 탁현이를 지도 안 하느니만 못 했다. 지도한 선생님 마음이 어느 한구석도 탁현이에게 가 있지 않다. 사랑이 깔려 있지 않다. 이건 엄연한 폭력이다. 이런 일이 어쩌다가 한번 일어난다면 이런 말을 할 필요가 없다. 하루가 멀다 하고 벌어진다. 손으로 뺨을 때리는 건 예사고 야구방망이를 둘러매고 다니면서 엎어 놓고 팬다. 머리 긴 아이를 불러다가 꿇어앉혀서 머리 숙여라 하고 가위로 자른다. 아침마다 교문에서 지각한 아이들이 얻어맞고, 0교시에 교육 방송 듣다 떠든다고 불려 나와 언어맞고, 야간자습 시간에 도망갔다고 언어맞고. 때리는 선생도 그 한 아이를 바로잡을 생각은 처음부터 없다. 다른 아이들한테 본때를 보여 주자는 것이지. 정말 우리 아이들이 학교에서 사람대접을 받고 자랄까.

아이들이 저지른 잘못이나 실수를 보고 교사가 버럭 소리 지르고 화를 삭이지 못해 매를 든다. 그러면서 이토록 버릇없이 길렀다고 아이 부모를 원망하기도 한다. 다음에 또 걸리면 문제아로 찍어 끝없이 눈총을 주면서 미워하다가 끝내는 포기하고 만다. 돌아서서는 내 할 도리는 다했다고 스스로를 합리화한다. 이게 체벌이 걷는 길이다.

화부터 낸다는 것은 벌써 교사의 마음이 아이한테 가 있지 않다는 증표다. '너가 나한테 어떻게 이럴 수 있나. 이럴 줄 몰랐다' 하는 마음이다. 교사의 마음이 자기한테 있지 아이에게 가 있지 않다. 야누슈 코르착은 아이를 진정으로 사랑한다면 화를 내고 불평하고 원망할 것이 아니라 슬퍼해야 한다고 말한다.(《아이들을 변호하라》송순재 안미현 옮김, 내일을여는책) '얘가 왜 이럴까. 정말 이 버릇이 안 고쳐지는구나' 하는 마음을 가져야 할 것이다. 그래서 아이 처지를 이해하려 하고, 아이를 있는 그대로 보아 주고, 기다려 주다가 그래도 안 되면 눈물이 나야 하는 것이다.

용돈 부산고 2학년 김영균

"용돈 얼마 남았노?"

"오천 원"

다다다 엄마 잔소리가 또 시작이다.

정말 듣기 싫다.

그것도 밥상 앞에서

밥이 한 개도 안 넘어간다.

엄마는 밥그릇을 들고 가더니

밥을 버렸다.

"니랑은 마주 보고 밥 먹기도 싫다."

황당하다.

용돈 좀 많이 썼다고 아들한테 이래 말하나.

우리 엄마 맞나.

오늘 따라 엄마가 남처럼 재수 없다. (2002년 6월 20일)

영균이가 엄마 마음에 들게 공부를 잘했어도 엄마가 이렇게 대했을까? 아마 용돈 아껴 쓰지 않은 일쯤은 대수롭지 않게 넘어갔겠지. 엄마가 아이를 함부로 대하고 마음을 짓밟는 바탕은 무엇인가? 아이가 내 소유라는 착각이다. 내 소유물 정도로 생각하니 이래라 저래라 일방으로 지시하면서 키웠을 테고, 아이는 매가 무서워 고분고분 엄마 말을 잘 들었을 테고. 그러다가 아이가 중학생쯤 되면 엄마 말을 안 들어도 되고, 매도 별것 아니란 것도 안다. 그러면 엄마는 아이가 사춘기를 심하게 겪는다고, 말이 안 통한다고 한숨을 쉰다. 이제까지 독립된 존재로, 평등한 관계로 대하지 않다가 아이와 소통이 안 된다고 말한다. 소통이 안 되는 것이 아니라 이제는 몰아붙이기만 하는 지시가 통하지 않을 뿐인데. 일방으로 쏘아붙였던 화살이 한꺼번에 보복으로 되돌아오는 것인 줄 모른다. 아이를 바르게 키우는 길은 지시와 관리가 아니라 서로 의견을 주고받는 협상임을 왜 모를까.

아이들 글을 읽다 보면 우리 아이들이 얼마나 폭력에 시달리고 있는지 놀라울 때가 많다. 그렇지만 그 속에서도 아이들은 당당하게 제 할 말을 한다. 어른들이 비굴한 줄도 알고, 정당하지 못한 말에 비판할 줄도 알고, 부당한 대우에 반항할 줄도 안다. 이것이 희망이다.

아이들이 잘못한다고 탓할 것 없다. 내가 보기에 아이보다 선생이 문제고 어른이 더 문제다. 아이들이 처음부터 그랬을까. 우리나라 아이라고 날 때부터 달리 태어났을 리 없다. 다 어른들한테 보고 배운 대로 한다. 우리 아이들이 버릇이 없고 규칙을 잘 안 지키는 게 사실이다. 그렇지만 그 아이들을 잘 들여다보면 진정한 마음도 바탕에 지니고 있다. 마치 밭을 갈 듯이 아이들 마음을 부드럽게 일구어 주기만 하면 된다. 이게 교사가 할 몫이다. 일방으로 지도 조언을 늘어놓을 것이 아니라 의견을 주고받아 풀어 가고, 기다려 주고, 있는 그대로 보아 주고 들어 주는 것, 이게 어른 노릇 아닐까. (2002년 7월 20일)

콘돔 사건

1

1학기가 다 끝나 갈 7월 어느 날, 5교시 마치고 청소 시간.

청소 시간이 되면 나도 3층 우리 교실로 올라가서 아이들과 같이 청소를 한다. 책걸상을 옮기기도 하고, 비질이나 밀대걸레질을 하기도 하고, 걸레를 빨아서 창틀이나 교실 구석에 먼지를 닦기도 한다.

그런데 이날은 내가 빗자루 들고 교실 바닥을 쓸다가 콘돔을 하나 발견했다. 잠시 망설였다. 이걸 짚고 넘어가야 하나, 못 본 체하고 지나가나.

콘돔을 주워 들고는 잔뜩 목소리에 힘을 넣었다.

"모두 동작 그만."

아이들 눈길이 내 손끝으로 쏠렸다.

"이거, 어느 놈 거야?"

"샘, 거기 진석이 자리 밑인데요?"

"진석이 니 꺼가?"

"아니 선생님, 저를 어떻게 보십니까?"

"그럼, 누구 꺼고?"

"선생님!"

운동장 쪽 창가에 석빈이다.

"석빈이 니 꺼가?"

"아뇨."

"그럼, 왜 부르노?"

석빈이가 지갑을 열더니 콘돔 하나를 꺼내 들고 이렇게 외쳤다.

"샘! 저는 늘 지갑에 이렇게 콘돔을 넣고 다닙니다."

우리 반 아이들이 엉뚱한 짓을 잘하긴 하지만 정말 뜻밖이다. 콘돔을 지갑에 넣고 다닌다니. 아이들도 전혀 상상 못 했다는 반응이다.

"야 인마, 니가 그걸 뭐 할라꼬 갖고 다니노?"

그러자 석빈이가 아주 진지하게 이렇게 말했다.

"선생님! 저는 어쩌다 올지도 모를 그날을 위해 늘 준비하고 다닙니다."

2

2학기가 다 끝나 갈 12월 어느 날이다.

우리 반에서 문학 수업을 한창 하고 있는데 창희 책상 위에 두툼한 지갑이 눈에 띈다.

나는 공부 시간에 한자리 가만 서서 수업하지 못한다. 이쪽저쪽 왔다 갔다 하면서 떠들어 대는 버릇이 있다. 아이들이 앉아 있는 골목으로도 들어갔다 나왔다 하면서.

그렇게 아이들 사이로 들어가다 창희 책상 위에 놓인 지갑을 보았다. 평범했으면 그냥 지나쳤을 텐데 유난히 지갑이 두툼해서 집어 들었다.

"뭐가 들었길래 지갑이 이래 불룩하노?"

"선생님, 사생활입니다."

"그러면 나는 사생활 침해다. 함 보자. 뭐가 들었는지."

"아! 선생님, 안 되는데요."

"니도 누구처럼 콘돔 넣고 다니나?"

그러자 옆 분단에 앉은 석빈이가 끼어든다.

"아아! 선생님 인자 저는 그런 거 안 갖고 다닙니다. 보십시오."

그러면서 지갑을 나한테 내민다.

"아니, 그럼 벌써 써먹었구나?"

"아아! 선생님, 아닌데요. 써먹다뇨. 저를 어떻게 보십니까?"

"그라모 그렇게 소중하게 갖고 다니던 콘돔은 어쨌노?"

"버렸지요."

"아닌 것 같은데?"

"아아아, 선생님."

옆에서 아이들도 한마디씩 거든다.

"선생님, 석빈이 1학년 여학생이랑 사귄 지 오래됐는데요."

"2학기 시작할 때부터 사겼는데요."

"아침에 학교 올 때 기다렸다 같이 오는데요. 집에 갈 때도 따로 만나고"

"아니, 석빈이 너?"

"선생님, 아닌데요. 정말 아닙니다."

그렇게 또 한바탕 웃고 넘어갔다.

3

그렇게 지내던 아이들이랑 헤어지고 나는 학교를 경남여고로 옮겼다. 겨울방학 때 문집을 만들려고 했는데, 교지 만든다고 문집은 손도 못 대고 던져두었다.

봄방학 때 겨우 완성해서 인쇄소에 넘겼더니 3월 2일이 되어서야 문집이 나왔다.

문집을 차에 싣고 전에 학교로 가서, 아는 선생님한테 좀 나눠 주라고 부탁하고 왔다. 비록 떠난 지 며칠 되지 않았지만 손이 에려웠다. 아이들도 이제 3학년이고, 3월 학기 초라 쥐 죽은 듯이 공부하는 반에 불쑥 들어가서 문집 나눠 준다고 소동을 벌일 수는 없었다.

그렇게 부탁하고 돌아온 다음 날 아이들에게서 문자가 왔다.

"선생님 문집 진짜 재미있어요."

"선생님 반 학급 일기 재밌어요."

"샘 전 이과 반인데 문과 애들한테 문집 빌려서 읽고 있는데 진짜 재밌네요."

지난해 문과 반만 가르쳐서 문과 애들 글만 문집에 실렸다. 짐작이 간다. 문집 때문에 온 학교가 시끄럽겠구나. 누구한테인지는 몰라도 미안한 마음이 든다.

그런데 석빈이한테서 문자가 왔다.

"선생님! 전 이제 살아갈 의욕을 완전히 상실했습니다."

아니, 이게 무슨 말인가. 이놈이 왜 의욕을 상실했단 말인가. 문집에 실은 글 때문인가. '개구라장이 우리 누나'란 석빈이 글이 문집에 실렸다. 누나가 생일 선물로 금반지 사 준다고 했다가 안 사 주고, 3만 원짜리 안경 쿠폰 준다고 했다가 안 주고 해서, 누나한테 대들고 욕한 이야기다. 그 때문에 풀이 죽은 건가 싶어서 답 문자를 썼다.

"석빈아, 너무 걱정하지 마라. 시간이 지나면 아무것도 아니다. 힘내라."

그러자 답이 왔다. 이번에도 역시 풀 죽은 목소리가 느껴진다.

"선생님 괜찮습니다. 이대로 살면 됩니다."

집에 와서 다시 문집을 뒤적이다가 문집 맨 뒤에 편집 후기를 보고 가슴이 뜨끔했다.

'아차, 이거구나. 이것 때문에 석빈이가 항의 문자를 한 것이구나.'

후기에 이런 이야기를 써 놓았다.

"돌아보니 너희들하고 지내면서 참 웃을 일이 많았다. 이 글을 쓰면서도 웃음이 나와. 우리 반 콘돔 사건이 떠올랐거든."

이렇게 시작해서 석빈이 콘돔 이야기를 이름을 밝혀 놓고 자세하게 써 놓았다.

누워서 생각하니 잠이 오지 않는다. 내가 아이들 인권을 존중하자고 입으로 외치던 말이 모두 가짜였구나. 어떻게 아이들을 배려하지 않고 내 좋을 대로만 생각하고 썼을까. 석빈이가 이 글 때문에 얼마나 곤혹스러울까.

이 일을 어떻게 하면 좋을까. 내일 학교 마치고, 야간 자율 학습 시간에 개성고로 찾아가서 석빈이에게 사과하고, 문집을 모두 거두어서 없애 버릴까. 아무래도 그래야 되겠구나. 아! 석빈이에게 너무나 큰 상처를 주었구나. 정말 미안하다.

다음 날 아침, 학교로 가면서 석빈이에게 전화를 걸었다.

"석빈아, 정말 미안하다."

"괜찮습니다."

"석빈아, 내가 몰랐다. 편집 후기에 써 놓은 콘돔 이야기 때문에 충격받았제?"

"선생님, 저는 이제 우짭니꺼? 변태라고 전교에 소문이 다 났는데요."

"그렇제. 정말 미안하다."

"괜찮습니다. 이대로 변태로 살면 됩니다."

"석빈아, 내가 오늘 수업 마치고 야자 시간에 가서 문집 다 거두어서 불 태워 버릴게. 우선 그렇게라도 하자."

"그러면 뭐합니꺼. 아이들이 벌써 다 읽고, 전교에 소문이 다 났는데요."

"아! 그렇구나. 어쩌지. 정말 미안하다. 내가 생각 없이 글을 썼다."

"선생님, 괜찮습니다. 걱정하지 마십시오."

그러면서 오히려 나를 위로해 주려는 석빈이가 참 고마웠다.

4

5월 2일에 영환이한테서 문자가 왔다.

"쌤님ㅋㅋ 스승의 날에 찾아뵙겠습니다. 사랑합니다.♡♡♡ㅋㅋ"

그랬는데 15일은 쉬기로 했다고 하루 전에 찾아왔다. 나는 3학년 9반에서 수업을 하고 있었다. 수업 들어오기 전에 전화가 왔기에 수업이 있으니까 교무실에서 기다리라고 그랬다.

공부 마치기 10분 전쯤에 누가 교실 앞문을 똑똑 두드린다.

"예, 들어오세요."

이놈들이 교무실에서 기다리지 않고 내가 공부하는 5층 교실로 찾아 올라온 것이다.

대뜸 들어서더니 반장이던 진석이가 교탁에 케이크를 올려놓고 초에 불을 붙인다. 나머지 일곱 명은 칠판 앞에 쭈욱 늘어선다. 그러다가 영근이가 빈자리 하나를 보고 터벅터벅 걸어가더니 그 빈자리, 여학생 옆자리에 턱 앉는다. 그러더니 여학생들한테 부탁했다.

"저기요. 노래 좀 같이 불러 주시지요."

그러자 여학생들이 까르르 웃으면서 '스승의 은혜'를 합창한다.

노래가 끝나고 내가 촛불을 끄자 이번에는 한 놈씩 팔을 벌리고 포옹을 한다. 진석이, 석빈이, 준호, 영환이, 영근이, 백산이, 정훈이, 용준이 차례로 꼬옥 안았다.

공부하던 여학생들이 모두 손뼉을 쳐 주었다.

먼저 교무실로 내려가 있으라 하고 나는 잠시 종 칠 때까지 기다렸다가 나왔다.

아이들을 데리고 저녁을 먹으러 나가다가 운동장에서 교장 선생님을 만났다.

"교장 선생님, 안녕히 계세요."

"그래, 잘 가거라."

벌써 인사를 나눈 눈치다. 아까 내 기다리면서 교장 선생님을 만났단다. 이번에는 교장 선생님한테 팔을 벌리고 가더니 꼬옥 안아 드린다. 영근이가 먼저 시작하자 나머지 놈들도 차례로 교장 선생님과 작별 포옹을 한다. 노처녀 교장 선생님이 그걸 다 받아 주신다.

네 명은 내 차에 태우고, 네 명은 택시 타고 오라고 하고 부산역 앞에 있는 중국집 '사해방'으로 갔다. 큰 원형 탁자에 둘러앉았다. 전에 부산글쓰기회 한 해 마무리 잔치 때 앉았던 자리다.

앉자마자 이야기보따리가 터진다.

〈내일은 또 어쩌지〉 문집 때문에 정수가 지혜랑 사귀게 됐다는 게 가장 큰 뉴스였다. 정수가 초등 2학년 때 엄마랑 헤어져 아버지랑 살아왔는데, 일곱 살 때 엄마 아빠가 이혼하고 살아온 지혜 이야기를 읽고서 지혜한테 가서 그랬단다. "지혜야, 술 한잔하자." 그렇게 해서 둘이 만나게 되었고 지금은 사랑에 불이 붙었단다.

민성이가 야자 시간에 컴퓨터실에서 야동 보다 선생님한테 걸려 뒈지게 맞은 일 하며, 욱제는 결석 안 하고 착실하게 학교 잘 다닌다는 이야기, 권율이랑 1반 반장하던 미래랑 사귀게 되었다는 이야기, 지환이는 여전히 지각 대장이라는 이야기, 휘영이는 이제 담임도 포기할 정도로 개판 치고 있다는 이야기. 영환이가 담임선생한테 따귀 맞은 이야기를 할 때는 꼭 어디서 맞고 와서 아버지한테 일러바치는 것 같았다.

그렇게 두 시간쯤 밥 먹고 이야기를 나누다가 헤어질 시간이 왔다. 모두 다시 학교로 가서 야자를 해야 하거나, 체육관으로 가서 운동을 해야 하는 아이들이다. 고3이라는 처지가 그랬다.

다시 한 사람씩 꼭 안아 주고 헤어지는데 석빈이가 나를 안고 귀에 대고 속삭인다.

"선생님, 이거 제가 드리는 선물입니더."

그러면서 양복 윗도리 가슴주머니에 무엇을 슬쩍 넣어 준다.

"뭐고?"

"비밀인데요."

그러자 아이들이 눈치채고 콘돔이라고 말해 주었다.

우린 또 한바탕 웃었다.

나도 석빈이처럼 어쩌다 올지 모를 그날을 위해 늘 주머니에 넣고 다녀야겠다.

아! 넣고 다니는 것만도 황홀할 것 같다. (2007년 5월 18일)

특별 상담

"선생님, 제가 왜 여기에 끼이야 되는지 이해가 안 갑니다."

"영민이는 감 따러 가는 거에 불만이 많은 모양이구나."

"예, 제가 결석을 했습니까, 지각을 했습니까?"

"그래. 니는 결석도 안 하고, 지각도 안 하지."

"그런데 왜 제가 이 집단에 들어갑니까?"

"내 차로 갈 건데 내 차에 탈 수 있는 사람이 다섯 사람 정도밖에 안 되잖아. 그래서 할 수 없이 개성이 강한 순서대로 뽑은 건데, 그래 영민이는 안 가고 싶나? 가기 싫으면 안 가도 된다. 가고 싶은 애들은 많으니까."

"가기는 갈 건데요. 그래도 이해는 안 되는데요."

"다른 애들은 지각 많이 하고, 결석 자주 하는 애들인데, 잘 생각해 봐라. 니는 왜 뽑혔는지."

"모르겠는데요."

"니는 평소 말과 행동이 통제가 안 되잖아. 그래서 뽑힌 건데."

"아니, 선생님. 그거하고 그거하고 같아요?"

"그래 다르지. 다르지만 나는 니하고도 특별 상담을 하고 싶은데."

"예, 가겠습니다."

일요일 하루 밀양 우리 감나무밭에 데리고 가서 그냥 놀다 오고 싶었다. 말이야 애들한테 '특별 상담' 한다고 그럴싸하게 둘러댔지만 그냥 하루 몸으로 만나 놀다 오는 거지 달리 상담을 할 생각은 없었다. 그래도 아무나 데려가겠다는 것은 아니었고, '요놈들을 데리고 가야지' 하고 생각해 둔 놈들은 있었다. 다들 가고 싶어 할 것 같아서 특별 상담이라고 이름을 지었다.

교실에 가서 다섯 놈을 발표하고, 이번 일요일에 밀양 우리 집에 가서 감도 따고 특별 상담 할 테니까 집에 미리 말해 두라고 했다. 다른 애들은 모두 벌 치고는 괜찮은 벌이라 생각하는지 수긍하는데, 영민이가 불만이었다.

중학교 때 아버지한테 심한 폭력을 당한 뒤로 세상에 마음을 닫아 버린 성찬이. 자살한다고 유서 써 놓고 지하철에 뛰어들러 갔다가, 뛰어내리려는 찰나 옆에 아주머니가 안고 있던 고양이가 지하철로 뛰어들어 받혀 죽는 것을 보고 돌아섰다고 한다. 성찬이는 학교에 와서 아이들을 보고 있는 것조차 못 견디겠단다. 거식증까지 있어 하루 한 끼도 제대로 못 먹는다. 어떤 날은 물만 먹어도 올린다고 그랬다. 밥을 못 먹어 내니 몸이 버티지를 못하고 면역도 약해져서 걸핏하면 아프다. 그러니 아침에 힘이 없어 일어나지 못한다. 가만히 누운 채로 자기 생각에만 빠져 있는 게 가장 마음 편하다고 한다.

민제. 2학년 올라오자마자 학교 안 다니겠다고 난리를 쳤다. 1학년 때 실업계로 전학 가겠다는 걸 부모가 반대하여 도로 눌러앉은 뒤로 부모를 믿지 않는다. 민제 어머니랑 셋이 앉아서 이야기하고 어머니가 돌아가자 민제가 그랬다.

"선생님 앞에서 하는 말 다 거짓말인데요. 그 인간 이중 인간인데요. 정말 가증스러워요."

민제는 4월과 5월 두 달을 학교에 나오지 않았다. 그 뒤로도 지각과 결석을 밥 먹듯이 했다. 그러던 민제가 2학기 들어 지각도 안 하고 학교를 꼬박꼬박 나온다. 웃으면서 이제부터 학교 잘 다닐 거라고 그랬다. 나는 한 일이 없다. 그저 오랫동안 기다려 준 것밖에 없다. 옆에 선생님들이 뭐라고 하건 믿고 기다렸다.

상훈이. 지각 대장에다 보충수업 빼먹고 달아나는 것이 특기다. 지난 학기에는 사귀던 여학생이랑 헤어져 한동안 얼빠진 놈처럼 정신을 못 차리기도 했다. 보충수업 빼먹고 도망쳐도 다음 날이면 해죽이 웃고 나타나 능청스럽게 먼저 인사를 걸어온다. 가끔 나한테 안부 문자를 보내기도 한다. 도망치는 이유를 물어보니, 같이 노는 친구들이 모두 실업계에 다닌단다. 그러니 정규 수업만 마치면 좀이 쑤시는 모양이다. 친구들은 지금쯤 모여서 피시방에서 게임을 즐기거나 오토바이 타고 신나게 달리고 있을 텐데 생각하면, 교실에 앉았어도 마음은 벌써 콩밭이다.

재영이. 가끔 사나흘씩 무단결석을 한다. 위로 누나가 넷인데 큰누나는 시집갔고, 작은누나 둘은 큰누나 집에서 살고, 바로 위에 누나도 회사 기숙사에서 지낸다. 집에는 아버지, 어머니랑 셋이 산다. 아버지는 택시 운전하고 어머니가 일찍 일 나가면서 깨워 놓지만, 어머니가 나가고 나면 또 누워 자다가 학교에 늦기 일쑤다. 자다가 깨서 늦게라도 오면 다행인데 아예 학교를 안 오기도 한다. 밤늦게까지 아르바이트를 한다고 잠이 모자란단다. 아르바이트를 그만두라고 몇 번이나 다그쳐 보고 재영이 어머니한테도 말해 보았지만 부모도 못 이기는 눈치였다.

영민이. 알다가도 모를 아이다. 처음 만났을 때에 비하면 많이 나아졌다. 처음에는 행동조차 절제가 되지 않아 공부 시간에 제 마음대로 돌아다녔다. 그 점은 조금 나아졌지만 여전히 말은 참지 못한다. 선생님 말이나 친구들 말에 그냥 넘어가지 않는다. 꼭꼭 한마디씩 거들고 나선다. 씩씩거리면서 친구들한테 말대꾸할 때는 꼭 싸우는 것 같다. 욕도 곧잘 한다. 말에 절반이 욕이다. 바탕이 나쁜 아이는 아닌데 쉽게 고쳐지질 않는다.

더 데려가고 싶은 아이도 있지만 다음 기회로 미루고 먼저 이 다섯 놈부터 태워 가기로 했다. 일요일 아침 9시까지 학교 체육관 앞으로 모이라고 했다. 아침에 차를 몰고 학교로 가는데 재영이한테 문자가 왔다. 아르바이트하는 식당 사장이 주말인 데다 당일 말했다고 안 된다고 해서 못 가겠단다. 내가 나흘 전에 알렸고, 어제까지도 가겠다던 녀석이다.

학교에 가니 9시 10분 전이다. 무슨 행사 한다고 운동장을 빌려 주어 차 댈 곳 없이 붐빈다. 한쪽에 차를 대 놓고 둘러보니 저쪽에서 성찬이와 상훈이가 반갑게 인사한다. 성찬이는 한복 바지를 입었고 상훈이는 반팔 티에 예쁜 모자를 썼다. 민제한테 전화하니까 안 받더라고 한다. 나도 전화해 보니 안 받는다. 영민이는 손전화가 없다. 차에 타고 조금 기다리니 영민이가 나타났다. 나는 반가워서 기다리는데 영민이는 나를 보지도 않고 차 뒷문을 열고 앉는다.

"영민아, 왜 인사를 안 하고 그냥 타노?"

"타고 나서 할려고 했는데요."

"인사부터 해야 되겠나, 차부터 타야 되겠나?"

"아, 샘! 아침부터 왜 또 시비 겁니까?"

"야, 이게 시비가?"

"시비지요."

"나는 반가워서 얼굴 보고 싶은데 니는 말없이 뒷자리 앉으니까 하는 말이지."

"근데 샘, 제가 왜 이 집단에 끼어야 합니까? 저는 아직도 이해가 안 됩니다. 성찬이하고 민제는 결석을 많이 했고, 재영이하고 상훈이는 지각 대장이고, 저는 왜 문제아 취급합니까? 제가 왜 문제안데요?"

"얘들도 문제아는 아닌데. 나는 문제아란 말 한 적 없는데."

"그래도 문제 있는 애들 데리고 가는 거 아닙니까?"

"아! 좆만 한 새끼 졸라 말 많네. 민제한테 전화나 해 봐라."

"우아! 샘, 진짜 어이상실이다. 샘이 돼 가지고 어째 제자한테 욕을 하세요?"

민제는 끝내 전화를 받지 않았다. 밀양은 상훈이, 성찬이, 영민이,

나 이렇게 넷이서 갔다. 성찬이는 얌전하게 내 옆자리에 앉았고, 상훈이와 영민이는 뒷자리에 앉아서 서로 자기가 멋있고 잘생겼다고 우기면서 갈 때까지 티격태격한다. 둘이 다투는 모습이 보기 싫지는 않다.

상동역에서 잠시 차를 세워 두고 늘 가는 고깃집에 들러 삼겹살을 샀다. 여수동으로 들어서니 동네가 온통 감 천지다. 발갛게 익은 감이 온 동네를 밝히고 있다. 아이들 입에서 감탄이 절로 나온다. 오기를 참 잘했구나 싶다.

어머니 계신 집에 닿으니 형님이 조카를 데리고 먼저 와 있었다. 조카 친구도 한 명 데리고 왔다. 아이들을 어머니께 인사시켰다.

"우리 반에서 제일 말 잘 듣는 귀여운 녀석들을 데리고 왔습니다."

"안녕하세요?"

"오냐, 우리 손자도 같이 데리고 오지 그랬나."

바로 감나무밭으로 갔다. 조카와 조카 친구가 벌써 한 무더기 따 놓았다. 붙임성이 좋은 조카라 만나자마자 이 녀석들한테 농을 건다.

"너거, 반에서 제일 농땡이들이제? 맞제?"

"아닌데요."

"뭐 머리 보니 딱 알겠네."

"우리 학교 아이들 머리 다 이렇게 긴데요."

"우아! 부산상고 좋네."

"부산상고 아니고 개성곤데요."

"맞다. 학교 바꿨제."

영민이와 상훈이는 앞치마를 두르고 사다리를 타고 올라가서 따고, 나는 나무를 타고 올라가서 손에 닿는 감을 땄다. 바구니에 담아 줄을 잡고 내려 주면 밑에서 성찬이가 받았다. 사람이 여럿이니 금방이다. 어림해 보니 열다섯 상자는 넘게 따야 나누어 가져갈 것 같다.

부지런히 땄다. 애들도 생전 처음 해 보는 일에 신이 났다. 상훈이와 영민이는 서로 자기가 딴 감이 크고 이쁘다고 또 다툰다. 아이들은 저러면서 자라는가 싶다.

딴 감을 한곳에 모아 놓으니 제법 수북하다. 조카와 조카 친구는 가위로 감꼭지를 자르고, 나는 감을 상자에 넣었다. 내가 먼저 시범을 보이고 아이들한테도 넣어 보라고 했다. 나중에 한 상자씩 줄 거라고 했더니 아주 정성껏 담는다. 그렇게 정성껏 담아서는 그 상자에다 자기 이름을 써 놓는다. 내 보기에는 그 감이 그 감인데 자기가 정성껏 담은 상자에 더 마음이 가는 모양이다. 지난주에 이상석 선생님도 저렇게 정성껏 담아서는 그 상자에다 감 이파리를 붙여 두던 생각이 나서 혼자 웃었다. 모두 열일곱 상자다.

일이 끝날 때쯤 해서 빗방울이 듣기 시작했다. 마침맞게 일이 끝났다. 어머니가 점심을 해 놓았다. 우리가 감 상자를 옮겨 실을 동안 성찬이는 어머니 일을 도왔다. 텃밭에서 상추와 쑥갓을 뜯어다 씻고, 상 차리는 것도 도왔다.

삼겹살을 돌판에 구워 먹을 참이었는데, 비가 오는 바람에 부엌에서 프라이팬에 구웠다. 삼겹살 3만 원어치가 좀 많다 싶었는데 한 점도 남기지 않고 다 먹어 치웠다. 상추쌈에다 참기름 찍은 삼겹살을 없고, 거기다 어머니가 만든 쌈장을 발라서 먹으니 모두 끝없이 먹는다. 그러고도 밥은 두 그릇씩이나 비운다.

거식증이 걸려 학교에서 늘 점심을 거르던 성찬이도 오늘은 밥 한 그릇을 후딱 비웠다. 삼겹살구이도 잘 먹는다. 상추쌈에 올려 먹는 모습이 참 귀엽다.

"성찬이, 밥 잘 먹네."

"네, 오늘은 잘 넘어갑니다."

"남의 집 귀한 외동아들을 데꼬 와서 이리 일을 시키가 되것나."

어머니도 성찬이를 거드신다. 같이 상추 숨으면서 성찬이 형제가 어찌 되는지 물어보신 모양이다.

점심 먹고 모두 마루에 앉아 이야기를 나누다가 성찬이가 한 사람 한 사람 손금을 봐 준다. 몰랐던 재주다. 형님도 손을 내밀고 성찬이 말에 귀를 기울인다. 성찬이는 신바람이 났다. 세상과 담을 쌓고 살던 염세주의자 같더니 오늘 웬일인가 싶다.

푹 쉬었다가 형님과 조카를 먼저 보내고 우리끼리 남았다.

"선생님."

"왜?"

"특별 상담은 언제 해요?"

"벌써 다했는데."

"언제요?"

"아까 감 딸 때"

"예에?"

"그때 감이랑 특별 상담 한 거였는데."

모두 웃었다. 집으로 오는 길에 뒤에 앉은 상훈이랑 영민이는 떠들다가 어느새 잠이 들었다. 서로 다리를 베고 누웠다. 옆에 앉은 성찬이랑 이런저런 얘기하면서 왔다.

"오늘 성찬이 밥 한 그릇 비우는 거 보니 고맙더라."

"네, 저도 맛있게 먹었습니다."

"학교에서도 점심을 조금씩이라도 먹어 봐."

"안 넘어가요. 억지로 먹으면 다시 토합니다."

"그래도 먹어야 힘이 나지. 그렇게 안 먹어서 어쩌나."

"노력해 볼게요."

"오늘 좋았지?"

"예. 집에 있었으면 하루 종일 가만히 누워 있었을 낀데 좋았어요."

모두 집 앞에까지 태워 주었다. 영민이가 집으로 가면서 그랬다.

"샘, 다음 주에 또 가면 안 됩니까?"(2006년 10월 22일)

정수

3월 2일, 3층 2학년 6반 교실로 올라갔다. 몇몇 아이들이 문밖까지 나와서 자기 반 담임으로 누가 올지 기다리고 있다. 2학년 6반으로 들어서자 아이들이 손뼉을 치면서 정말 따뜻하게 반겨 준다. 참 고맙다. 고맙다는 마음이 절로 인다. 나도 웃으면서 들어섰다. 나도 모르게 환한 웃음이 나왔다.

준비해 간 사물함 이름표를 한 사람, 한 사람 부르면서 나누어 주었다. 이름표 꽃이에 맞게 치수를 재어서 미리 비닐 코팅까지 해 두었다. 그냥 주는 것이 아니라 한 사람씩 꼬옥 안아 주면서 "같은 반이 돼서 참 좋아. 잘 지내자" 하면서 등을 토닥거려 주었다. 아이들도 "저도 좋습니다" 하면서 받아 준다. 그렇게 서른아홉 명을 차례로 안아 주었다.

다른 반은 서른 남짓 되는데 우리 반만 서른아홉이다. 2학년 여덟 반 가운데 남학생이 세 반인데, 그 가운데 두 반은 이과고 우리 반만 문과다. 지난해 1학년 했던 다른 선생들 말을 빌면, 말도 못 할 농땡이들이고, 이른바 문제아들만 문과에 다 모였다는 것이다. 내가 받은 첫 느낌은 전혀 아니다.

식당에 점심 먹으러 가는데 2학년 여학생이 쪼르르 다가오더니 이렇게 묻는다.

"샘, 전 3반인데 우리 반 수업 들어오세요? 근데 샘, 반 아이들한테 뽀뽀했다면서요?"

아침에 아이들하고 인사하면서 안아 줄 때, 몸을 뒤로 빼는 아이한테 볼때기에 뽀뽀까지 해 주었다. 대답은 안 하고 그냥 웃기만 했다.

또 한 남학생이 다가오더니 이렇게 말한다.

"샘, 샘 반에 백산이 있지요? 김백산."

"그래."

"글마 1학년 때 머리 때문에 담임샘한테 스트레스 받아서 전학 갈라 했는데, 이제 전학 안 간대요."

아까 둘째 시간, 우리 반 문학 시간에 들어가니 백산이는 맨 앞줄에 앉아 있었다.

"너 머리가 곱슬이라 신경 쓰이겠구나."

"예."

"지금 모양이 참 좋은데. 이걸 펴자면 뒷머리가 이렇게 늘어질 수밖에 없겠구나?"

"예."

"1학년 때 지적 많이 당했겠네?"

"예."

"자연스러운데, 내 눈에는 조금도 거슬리지 않는데."

백산이는 심한 곱슬머리다. 미장원 가서 스트레이트파마를 해서 폈단다. 그러니 뒷머리가 자연 길게 늘어질 수밖에 없다. 그런데 뒷머리가 길다고 담임이 다그쳤던 모양이다.

다섯째 시간 마치고 청소 시간, 교실로 올라가자 한 아이가 나를 찾아왔다.

"선생님, 드릴 말씀이 있는데요."

"그래."

그 애를 데리고 복도로 나왔다.

"저 보충수업이랑 야자 못 해요. 1학년 때도 안 했어요."

얼굴빛은 까무잡잡하고 허우대가 좋고 다부진 체격에 목소리에 힘이 있다.

"왜? 무슨 사정이 있나 보구나."

"어머니가 안 계시고, 아버지가 집에서 놀고 있어 제가 알바해서 생활하는데요. 보충 하고 가면 알바 시간에 늦어요."

"무슨 일 하는데?"

"통닭집에서 오토바이 배달해요."

"오토바이? 위험하지는 않나?"

"괜찮아요. 몇 번 사고가 나긴 했어도 배달을 해야 돈을 더 받을 수 있어요."

"그렇구나. 알바는 언제부터 했노?"

"1학년 초부터 했어요."

정수 말을 듣고 있자니 내가 작아지는 기분이다. 벌써 철이 들었구나 싶다. 모진 풍파를 헤치고 나온 자신감이랄까. 당당함이 느껴진다.

"그래, 그래도 오토바이 조심해서 몰아라."

정수는 4월에 자라온 이야기 쓰기 할 때, 아버지 이야기를 썼다.

아버지의 폭력

어렸을 때, 내가 여섯 살 때 우리 식구는 풍족하지는 않지만 화목하게 지냈던 것 같다. 우리 식구가 불행을 맞이하게 된 건 형이 초등학교에 들어가면서부터인 것 같다. 어머니는 나와 형에게 남들보다 더 좋은 옷, 더 좋은 음식, 우리가 가지고 싶은 것을 다 해 주려고 하셨다. 그러다보니 메이커 옷도 사 주시고 외식도 자주 하게 되었다. 그러다 보니 적은 수입에 돈은 많이 나가게 되고 그것 때문에 아버지와 어머니 사이에 갈등이 생겼다.

그 일은 서로 양보해서 좋게 끝났지만 우리 형이 초등학교 2학년이 되던 해 또 두 분 사이에 갈등이 생기게 되었다. 우리 형 학교생활을 편히 하고 불편한 점을 없애 주려고 그랬는지 어머니가 형 담임선생님에게 흰 봉투를 몇 번 가져다주신 적이 있었다. 그걸 아버지가 아시게 된 것이다. 의처증이 심하셨던 아버지는 어머니가 학교 선생과 바람을 핀다고 생각하고 어머니에게 폭력을 행사했던 기억이 아직까지 생생하다. 그때는 나와 형이 아직 어렸기 때문에 아버지가 어머니를 때리면 방에 들어가 구석에서 울기만 했다.

그렇게 어머니는 몇 년 동안 이어지는 폭력을 견디지 못하고 내가 초등학교 2학년이 되던 해 집을 떠나셨다. 어머니가 집을 나서기 전에 나를 끌어안고 한참을 우셨던 게 기억난다. 지금도 그날만 생각하면 죽을 듯이 가슴이 미어진다. 어머니가 집을 떠나고 난 뒤 아버지는 우리 두 형제에게 굉장히 무관심하게 되었다. 내가 아파도 병원에 간 적이 없고 학교 일에도 일체 무관심이었다.

아버지가 우리에게 다시 관심을 가지게 된 것은 내가 초등학교 4학년 때 도둑질을 하다가 학교 선생님에게 잡히면서부터인 것 같다. 아버지가 하루에 용돈을 5백 원씩 주시고 가셨는데 날마다 우리 형이 내 걸 뺏어가서 나는 항상 돈이 없었다. 그 나이 땐 과자도 먹고 싶고, 친구들과 오락실도 가고 싶은데, 돈이 없어서 못하니 도둑질을 배우게 된 것이다. 학교 친구들 돈을 굉장히 많이 훔쳤다. 꼬리가 길면 잡히는 법 결국 담임선생님에게 들키고 말았고, 아버지가 학교에 오시게 된 것이다. 집에 가서 호되게 혼날 것이라 겁먹고 있었는데 집에 오자 아버지가 나를 불러 앉혀놓고 먼저 미안하다고 하셨다. 못난 아버지 잘못이라고 나를 끌어안아 주셨다. 그때는 어려서 혼나지 않았다는 사실에 기뻐했지만 지금 생각하면 눈물이 핑 돈다. (2006년 4월 11일)

정수 글을 읽고 정수를 더 잘 알게 되었고, 정수에게 마음이 다가가 서로 가까워졌다. 5월 8일, 어버이날에 정수가 교무실 내 자리로 내려왔다.

"선생님, 오늘 조퇴 좀 해 주세요."

"왜? 무슨 일 있나?"

"아니, 엄마한테 가 볼려고요."

"엄마한테? 만나기로 했나?"

"아뇨. 엄마 집에 갔다 올려고요."

"엄마 어디 사시는데?"

"기장에 사시는데, 가도 만나지는 못해요."

"그런데 왜 가려고?"

"엄마가 일하고 늦게 와서 만나 보지는 못해도 그냥 꽃 한 송이 방에 넣어 놓고 올라고요."

정수는 덤덤하게 말하는데 정수 말을 듣고 있는 내 마음이 짠하다.

"효자구나. 갔다 오면 오늘 배달 바쁘겠구나."

비 오는 밤

하루가 끝나는 시간

비 오는 밤

나는 우산을 들고 집을 나선다.

힘없는 걸음으로 집 근처 육교에 올라

하늘을 바라본다.

불빛 한 점 없는 하늘

아주 작은 빛도 보이지 않는 하늘

빛을 찾으려 해도

빗방울이 방해를 놓는다.

집으로 향하는 발걸음

늦은 밤 학원을 다녀온 아들과

마중 나와 함께 들어가는 어머니의 모습이 보인다.

나는 홀로 어두컴컴한 대문으로 들어선다. (5월 30일)

내 앞에서나 친구들 앞에서는 언제나 꿋꿋했지만 정수라고 슬픔을 못 느낄 리 없다. 이 시를 읽으면서 나도 모르게 눈물이 났다. 정수는 늦은 시간, 비 오는 밤에 우산을 들고 나왔다. 그냥 무작정 동네한 바퀴 도는 게, 허전한 마음을 달랠 길 없을 때 하는 버릇이겠지. 늦은 밤 학원을 다녀온 아들과 마중 나와 함께 들어가는 어머니의 모습이 얼마나 부럽고, 또 그리웠을까.

아버지

아버지와 함께 불고기집을 갔다.

내가 가기 싫다는 걸 아버지가 억지로 끌고 왔다.

주문한 고기가 나오고

아버지는 말없이 고기를 구우셨다.

아버지는 굽기만 하고 나는 먹기만 했다.

화장실을 다녀오다가

술 한 잔에 고기 한 점 드시는

아버지의 뒷모습을 보았다.

내가 자리에 앉으니 또 고기를 굽기 시작하셨다.

미안한 마음에 상추에 고기를 싸서 먹여 드렸다.

"우리 아들이 싸주는 고기가 제일 맛있네."

환한 웃음과 함께 툭 던지는 한마디

그 웃음이 그렇게 쓸쓸해 보일 수가 없었다. (7월 13일)

정수에게 허락을 얻어서 정수가 쓴 글들을 우리 반에서도 읽어 주고, 다른 반에 가서도 읽어 주었다. 아이들과 글쓰기를 해 보면, 자기 이야기를 정직하게 쓰기는 해도 아픈 이야기를 드러내 보이기는 꺼린다. 그러다가도 용기를 내어 다른 친구들에게 읽어 보이고 나면 후련하다고 한다. 도리어 그것이 자기를 존중하는 마음을 지니게 하고, 글을 또 쓰게 하는 힘이 되는 듯하다. 다른 아이들도 친구를 더 깊이 알고 이해하게 된다. 나도 아이 글을 읽고서 아이를 알게 되면, 복도에서 마주칠 때 느낌이 다르다. 또 아이가 어떤 잘못을 해도 화가 나지 않고 이해하는 마음을 내게 된다. 나는 이게 글쓰기 공부의 힘이라 생각한다.

식구

집에 도착하면 11시, 형은 아르바이트를 가고 집에 없고 아빠는 홀로 집을 지키고 있다. 씻고 공부하려고 식탁 앞에 앉으면 아빠의 한숨 섞인 푸념소리가 내 귀를 울린다. "아침부터 니 형이 열 받게 하던데……"로 시작해서 이런저런 욕들이 끝이 없다. 듣고 있으면 짜증이 치밀어 올라서 "그만하고 그냥 자라!" 이렇게 아버지에게 고함을 지른다. 그럼 아빠는 나에게 싸가지 없는 새끼라고 투덜거리며 방으로 들어간다.

새벽 2시쯤 넘으면 형이 온다. 형에게

"아침에 아빠랑 싸웠나?"

물어봤더니

"있다이가"로 시작해서 끝이 없다.

또 짜증이 나서

"아! 됐다. 닥치고 자라."

이렇게 쏘아붙이고 옷을 입고 밖으로 나온다. 밖으로 나와서 담배 하나 물고 조용한 새벽 동네를 돌아다닌다. 걸으면서 여러 가지 생각을 정리한다. 도대체가 하루에 얼굴 보는 시간이 한 시간 될까 말까 한데 그 짧은 시간에 날마다 그렇게 다툴 수가 있을까?

문제점을 생각해본다.

우선 형.

내가 우리 식구 중에서 제일 싫어하고 증오하는 인간이다. 어릴 때부터 나를 많이 때려서 싫었고, 지금은 존재 그 자체로 싫다.

여름에 땀 흘리고 와서 씻지도 않고, 냄새 나고, 살은 디룩디룩 쪄 있고, 아르바이트 해서 번 돈으로 날마다 술이나 처먹고 다니고, 내 옷을 지 것처럼 입고 다니고, 내가 먹을 거 사다놓으면 지가 다 처먹고, 다 말하자면 너무 길다. 하여튼 싫다.

그리고 아빠.

답답하다. 보고 있으면 형이랑 똑같다. 맨날 형보고 "저 새끼는 누굴 닮아서 저러는지." 이 말을 들으면 어이가 없다. 내가 볼 땐 부전자전 이다. 날마다 알바일하고 밤늦게까지 공부해야 하고 안 그래도 지금 내 스트레스는 장난이 아닌데. 식구들까지 저 모양이니 참 살맛 안 난 다. (9월 16일)

2학기 들어 정수는 한 달 넘게 다리에 깁스를 하고 다녔다. 통닭집 배달 알바를 하다가 오토바이 사고가 났다. 급하게 배달 가다가 넘어 진 것이다. 뼈에 금이 간 것 말고는 크게 다치지 않아 그나마 다행이 었다. 그런데 통닭집 주인이 치료비는 고사하고 오토바이 부서진 것 까지 정수한테 물어 달라고 한단다. 그 일로 정수가 크게 낙심해 있 었다. 화가 나서 통닭집 주인에게 전화했다. 사고 경위를 들어 보고 나서, 사고야 정수가 냈지만 배달 일 하다가 사고가 났으니 사고 수 습을 주인이 해 주어야 하는 것 아니냐고 따졌다. 오토바이 수리비는 주인이 부담하기로 했다.

아버지

식구들 간의 사랑이란 무엇일까? 서로 챙겨 주는 것? 걱정해 주는 것? 힘들 때 서로 기대어 의지하는 것? 맞는 말이다. 그럼 효도란 무엇일 까? 나쁜 짓 하지 않고 부모님 속 안 썩이는 것? 건강하게 잘 커 주는 것? 이것도 다 맞다. 하지만 내가 생각하는 사랑과 효도는 다르다.

중학교 때 아버지가 하던 사업이 망해서 우리 집은 아주 가난하고 힘겨웠다. 제대로 된 옷, 신발 하나도 못 사주는 아빠가 싫었고 원망도 많이 했다. 아빠에 대해 반감을 갖게 되고 반항도 심해졌다. 가난한 집이 싫었고 이렇게 된 원인인 아빠가 싫었다.

고등학교를 와서 여러 가지 아르바이트를 했다. 용돈도 내가 벌어 쓰고 학비도 내고 집안까지 책임져야 할 정도로 우리 집에서 나의 비중이 커졌다. 아빠는 사업에 실패하고 몇 년 간 일을 하지 않았다. 그러다 보니 내가 우리 집의 가장인 양 그렇게 되어 버렸다. 아빠, 가장의 권위를 무시하고, 내가 왕인 것처럼.

내가 일하면서 학교 공부도 하고 여러모로 스트레스가 많이 쌓였고 그 화살을 아빠에게 돌렸다. 날마다 짜증내고 투덜거리고 대놓고 아빠를 무시하기도 했다. 아빠가 나에게 부탁을 하면 실컷 짜증내고 욕하고 난 뒤 그 부탁을 들어주기도 하고 그랬다.

고3이 다 되어 가면서 공부를 해야 되겠다는 마음이 들었고 아르바이트를 그만두게 되었다. 내가 일을 그만두면 집에 돈줄이 끊기기에 아빠보고 제발 일 좀 하라고 윽박질렀다. 그럴 때마다 아빠는 아무 말도 안 하고 벼룩시장만 들여다보았다. 그런 모습이 더 짜증이 났다.

하루는 아침에 눈을 떴는데 아빠가 안 보인다. 아침부터 어딜 나갔는지 짜증이 났다. 아침을 먹으려고 식탁에 앉았는데 웬 쪽지가 눈에 들어온다.

"정수야, 아빠 일하러 가니까 밥 먹고 학교 가거라."

아빠가 드디어 일하러 간다는 말에 기분이 좋았다. 기쁘게 학교로 갔는데 한 시간, 두 시간 시간이 지날수록 마음 한구석이 불안해졌다. 혹

시 다치지는 않았는지, 밥은 먹었는지, 추운데 옷은 따뜻하게 입었는
지. 한 번도 이런 걱정해 본 적 없는데 이상했다.

학교를 마치고 집으로 잽싸게 달려왔다. 집 앞 대문에 서니 썰렁한 느
낌을 받았다. 대문 안으로 들어서니 찬바람이 휑하니 분다. '아, 내가
어딜 다녀왔을 때 나를 반겨줄 사람이 없는 게 이런 착잡한 기분이구
나' 생각했다.

저녁도 먹지 않고 아빠를 기다렸다. 밤늦게 아빠가 무척 피곤해 보이
는 얼굴로 돌아왔다.

"어디 갔다 왔노?"

"노가다 하러."

"할만 하더나?"

아무 말 없이 방으로 들어간다.

"밥 먹었나?"

"……."

아무 말 없이 이불을 펴고 눕는다.

"안 먹을 끼가?"

"아빠 아프다. 말 걸지 마라."

"알았다."

방문을 닫고 나가려는데

"밥 챙겨 먹고 어디 나가지 마라."

아빠의 힘없는 목소리다. 문을 닫고 내 방으로 와서 주섬주섬 옷을 입
는다. 큰방으로 가서 아빠에게 물었다.

"약 사 올까?"

"됐다. 빵이랑 우유나 사다 도."

바로 슈퍼로 뛰어갔다. 너무 길게 느껴졌다.

빵과 우유를 사 들고 집으로 왔다. 잠든 듯한 아빠. 아빠를 깨워서 빵이랑 우유 먹으라고 한 뒤 나는 집을 나섰다. 슈퍼에 들러서 소주 한 병을 사들고 놀이터로 갔다.

마음이 이상했다. 아빠가 아픈 건데 내가 왜 이래 아픈지. 차라리 내가 아팠으면, 내가 괜히 일하러 가라고 해서 아픈 거라며 죄책감을 느꼈다. 아빠도 내가 아팠을 때 이랬을까. 능력 없는 자신을 원망했겠지. 내가 지금 이런데 아빠는 그때 어떤 마음이었을까. 가슴이 찢어졌다. 정말 태어나서 처음으로 이런 식으로의 아픔을 겪었다. 아무 생각 없이 눈물만 흘렸다. 나는 지금까지 내가 효자라고 생각했다. 돈 벌어다 주고 공부 열심히 하고 착하게 살아온 게 효도라 생각했다. (12월 10일)

여러 해 쉬다가 드디어 아버지가 일을 하고 돌아온 저녁. 끙끙 앓으며 누운 아버지에게 빵과 우유를 사다 드리고, 다시 나와 슈퍼에서 소주 한 병 사 들고 놀이터로 간 정수. 이 글을 읽으면서 가슴 한 곳이 뻐근했다.

그렇게 그해 겨울은 지나가고 정수가 3학년이 되었을 때, 나는 학교를 옮겼다. 떠나기 전에 아이들 글을 모아 문집을 엮어서 나눠 주었다. 문집에 실은 글 덕분에 정수가 지혜랑 사귀게 됐다는 이야기를 전해 들었다. 정수가 초등 2학년 때 어머니하고 헤어져 아버지와 살아왔는데, 일곱 살 때 엄마 아빠가 이혼하고 아버지랑 살아온 지혜 이야기를 읽고 지혜 교실로 찾아가서 그랬단다. "지혜야, 술 한잔하자." 그렇게 해서 둘이 사귀게 되었다는 이야기. 엄마 없이 자란 슬픔이 얼마나 처절했을까. 그 슬픔을 누구보다 잘 알기에 비슷한 처지로 자라온 지혜 마음을 위로해 주고 싶었겠지.

정수가 쓴 글을 차례로 읽다 보면, 조금씩 달라져 가는 정수 마음을 엿볼 수 있다. 처음에는 아버지와 형을 미워하는 마음이 곳곳에 나타난다. 대들고 고함지르고 제구실 못 하는 사람이라 구박하고 무시한다. 그러다가 조금씩 아버지가 보이기 시작한다. 어느 순간 아버지의 쓸쓸한 뒷모습이 눈에 들어오게 되고, 아버지의 아픔이 곧 내 아픔이란 걸 몸으로 느끼기까지 한다.

돌아보니 담임으로 정수에게 아무것도 해 준 게 없는 것 같아 미안하다. 그저 옆에서 가만히 지켜봐 준 것밖에 없다. 그 뒤에 정수가 어떻게 지내나 들어 보니 고등학교를 졸업하고 어머니랑 둘이 함께 산단다. 아버지와 형이 같이 살고 정수는 어머니랑 살면서 가끔 아버지를 찾아간다고 했다. 그 말이 반갑고도 참 마음 아팠다. (2007년 6월)

이제 지리 시간도 싫어질 것 같다

8월 12일 아침 6시에 일어나 배낭을 챙겼다. 코펠 두 개, 버너 여섯 개, 쌀, 밑반찬으로 멸치볶음, 그리고 버스 타고 가면서 나눠 먹을 삶은 강냉이 열다섯 자루.

일찍 가서 아이들을 기다려야겠다 싶어 택시를 탔다. 8시에 만나기로 약속했다. 사상 시외버스터미널에 닿으니 7시 30분이다. 내가 가장 먼저 왔나 하고 둘러보니 훈민이가 나보다 먼저 와 있다. 기다리니 정열이가 왔다. 배낭을 짊어졌는데 제 키보다 배낭이 머리 하나만큼 더 있다. 그러고도 모자라 보조 가방까지 들었다.

"정열아, 배낭이 커서 엄청 무거워 보인다. 뭐가 들었노?"

"코펠하고요, 우리 조 먹을 거 다 들었어요. 그리고 의약품하고요."

"비상약은 내가 챙긴다 안 하더나."

"모기약하고 파스 샀어요."

저 배낭을 짊어지고는 도저히 못 오를 것 같다. 어떡하나. 나누어지는 수밖에 도리가 없다.

신지훈이는 아버지가 차로 데리고 왔다. 지훈이 아버지하고 악수를 나누었다.

"아이고, 지훈이 때문에 가족 여행도 못 가고 어쩝니까?"

"아닙니다. 어제 당일치기로 가족 모두 배내골 갔다 왔습니다."

"아이고, 그랬습니까."

며칠 전에 지훈이 아버지한테 전화가 왔다. 다음 주 월요일부터 여름휴가를 얻어 식구 모두 제주도로 가기로 했단다. 회사에서 펜션까지 빌려 주었는데, 우리 반 지리산 가는 날과 겹쳐서 지훈이가 가족끼리 가는 여행을 못 간다고 한 모양이다.

"모처럼 얻은 휴가인데, 회사에서 제주도에 펜션까지 빌려 주었는데, 지훈이 이놈이 안 갈라 하니까 전화드립니다. 선생님, 지리산 가는 데 지훈이 빠지면 안 됩니까?"

"예, 빠져도 됩니다. 그런데 억지로 가자고 하지 마시고, 가족회의를 열어서 지훈이 의사를 존중해 주면 좋겠어요."

"예, 그러겠습니다. 그러면 지훈이가 지리산에 못 가더라도 그렇게 이해해 주셨으면 합니다."

"지훈이 빼고 부부끼리 오붓하게 가시는 것도 좋을 듯한데요?"

"동생도 있습니다. 명색이 그래도 지훈이가 우리 집 장남입니다. 장남 빼고 가자니 허전해서 그럽니다."

"그렇지요. 식구 모두 가는데 한 사람 빠지면 허전하지요. 아무튼 잘 의논해 보십시오."

그랬는데 다음 날 학교에 와서 지훈이는 제주도가 아닌 지리산으로 간다고 했다.

아이들이 하나둘 모이는데 대부분 보조 가방을 하나씩 들었다. 훈민이, 정열이, 양정현, 근수까지. 아차, 싶다. 산에 오를 때 손에 들고 가면 힘들다는 얘기를 안 했구나. 지후는 하이트맥주 상표가 찍힌 아이스박스를 하나 들었다.

"지후야, 산에 올라갈 때는 등에 지고 가야지 손에 들고 가면 엄청 불편하다. 그 안에 뭐가 들었노?"

"비밀이에요."

나중에 보니 삶은 계란 한 판 서른 개하고, 포도를 세 송이 씻어 넣었다. 거기다 포도 담을 접시까지 챙겨 왔다. 중산리에서 친구들과 포도를 나눠 먹을 때, 포도 한 송이를 접시에 곱게 담아서 내 먹으라고 주었다. 고맙기도 하고 웃음도 나왔다. 지후가 이렇게까지 마음결이 고운 걸 새롭게 알았다. 삶은 계란 서른 개는 끝내 내가 들고 올라갔다.

재훈이와 오정현이는 배낭을 메지 않고 한쪽 어깨끈이 달린 가방을 들고 왔다. 이걸 어쩌나. 계곡에 물놀이 가는 차림이다. 지리산을 우리 학교 뒤 배산쯤으로 아나. 가게는 아직 문을 열지 않아 배낭을 살 수도 없다.

"재훈아, 산에 갈 때는 배낭을 메고 가야지. 그 무거운 가방을 손에 들고 올라갈 수 있겠나?"

"걱정 마세요, 충분히 갈 수 있어요."

속으로 그래 고생해 봐라 싶지만, 그래도 저걸 메고 갈 수는 없다. 신발은 모두 튼튼한 걸 신고 왔다. 그나마 다행이다.

은석이는 등산 버너가 아닌 야외용 버너가 두 개 붙은 큼직한 가방을 들고 왔다. 가볍기는 하지만 저걸 들고 가자면 여간 고생이 아니겠다. 고민 끝에 물품 보관함에 맡겼다가 돌아갈 때 찾자고 했다. 은석이가 가져온 코펠 하나도 보관함에 맡겼다. 어차피 버너가 여섯 개면 코펠도 네 개나 필요 없겠다 싶어 짐을 줄였다.

준영이 빼고 열여섯, 다 왔다. 준영이는 어머니가 못 가게 했단다. 그러면 나한테 전화 한 통만 해 주었더라면 좋았을 것을. 여행자 보험도 들었고, 로타리산장에 예약까지 해 놓았는데 야속했다.

나까지 열일곱 명, 중산리 가는 표를 끊고 버스를 탔다. 아이들은 버스에 앉자마자 손전화를 꺼내 오락을 한다. 그대로 내버려 두었다. 자기들 노는 방식인데 내가 간섭한다고 고쳐질까. 훈민이는 친구들과 나눠 먹을 요량으로 감자를 삶아 왔다. 감자와 강냉이를 나눠 주고 자리에 앉아 생각을 정리했다.

순탄치 않겠구나. 중산리 내리면 등산 배낭부터 두 개 구해야 할 텐데. 그리고 짐을 나누어 져야겠구나. 쌀하고 라면, 가스는 넉넉한지 챙기고. 코펠은 내가 두 개 가져왔고, 정열이가 한 개 가져왔으니 충분하고. 버너는 은석이 것 아니더라도 내가 여섯 개 구해 왔으니 한 모둠에 두 개씩 하면 되겠다. 네 명씩 네 모둠이었는데 세 모둠으로 해야겠다.

학기 초 교실에 들어가 이렇게 운을 뗐다.

"사상 시외버스터미널에서 지리산 중산리 가는 버스를 타. 버스에서 내려 중산리 취사장에서 라면을 끓여 점심을 먹고, 칼바위를 지나

로타리산장에 닿으면 5시쯤 돼. 밥을 하고 찌개를 끓여 저녁을 먹지. 9시가 되면 모두 잠자리에 들었다가 새벽 3시에 일어나 손전등을 들고 야간 산행을 해. 두 시간쯤 걸어 올라가면 지리산 꼭대기 천왕봉이야. 운이 좋으면 천왕봉 해돋이를 볼 수 있을 거야. 천왕봉에서 세석을 향해 걷다 보면 장터목산장이 나와. 장터목에서 아침을 먹고 또 걸어. 세석에서 점심을 해 먹고 대성골로 내려가. 대성골은 꽤 깊은 골짜기야. 빨치산 주 루트였다고 해. 한참 걸어 내려가면 시원한 대성골 계곡이 나와. 옷을 홀러덩 벗고 계곡물에 몸을 담가. 한 시간쯤 물놀이를 하고 쉬다가 또 한참을 내려가면 의신마을이 나와. 의신마을 이장님 집에서 저녁으로 지리산 흑돼지 삼겹살을 구워 먹지. 막걸리도 한잔 곁들이면서."

"정말 막걸리도 먹어요?"

잠자코 듣고 있다가 막걸리란 말에 솔깃한 모양이다.

"그래. 하루 종일 땀을 흘렸으니 시원하게 한잔씩은 해야지."

"언제 가요?"

"여름방학 보충수업 마치고."

가고 싶은 사람 손들어 보라 하니 모두 스물다섯이었다. 가는 비용이 만만찮아서 4월부터 한 달에 만 원씩 계를 모으기로 했다. 근수가 자진해서 계주가 되어 주었다.

그랬는데 막상 떠날 때는 열여섯으로 줄었다. 훈민이, 류지훈, 신지훈, 근수, 도성이, 재훈이, 정열이, 욱진이, 은석이, 준형이, 양정현, 오정현, 진우, 준수, 지후, 연승이.

중산리에 내려 한곳에 불러 모았다.

"자아, 잔소리 같지만 한마디는 꼭 해야겠다. 지리산이 험하기는 해도 얕보지만 않으면 누구나 오를 수 있어요. 얕보고 덤비면 나가떨어지게 돼. 알겠어요?"

"예."

쌀은 빠짐없이 한 봉지씩 가져왔고, 라면도 두 개씩 넣어 왔다. 가스도 하나씩 가져오라고 했는데 열 개밖에 안 된다. 다섯 개를 더 샀다. 짐을 골고루 나누었다. 정열이 배낭을 열어 보니 통조림과 소시지, 과자에 온통 먹을 것만 가득하다. 제법 덜어 냈는데도 여전히 무겁다. 정열이가 걱정이다.

가게에 가서 배낭 파느냐고 물으니 조그만 배낭밖에 없단다. 가게마다 물어도 배낭은 없다. 어쩌나 하고 있는데 재훈이가 그냥 가방 들고 올라간다고 고집을 부린다. 배낭 없이는 못 간다고 해도 막무가내다. 지리산에서 금방 내려온 사람이 옆에 앉아 쉬고 있기에 말을 걸었다.

"저 애가 가방을 들고 천왕봉을 오르겠대요. 내 말은 안 들으니 말좀 해 줘요."

대학생으로 보이는 젊은이가 웃으면서 고개를 절레절레 흔들었다.

"저걸 들고는 절대 못 올라갑니다."

민박집 앞에 머리가 허연 노인이 앉아 있기에 조심스레 사정해 보았다.

"제가 부산서 우리 반 아이들을 데리고 지리산에 왔습니다. 아이들은 지리산이 처음이라 아무것도 모르고 손에 드는 가방에 짐을 넣어 왔습니다. 혹시 헌 배낭 하나 있으면 빌려 주십시오. 꼭 돌려 드리겠습니다."

"그래요. 가방을 들고는 산에 못 오르지요. 기다려 봐요."

방에서 헌 배낭을 하나 찾아 주었다. 돌려주지 않아도 된다고 하셨다. 고마워서 인사를 여러 번 했다.

하나는 구했고, 이제 하나만 더 구하면 된다. 지리산 관리사무소에 가서 사정 얘기를 했다. 구호용 배낭이라 못 빌려 준다고 했다. 그래도 내가 늘어붙으니까 창고에서 헌 배낭 하나를 꺼내 주었다. 구멍이 나고 곰팡이가 슬었다. 쓰지 않는 것이라도 재물에 잡혀 있어서 꼭 돌려 달라고 했다. 부산 돌아가면 택배로 보내 주기로 하고 빌렸다. 고등학생들이 생전 처음 지리산에 오른다고 하니 딱해 보여서 그런지, 아니면 대견해서 그런지 모두 따뜻하게 도와주었다.

중산리 찻길에서 등산길로 들어서자마자 오른편에 취사장이 있다. 거기서 짐을 풀고 라면을 끓였다. 네 솥을 끓여 나누어 먹었다. 근수가 손수 요리를 하겠다고 나섰다. 파를 썰어 넣고 게맛살도 썰어 넣었다. 지훈이는 점심 도시락으로 볶음밥을 싸 왔다. 나는 지훈이 도시락을 조금 나눠 먹었다. 그런데 라면을 다 먹은 녀석들이 하나둘 젓가락을 놓고 일어선다. 목구멍까지 잔소리가 올라왔지만 참고 그냥 내버려 두었다. 이번 등산 오기 전에 속으로 다짐한 것이 있다. 무슨 일이 있어도 아이들에게 화를 내거나 잔소리를 늘어놓지 말자. 은석이와 근수와 정렬이가 설거지를 하고 먹은 곳을 말끔히 치웠다.

칼바위까지는 평탄한 길이고 거기서부터 아주 비탈진 오르막이다. 우리 반에서 몸집이 가장 큰 정열이와 그다음으로 뱃살이 많은 근수가 뒤에 처졌다. 근수보다 정열이가 더 힘들어 보인다. 정열이는 몸무게가 100킬로가 넘어 보인다. 스스로 만반의 준비를 해 왔다. 등산 지팡이를 두 개씩이나 들고 와 한 손에 하나씩 들었고, 양팔에는 햇볕에 타지 말라고 토시까지 꼈다. 아직 오르막도 아닌데 벌써 숨을 헐떡이고 얼굴은 땀범벅이다. 제 몸을 못 이긴다. 근수는 배가 아프다고 숲 속에 들어가 설사를 하고 왔다. 쉬엄쉬엄 가니 앞장하고는 꽤 사이가 벌어졌지 싶다.

칼바위에서 목을 축이고 조금 쉬었다가 오르막을 오르는데, 정열이가 더 못 가겠다고 퍼졌다. 속이 울렁거리고 오른팔이 떨리고 왼쪽 다리가 저리고 아프단다. 팔을 잡으니 부르르 떨리는 게 느껴진다. 더 걷기는 무리다. 아까 들렀던 관리사무소에 전화를 걸어 도움을 요청했다. 다행히 구조 요원 두 사람을 보내 주겠다고 했다. 구조 요원을 기다리는데 훈민이가 자기도 배가 아파 못 올라가겠으니, 정열이를 자기가 데리고 부산으로 돌아가면 어떻겠냐고 했다. 무리해서 될 일이 아닌 것 같아 그러라고 했다. 훈민이더러 정열이를 데리고 조심해서 돌아가라 하고, 나는 근수를 데리고 오르막 계단을 올랐다. 마음이 너무 무겁다.

걱정이 되어 구조 요원한테 전화하니 칼바위 근처까지 왔는데 아이들을 못 만났단다. 훈민이한테 전화하니 칼바위를 지나 내려가고 있단다. 제복 입은 구조 요원을 만나면 도움을 요청하라고 했는데,

구조 요원과 마주쳤는데도 못 보고 지나친 모양이다. 그 자리 앉아서 기다리라고 하고, 구조 요원에게 연락해서 아이들 차림새를 자세히 일러 주었다. 조금 있다 전화하니 만났단다. 큰 이상은 없고 지나치게 긴장해서 근육 경련이 일어난 것 같다고 했다. 버스 타는 곳까지 데려다 달라고 부탁했다. 마음이 불안하다. 오기 전부터 정열이가 걱정이었다. 몸집이 큰 데다, 봄에는 다리를 삐어 깁스를 한 채로 한 달쯤 목발을 짚고 다녔다. 그래서 정열이한테 다음 기회에 가자고 말렸다. 갈 수 있다고 하고, 황령산을 오르면서 연습도 했다기에 데려왔다. 내가 판단을 잘못했는가 싶다.

정열이 걱정이 채 가시지도 않았는데 이번에는 근수와 진우가 자꾸 처진다. 근수는 몸집이 커서 처지고 진우는 몸이 약해서 처진다. 근수는 몸무게가 90킬로가 넘고 진우는 44킬로밖에 안 된다고 한다. 진우 배낭을 받아서 앞가슴에 안고 끈을 어깨에 걸었다. 거기에다 보조 가방 두 개를 양어깨에 걸치니, 배낭 두 개에 보조 가방 두 개를 들었다. 그래도 힘든 줄은 모르겠다.

근수는 내려오는 사람마다 로타리산장 얼마 남았는지 묻는다. 힘들다는 말이다. 세 시간 반 걸려 로타리산장에 짐을 풀었다. 훈민이한테 전화하니 부산으로 가고 있단다. 정열이는 이제 정상으로 돌아왔고, 봄에 다친 발목만 조금 욱신거린다고 했다. 정열이 어머니한테 전화해서 사정을 말해 주었다.

먼저 온 은석이가 샘에서 물을 받아다 마시라고 주었다. 고맙다. 목을 적시고 아이들을 챙겼다. 수건을 적셔 온몸을 닦고, 젖은 옷부터 갈아입으라 하고 저녁 준비를 했다. 은석이와 근수가 도와주었다.

묵은 김치에 참치 통조림을 따서 넣고 김치찌개를 끓였다. 이번에도 근수가 요리를 맡았다. 나는 밥이 제대로 되나 불을 살폈다. 산에서는 물을 조금 낮게 부어야 한다. 밥이 끓는구나 싶으면 불을 낮추어 준다. 그렇지 않으면 삼층밥이 되기 일쑤다. 오랜만에 아이들 앞에서 실력 발휘를 했다. 밥이 설익지도 타지도 않고, 쌀이 잘 퍼져 맛있게 익었다. 가져온 밑반찬을 꺼내 저녁을 먹었다. 밥을 넉넉히 해서 모두 두 그릇씩 먹었다. 이번에도 정현이 재훈이 욱진이 준수는 숟가락을 놓고 그냥 일어선다. 집에서 하던 못된 버릇이다. 울컥 잔소리가 올라왔지만 또 참았다. 그냥 보아주기로 하자. 달라지겠지.

산장에서 하는 설거지는 그릇을 물로 씻는 것이 아니다. 휴지로 찌꺼기를 깨끗하게 닦아 낸 다음에 물을 조금 부어 그릇을 헹군다. 여럿이 둘러앉아 그렇게 설거지를 했다. 치우고 나니 얼마 안 있어 날이 어두워진다.

산장에 어둠이 내리기 시작하니 별이 났다. 시간이 흐를수록 온 하늘에 별이 빼곡하게 박힌다. 산장 안은 후덥지근해서 모두 밖에서 몸을 식혔다. 식탁 의자에 드러누워 하늘에 별 구경을 했다.

"선생님, 별이 이렇게 많은 건 태어나서 처음이에요."

부반장 준수다.

"손에 잡힐 것도 같제. 그래서 은하수라 하는가 봐. 마치 별무리가 흐르는 것 같잖아."

내가 시키지도 않았는데 이렇게 아이들이 별을 보는구나. 오른쪽 하늘 끝자락에 전갈같이 생긴 별자리가 보인다.

"야들아, 저쪽 산 위에 있는 별자리 보이지. 뭐같이 생겼노?"

답이 없다.

"전갈 같지 않아?"

"그렇네요."

그렇게 놀며 쉬다가 9시에 잠자리에 들었다. 내일 새벽에 일어나자면 일찍 자 두어야 한다. 3시에 일어나기로 약속하고 누웠는데 머릿속이 말똥말똥한 게 잠이 오지 않았다. 뒤척이다 1시가 훌쩍 넘어서야 잠이 들었지 싶다.

"선생님, 선생님, 3시 10분 전입니다. 우리 쪽 침상은 일어나서 다 준비했어요."

은석이다.

"그래, 조금만 있다가 3시에 조용히 나가자."

우리가 잔 곳은 2층 침상이고 1층 침상에는 동아리끼리 온 대학생들이 자고 있었다. 조용히 아이들을 깨워서 나왔다.

은석이더러 앞장서라 했다. 길은 외길이니까 엉뚱한 길로 빠질 걱정은 없다고 일러 주고, 천천히 가자고 했다. 모두 손전등을 켜고 길을 나섰다. 하늘에는 별이 촘촘하고 이따금 별똥이 긴 꼬리를 그리며 떨어졌다.

나는 또 맨 뒤에서 걸었다. 근수와 진우와 연승이가 뒤처졌다. 나설 때부터 진우 배낭은 내가 안았다. 오늘도 배낭과 가방이 네 개나 내 몫이다. 천왕봉 꼭대기로 오르는 길이라 어제보다 더 가파르다.

자주 쉬었다. 한 시간 반쯤 가니 둘레가 조금씩 환해졌다. 천왕봉으로 오르는 마지막 나무 계단을 오를 때, 근수와 진우는 정말 젖 먹던 힘까지 다해 오르는 듯했다. 천왕봉 꼭대기에 닿았을 때는, 저 멀리 하늘과 땅이 맞닿은 곳이 벌겋게 물들어 있었다. 곧 해가 솟아오를 듯싶었다. 꼭대기에는 백여 명이 해돋이를 보려고 모여 있었다.

조금 기다리니 빨간 해가 동실 솟아오른다. 눈 깜짝할 사이에 광경이 펼쳐졌다. 모인 사람 모두 탄성이 나왔다. 아름답다. 너도나도 손전화를 들고 사진을 찍어 댄다. 우리 아이들도 사진 찍는 데 정신을 팔았다.

"애들아, 사진을 아무리 잘 찍어도 지금 저 실제 모습보다는 아름답지 않아. 마음에다 담아 두어라."

아무도 내 말을 듣는 것 같지 않았다. 근수가 혼잣말로 그랬다.

"정말 힘들게 올라왔는데 지금 해돋이를 본 것으로 모두 상쇄되는 기분이다."

'지리산 천왕봉'이라 새긴 빗돌에 모두 빙 둘러서서 단체 사진을 찍었다.

내려가는 길은 험했다. 근수와 진우가 무척 힘들어했다. 진우는 팔을 뒤로 짚고 기어서 내려왔다. 선두와 제법 사이가 벌어졌다. 은석이한테 전화해서 장터목에 닿으면 먼저 간 사람이 라면 끓일 물을 떠다 놓으라고 일렀다. 한 시간 반쯤 걸려서 장터목에 닿았다.

사람이 많아 한쪽에 자리를 잡고 라면을 끓였다. 냄비 네 곳에다 끓였다. 먼저 익은 두 냄비를 먹으라고 건네주었는데, 다 먹고는 모두 젓가락을 놓고 슬금슬금 일어선 모양이다. 식탁이 비기를 기다리던 다른 등산객한테 한소리 듣고서야 준수가 식탁을 치웠다. 그걸 보고 있자니 마음이 몹시 불편했다. 그랬는데 욱진이가 자기는 라면을 조금밖에 못 먹었다고 한 쪽만 더 달라고 그릇을 내밀었다.

"안 돼. 너희는 두 냄비나 먹었잖아. 다른 아이들도 먹어야지."

얄미웠다. 똑같이 힘들고 똑같이 배가 고픈데 어째 자기밖에 모르나 싶었다.

욱진이가 내민 손이 무안하게 되었다. 쌩하니 토라져서 뒤돌아 가는 모습을 보니 안됐다.

라면을 다 먹고 그릇을 닦고 있는데, 이번에는 정현이가 참치 통을 엄지와 검지로 집어 들고서 물었다.

"선생님, 쓰레기 어디다 버려요?"

그 말을 들으니 또 화가 난다. 자기 배낭 속에 쓰레기 봉지 하나씩 마련하라고 그렇게 일렀는데 잠꼬대 같은 소리를 하고 있다.

"자기 배낭에서 나온 물건은 다시 자기 배낭으로 들어가야 한다고 몇 번을 말해 주었니."

이번에도 말이 곱게 나오지 않았다.

먹기 바쁘게 또 길을 나섰다. 9시다. 세석산장에 늦어도 11시까지는 닿아야 한다. 걷는데 자꾸 욱진이 생각이 난다. 욱진이한테 말을 심하게 한 것이 후회가 되었다. 그냥 웃으면서 라면 한 젓가락 덜어 주었더라면 좋았을 걸. 욱진이가 얼마나 무안했을까.

"근수야, 아까 내가 욱진이한테 말이 너무 심했지?"

"예. 욱진이 삐져서 맨 먼저 떠났어요."

길은 한결 나아졌다. 능선길이라 오르막 내리막도 적고 험하지도 않다. 땀은 줄줄 흐르는데 숲 속 길이라 더운 줄 모르고 걸었다.

오르막이 사라지자 근수는 힘을 되찾았다. 진우가 문제다. 진우는 갈수록 지쳐 가는 게 눈에 보인다.

"진우야, 괜찮아?"

"예, 발바닥 아픈 것 말고는 괜찮아요."

"다리 후들거리는 거는 어때?"

"이제 괜찮아졌어요."

말은 괜찮다고 하는데 얼굴빛이 핏기가 없이 하얗다.

"도저히 못 걷겠으면 말해라. 세석에서 구조 요청해서 헬리콥터 타고 내려가면 된다."

"정말 헬기 타고 갈 수 있어요?"

진우는 아무 말이 없고 옆에 근수가 묻는다.

"그래. 전에 학교 선생님들하고 왔던 적이 있어. 그때 교감 선생이 다리를 삐어서 헬기 타고 내려갔거든. 진우야, 헬리콥터 타 볼래?"

"아뇨. 걸어갈 수 있어요."

은석이한테 전화해서 세석에 먼저 닿은 사람이 점심밥 준비하고, 그늘에 쉬면서 잠시 낮잠을 자 두라고 했다.

세석에서 점심밥을 해 먹었다. 은석이가 미리 쌀을 씻어다 놓아, 버너에 불만 피워 올려놓기만 하면 되었다. 찌개는 두 냄비를 끓였다. 하나는 김치찌개, 하나는 된장찌개를 끓였다. 밥이 되기 전에 찌개가 다 끓어 찌개부터 먹기 시작했다. 찌개 맛이 대박이라고 여기저기 탄성이 나왔다. 배가 고팠겠지.

샘에 가서 물통에 물을 두 통씩 채우고 12시 15분에 길을 나섰다. 지금부터 걸어야 할 길이 9.1킬로다. 이정표에는 다섯 시간 걸린다고 했지만, 오후 6시가 넘어야 의신마을 민박집에 닿을 것 같다. 세석에서 삼신봉 쪽으로 가다가 갈림길에서 오른쪽 의신마을 쪽으로 걸어야 한다. 앞서 걷는 아이들에게 갈림길이 나오면 오른쪽 의신마을 쪽으로 가라 이르고, 나는 또 맨 뒤에서 걸었다. 이번에는 진우와 근수 말고도 욱진이와 연승이가 함께 걸었다.

통에 든 초콜릿 다섯 알을 욱진이한테 건넸다.

"욱진아, 아까 내 말에 마음 상했제. 미안하다. 마음 풀어라."

"괜찮아요."

초콜릿을 받아 쥐고는 활짝 웃는다.

갈림길까지는 평평한 길이었다. 그런데 거기서부터 길이 험했다. 앞이 확 트인 바위에 서서 내려다보니 대성골 골짜기가 한눈에 들어온다. 우리가 걸어야 할 길이 끝없이 길다. 천천히 걷다 보면 끝이 나오겠지.

비탈길을 한 1킬로쯤 내려왔을 때 진우가 퍼졌다. 다리가 후들거리고 체력이 바닥이 난 것 같았다. 바로 앞서 걷는 근수와 연승이, 욱진이를 불러 기다리라 하고 한 발 한 발 진우 손을 잡고 걸었다. 더 걷는 것은 힘들어 보였다. 도움을 요청하려 해도 전화가 걸리지 않았다. 내가 짊어졌던 배낭 두 개와 보조 가방 두 개를 욱진이와 연승이,

근수에게 나누어 맡기고 나는 진우를 업었다. 진우는 키에 비해 가벼웠다. 업고 허벅지를 두 손으로 잡았는데 다리가 새 다리 같다. 이 다리로 그 먼 길을 걸었구나. 속으로 미안한 마음이 든다. 업고 걷기란 여간 힘든 게 아니다. 지리산에서 업고 내려간 기억이 떠오른다. 대학 2학년 때다. 우리 과 30여 명이 지리산 세석에서 자고 천왕봉으로 해서 중산리로 내려갈 때, 여학생 하나가 발이 부르터서 더 걸을 수가 없었다. 지리산이 처음이던 그 여학생은 신발이 가벼울수록 좋은 줄 알고 하얀 실내화를 신고 왔던 것이다. 할 수 없이 내랑 내 친구 둘이서 번갈아 가며 업고 내려갔다.

이번에는 교대해 줄 친구도 없다. 근수도 제 한 몸 건사하기 벅차 보이고, 욱진이나 연승이도 지쳐 있다. 쉬엄쉬엄 내려가 보자. 한 2킬로 내려왔을까. 나는 온몸이 땀범벅이 되었다. 팔이 먼저 감각을 잃어 갔다. 허벅지 근육도 뭉쳤다. 그런데 진우가 고통을 호소했다. 내가 업기만 하면 숨을 몰아쉰다. 가슴이 조여 숨을 잘 못 쉬겠다는 것이다. 나도 더 업고 내려가기엔 한계에 왔다. 어쩌나. 우선 지친 진우를 눕혔다. 눕자마자 진우는 가물가물 자분다. 이러다가 애 잡겠다. 도움을 요청하고 싶지만 전화가 안 된다. 욱진이와 연승이는 진우 곁에 있으라 하고 근수를 데리고 빠른 걸음으로 산길을 내려갔다. 한 1킬로쯤 내려가니 의신마을 5.5킬로라 새긴 푯말이 나오고, 그 옆에 비상 전화가 있었다. 비상 전화는 걸리지 않는데 다행히 손전화가 된다. 비상 전화통 옆에서만 간신히 걸리고 다른 곳은 안 된다. 119에 연락이 닿았다. 우리 위치를 알려 주고, 학생 한 명이 지쳐 걸을 수가 없고, 업을 수도 없어 들것이 필요하다고 말했다. 곧 출동한다고 아이를 안정시키고 기다리라고 한다. 마음이 조금 놓였다.

근수를 거기 있으라 하고 나는 배낭을 벗어 놓고 내려왔던 길을 되짚어 올라갔다. 진우 상태를 살폈다. 조금 살아난 듯하다. 그래도 여전히 핏기 하나 없는 얼굴이다. 진우를 꼬옥 안아 주면서 이제 안심하라고 했다.

천천히 한 걸음씩 옮겨서 내려왔다. 길이 좋으면 걷고, 험하다 싶으면 업었다. 그렇게 비상 전화 있는 곳까지 왔다. 옷가지를 꺼내 펴고 평평한 곳에 진우를 눕혔다. 옆에 계곡에서 물을 떠 와 먹이고, 아이들도 얼굴을 씻고 물을 마시고 쉬었다. 그렇게 한 30분쯤 쉬었더니 진우 얼굴빛이 조금 돌아왔다. 다시 119에 전화해서 부반장 준수와 은석이 전화번호를 알려 주고 부탁했다. 여기서는 아이들과 연락이 안 되니, 우리 아이들한테 전화해서 먼저 민박집에 가서 기다리라고, 친구 하나가 지쳐서 늦게 간다고, 그렇게 말을 전해 달라고 부탁했다. 전화가 안 되니 앞서간 아이들은 별 탈이 없는지 걱정이다.

모두 기운을 차리고 다시 한 걸음씩 옮겼다. 무작정 앉아 기다리는 것보다 조금이라도 길을 줄이는 게 더 나을 것 같았다. 진우도 이제 기운을 조금 차렸다. 길이 험하다 싶으면 업고 평평한 길은 걷고 하면서 걸음을 옮겼다. 욱진이와 연승이는 먼저 보내고, 근수와 진우를 데리고 천천히 걸었다. 그렇게 한 시간을 걸었다. 한 시간에 겨우 1킬로 조금 넘게 내려왔다.

앉아 쉬는데 구조대 두 명이 왔다. 그런데 들것도 없이 그냥 왔다.

말을 들어 보니 자기들은 관리사무소에 근무한단다. 구조대가 오기 앞서 먼저 왔다는 것이다. 구조대는 하동에서 출동하니 조금 늦다고 했다. 시원한 매실 물을 꺼내 진우에게 주었다. 진우에게 말을 시켜 보고 상태를 물어보더니 그렇게 심해 보이지 않는다고 했다. 조금 기다리자 사람들이 우르르 몰려왔다. 정확히 헤아려 보지는 않았지만 열대여섯은 돼 보였다. 알고 보니 119구조대원들도 오고, 의신마을 민간 구조대원들까지 왔다. 우리가 잘 민박집 주인이 의신마을 민간 구조대장이라 소식을 듣고 달려온 것이다. 반갑고 고마웠다. 배낭에서 먹는 포도당 알약과 이온음료, 초코파이를 꺼내 먹으라고 주었다. 나는 긴장한 탓인지, 허기는 져도 먹고 싶은 마음이 없었다. 진우도 음료와 알약만 두 알 먹었다. 들것은 가져오지 않고 사람을 업고 갈 수 있는 질것을 가져왔다. 아기 포대기 같은 건데 업힌 사람이 편안하고 안전해 보였다.

진우를 교대로 업고 내려오면서 구조대장이 농담 삼아 말했다. 앞서 걷던 근수를 보고 간이 철렁 내려앉았다고. 그래 근수가 한 몸집 하지. 짐작컨대 한 95킬로는 되지 싶다.

"너 정말 고맙다. 처음에 니를 보고 얼마나 놀랬는지 아나. 그 몸으로 끝까지 걷는 것 보니 참 대단하다야. 니가 퍼졌으면 우리는 진짜 죽었다."

그 말에 모두 웃었다. 나도 말을 거들었다.

"그렇지요. 우리 근수가 이번 등반에 자진해서 등반대장을 맡았습니다. 나도 이렇게 끈기 있는 녀석인 줄 몰랐어요."

근수는 두 살 때 어머니와 아버지가 이혼했다. 그때부터 지금까지 외할머니 집에서 산다. 처음 만났을 때 어머니 이야기를 하면서 왕방울 같은 눈에서 눈물이 뚝뚝 떨어졌다. 근수가 친구들한테 화내는 걸 본 적이 없다. 언제나 생글생글 잘 웃는다. 등산 와서도 근수는 한 번도 웃음을 잃지 않았다. 진우가 지쳐 퍼지고, 전화는 불통이고, 그 순간에도 근수 웃는 얼굴을 보니 힘이 솟는 것 같았다. 꼭 하느님 같은 아이다.

2킬로쯤 내려오니 외딴집 음식점이 나왔다. 구조대원들이 올라올 때 미리 음식을 시켜 놓은 것 같았다. 막걸리에 산나물과 도토리묵, 닭도 몇 마리 삶아 놓은 것 같았다. 막걸리 한 사발을 권하기에 받아 마셨다. 얼마나 시원하게 넘어가는지 지금도 그 맛을 잊지 못하겠다. 따로 구조비가 나와 그 돈으로 먹는다고 하지만 나도 그냥 지나칠 수가 없었다. 성의라고 하면서 가게 주인한테 10만 원을 내놓았다. 돈만큼 안주와 술을 내주라고 하고 나는 아이들을 데리고 먼저 길을 나섰다. 돈을 내놓고도 마음이 좋다. 산길 5킬로를 땀을 뚝뚝 흘리면서 달려와 준 고마운 분들이다.

해가 지고 땅거미가 내리기 시작한다. 시계를 보니 7시가 넘었다. 먼저 간 아이들이 걱정이다. 전화하니 모두 씻고 쉬고 있다고 한다. 아직 산길 2킬로를 걸어 내려가야 한다. 빨리 걸어도 40, 50분은 걸린다. 8시나 되어야 닿지 싶다. 예정대로라면 지금쯤 삼겹살을 구워 먹을 시간인데 얼마나 배가 고플까. 민박집 주인이 구조하러 와 있어 삼겹살도 못 구워 먹는 모양이다.

8시에 민박집에 닿았다. 민박집 주인은 진우를 데리고 구조대원들과 함께 뒤따라왔다. 사람 좋은 주인이 서둘러 불을 피우고 그 위에 커다란 철판을 얹고 삼겹살을 구워 준다. 고기는 주인에게 미리 부탁해서 넉넉하게 시켜 놓았다.

주인집 마당 널찍한 평상에 둘러앉았다. 깻잎에 묵은 김치를 얹어 싸 먹으니 입안에서 살살 녹는다. 막걸리도 두 되를 내왔다. 눈 깜짝할 사이에 다 비웠다. 근수가 애교를 부렸다.

"선생님, 딱 한 통씩만 더 먹어요."

"그래. 근수가 애절하게 부탁하는데 딱 한 통씩만 더 먹자. 더는 안 된다."

"예."

주인한테 두 되만 더 달라고 했다.

지훈이는 얼굴이 빨개졌고, 준형이는 제법 취한 것 같았다. 그런 준형이를 아이들이 놀려 먹었다. 그걸 보고 진우도 웃었다. 오늘 진우가 웃는 걸 처음 보았다. 진우도 삼겹살을 맛있게 먹었다. 나도 그제야 긴장이 풀어졌다. 그렇게 이야기하고 놀다가 12시 넘어서야 모두 자러 들어갔다.

다음 날 밥을 해서 아침을 먹고 치우는데 욱진이와 정현이가 말없이 설거지를 한다. 지금까지 못 보던 모습이다. 먹고는 젓가락 던지고 맨 먼저 일어서던 녀석들이다. 정현이는 참치 통을 들고 쓰레기 어디 버리냐고 묻던 놈이다. 내가 한 번도 잔소리한 적이 없다. 옆에 친구를 보고 배운 것이리라. 몸이 힘들수록 사람은 제 몸 챙기기 바쁘다. 이기심이 발동할 수밖에 없다. 그런데 그 가운데 더 힘든 친구를 돕는 아이도 있었다. 친구 보조 가방을 들어 주기도 하고, 비탈길을 한참 내려가 샘물을 떠 오기도 하고, 설거지를 맡아 하는 아이도 있었다.

하동읍으로 나가는 버스가 11시 15분에 있었다. 그동안 여유가 있어 그 마을에 있는 지리산 역사관에 잠시 들렀다. 빨치산 남부군 총사령관 이현상이 죽은 빗점골이 여기서 멀지 않다. 그래서 여기다 역사관을 세웠는가 싶다. "지리산 깊은 골짜기와 수많은 능선에는 아군과 빨치산, 그리고 그들의 틈바구니에서 희생된 무고한 양민들의 넋들이 헤매고 있을 것이다." 이 글귀에 마음이 오래 머물렀다.

하동읍에 나와서 준수가 술병을 하나 꺼내 놓았다. 어머니가 선생님 드리라고 주셨단다. 열어 보니 양주다. 조니워크 골드라벨 18년산. 이 무거운 걸 2박 3일 동안 배낭에 넣고 다녔구나. 술병을 볼 때마다 지리산 생각이 날 것 같다. 우리 반 아이들이 떠오를 것이다. 아이들도 그렇겠지.

헤어질 때 도성이는 이제 지리 시간도 싫어질 것 같다고 했다.

2학기 개학하고 만나니 아이들이 달라 보인다. 며칠 사이 훌쩍 자란 느낌이다. 다시는 지리산에 안 간다던 녀석들이 개학하기 무섭게 겨울방학 때 또 안 가냐고 묻는다. (2013년 8월 22일)

백일장

여섯째 시간 1학년 1반 국어 시간에 들어가서, 지난 시간에 자기들이 쓴 시를 쭈욱 읽어 주었다. 다 읽어 주고 나서 마음에 가장 와닿는 시를 한 편씩 추천해 보자고 했다.

"오늘은 지난 시간에 쓴 시 가운데 어느 시가 가장 좋은지 시 장원을 뽑아 보자. 상품도 있다."

"뭔데요?"

"너희가 목숨 걸고 먹는 초코 소보로빵이다."

"우아!"

"먼저 오늘 들은 시 가운데 한 편씩 추천해 봐라. 시를 추천하고 그 시 어디가 좋아서 추천하는지도 말해라."

한 사람씩 손을 들고 추천을 한다. 나는 시 제목과 시를 쓴 아이 이름을 칠판에 적었다. 모두 열 편을 추천하였다.

섹시한 여자 연제고 1학년 우동길

친구들과 택시를 타고 집에 간다.
그저 창밖을 멍하니 바라보다가
눈이 번쩍 뜨인다.
섹시하다.

보이지 않게 될 때까지 바라보다가
학교에서 공부할 때를 떠올려 본다.
끝이 어딘지도 모를 공부를 하는 것보단
섹시한 여자나 보고 즐기는 게
훨씬 현실적이지 않을까?

산소 없는 독서실 연제고 1학년 유성훈

시험 기간이 되자
내 발길은 독서실로 향한다.
신발을 갈아 신고 들어가니
숨 막히는 독서실이 보인다.
산소가 없는 독서실
내가 저길 들어가야 하나.

아이들 연제고 1학년 김재환

5교시 나른한 수업시간

창틀 넘어 밝은 얼굴로

축구하는 초딩 아이들을 바라본다.

저 아이들도 몇 년 뒤엔

나처럼 어두운 얼굴을 하고

창틀 넘어 축구하는 아이들을 보면서

부러워하겠지.

체질 개선 연제고 1학년 김민철

다른 날보다 더 피곤한 것 같은 월요일 아침

스피커에서 나오는 영어회화는 더욱 피곤하게 한다.

졸음을 참지 못하고 결국 팔에 얼굴을 묻는다.

잠에서 깨어 앞을 보는데

이게 웬일

수학 선생님이 눈을 부라리고 있지 않은가.

분명 1교시는 국어 시간인데

초등학교 중학교 9년 동안

잠 한 번 못 자본 체질인데

그런 내가 한 시간을 통째로 자다니

이게 과연 좋은 변화일까?

그때는 왜 몰랐을까? 연제고 1학년 홍승표

고등학교 입학하기 일주일 전
약간 어깨에 닿고 한 쪽 눈을 덮는
나의 긴 머리와 이별하기 위해
미용실로 향했다.

어머니가 해운대에 사시는 할머니를
만나러 가다가
근처 미용실에 내려주었다.

문을 열고 안으로 들어가자
미용사가 능숙하게 머리를 자르고 있다.
아, 다행히 이상하게 자르진 않겠구나.

이윽고 내 차례가 되어
자리에 앉아 이렇게 말했다.
저 이번에 고등학교에 가거든요,
짧게 잘라 주세요.
미용사는 고개를 두어 번 끄덕인다.

미용사는 머리 가운데로 고속도로 하나를 내놓는다.

아찔한 순간, 정든 자식을 떠나보내는 것처럼
떨어지는 머리를 보자 가슴이 아려온다.

그때는 왜 몰랐을까?
미용사가 내가 원하는 길이를 알 리 없다는 것을
난 그곳이 처음 간 미용실이었다는 것을
미용사가 바리깡을 들 때부터 눈치 챘어야 했는데

머리가 다 밀려 갈 쯤
거울에는 군바리 하나가 보인다.
차라리 반삭을 한다고 할 것을
때늦은 후회를 하며 돈을 주고 나왔다.

텅 빈 머리 사이로 싸늘한 바람이 지나가듯
내 마음도 텅 빈 것 같다.

까마귀 연제고 1학년 강승훈

시험 첫날
집 앞을 나서는 순간
까마귀가 보인다.
저 쌍노무 새대가리 새끼가

어딜 감히 수험생 집 문전에서 얼쩡거려.

부아가 치민다.

그러다 문득 깨달았다.

까마귀는 까맣게 태어났을 뿐인데

단지 까맣게 태어났을 뿐인데

사람들이 멋대로 나쁜 새라고 단정 지었다는 걸.

나도 날 욕하던 사람들과 다를 게 없다.

빡친 놈 연제고 1학년 김성훈

반가운 저녁 시간이다.

오늘도 풀코트에서 농구를 한다.

언제나 내가 슛을 할 땐

키 큰 애가 앞에서 막는다.

나는 그럴 때마다

"와따, 키 크다." 하고 외치면

"부럽냐? 넌 언제 클래?"

순간 나는 절마를 노려본다.

오늘 조상님들을 만나보고 싶은가 보다.

언행불일치 연제고 1학년 한경호

시험을 갈았다 심하게

엄마한테 말하기가 두려웠다.

그런데 엄마가 한 말이 기억났다.

"시험 성적이 낮아도 당당하게 살아라."

나는 당당하게

엄마한테 시험 성적을 말했다.

의외로 엄마가 웃음을 띠며

"괜찮아, 다음에 잘 치면 되지."

이 말이 끝나는 순간

엄마는 단소를 들었다.

편지 한 장 연제고 1학년 김재완

고백을 위해 꿍쳐 놓은 편지 한 장

도서관에서 편지를 전해 볼까.

결국 생각만 하고 지갑으로 들어간다.

좋아하는 마음만은 넘쳐흐르는데

내 마음이 둑을 쌓고 있다.

높게 더 높게

결국 한 발 물러서서 바라보기만 한다.

공익 연제고 1학년 황민우

점심시간이다.
뜨거운 속을 달래려
50% 할인 아이스크림을 향해
정문을 통과하려던 참이었다.

그때 생전 처음 보는 사람이
선배들과 여학생은 보내 주면서
우리는 안 보내 주는 거였다.
정말 어이가 없다.
알고 보니 공익이다.

운동장을 걸어다니다
점심시간 끝나는 종소리를 듣자
내 속의 울분이 터져 나왔다.
"치사해요."

정적이 흐르고
웃으며 나를 부르는 그 사람
나도 웃으며 쫄쫄 따라 갔다.
"씨발놈아, 웃지 마라. 웃기냐?
몇 살 차이 나는지 아나? 이 개새끼야."

흰 미들탑에 땅에 끌리는 청바지

칙칙한 반팔에 금목걸이를 빛내며

동그란 인상에 살짝 곱스르한 머리

생전 처음 보는 이 남자가

웃지 말라며 나에게 욕을 한다.

자기가 먼저 웃어 놓고

나보고는 웃지 말라고 욕을 한다.

가장 먼저 추천한 시는 동길이가 쓴 '섹시한 여자'다. 내가 읽어 줄 때 한바탕 웃음보가 터졌다. 나는 분명히 동길이가 쓴 '섹시한 여자'라고 말했는데, 저 뒤에 앉은 민우가 "섹스한 여자라고?" 하는 바람에, 교실이 떠들썩하도록 한바탕 소동이 일어났다. 여기저기서 어찌나 똥패스를 넣어 대는지. 진정시키느라 땀 뺐다.

'섹시한 여자' 시를 듣고 하도 엉뚱한 쪽으로 끌고 가기에 내가 그랬다.

"나는 이 시가, 끝이 어딘지도 모를 공부를 하고 있는 것보다 자기 하고 싶은 일을 하고 살아야 한다는 말을 이렇게 둘러서 말한 것 같아요."

"우아! 동길이, 그런 뜻이었어?"

재환이가 쓴 '아이들'을 추천한 창한이는, 자기도 운동장에서 축구하는 초등학생들을 보면서 비슷한 생각을 했는데 표현하지는 못했다고 했다.

'산소 없는 독서실'을 추천한 윤석이는 자기도 그때 성훈이와 같이 그 독서실에 갔는데 정말 그런 느낌이었다고 했다.

승표가 쓴 '그때는 왜 몰랐을까?'를 추천하는 아이들이 많다. 자기들도 강요에 못 이겨 머리 잘랐을 때 비슷한 심정을 느꼈다고 했고, 승표가 그 상황을 아주 또렷하게 잘 표현했다고 그랬다.

칠판에 시 제목 열 개를 써 놓고 가장 마음에 드는 시 하나를 고르라면 어느 시를 꼽겠느냐고 물었다. 차례로 손을 들기로 했다. '섹시한 여자'가 열 표 나오고, '그때는 왜 몰랐을까?'가 아홉 표 나오고, 나머지는 모두 두세 표씩 고르게 나왔다.

표를 많이 얻은 두 시를 놓고 결선 투표를 했다. 그랬더니 이번에 순위가 바뀌었다. 승표가 쓴 '그때는 왜 몰랐을까?'가 스물세 표를 얻어 오늘 시 장원으로 뽑혔다.

수업이 이렇게 흘러갈 줄은 나도 몰랐다. 다른 반에서는 이렇게 하지 않았다. 즉흥으로 끌고 간 시 맛보기 공부였는데 한 시간이 어떻게 흘렀는지 모르게 후딱 지나갔다. 아이들도 나도 참 많이 웃었다. 재미난 한 시간이었다. 참 잘 놀았구나 싶다. (2011년 5월 17일)

2부

2부 몸으로 붙잡은 말
－시 쓰기

"샘, 이게 시가 돼요?"
어떤 대상을 자세히 보고 있으면
어느새 그 대상에 마음이 머물게 되고,
자기만의 느낌이 일게 되고,
자기도 모르게 한마디 말이 터져 나오기도 한다.
그렇게 몸으로 붙잡은 말이 시가 된다.

어떤 시가 좋은 시일까?

　아이들 시가 참된 마음에서 우러나온 글인지, 어른들 시를 흉내 내는 글쓰기 훈련에서 나온 글인지 가려낼 수 있어야 한다. 본 대로 겪은 대로 생각한 대로 정직하게 쓴 글인지, 거짓으로 꾸며서 쓴 글인지, 가슴에서 저절로 터져 나온 말인지, 기교를 부려 머리로 지어낸 말인지, 아이들끼리 서로 부대끼며 사는 삶이 담겨 있는지, 세상을 보는 아이다운 눈길을 느낄 수 있는지, 교사는 이런 것을 가려내는 눈을 가지고 있어야 한다. 아이들 글을 제대로 보는 눈이 없고서는 글쓰기 지도를 제대로 할 수 없기 때문이다.

　그리고 무엇보다 아이들 글을 읽고 글 속에 담긴 아이의 진실이 무엇인가 읽어 줄 수 있어야 한다. 어른들이 못하는 발상이 아이들 글에는 있다. 아이들만의 진실이 담겨 있다는 말이다. 이게 아이들 글의 생명이다. 스스로 글을 쓰고 싶은 마음이 일게 하는 힘도 여기서 나온다. 섣불리 글쓰기 지도 이론이나 방법을 찾아가다가는 글쓰기 지도에 실패하기 쉽다. 아이들 글을 읽을 때 잘 썼는가, 표현이 잘 되었는가 어떤가를 먼저 보아서는 안 된다. 그러면 그만 글에 담긴 아이의 참된 마음을 놓쳐 버리고 만다.

● 어렵게 쓴 시

　　상처 입은 가시나무 새여
　　나는 도망쳤다.
　　나는 봄을 배신했다.
　　'정의'에 난자당한 광장과 구호와 신념만이
　　허술한 안개처럼 흩날렸다.
　　무뎌진 세월, 그 끝에는
　　어떠한 진단도 용납하지 않는 진공
　　만이 남았다. ('진공' 부산고 2학년)

　교지에 실렸던 시다. 좀 심하게 말하면 배신, 정의, 광장, 구호, 신념, 진공 이런 어려운 한자말들을 모아 짜깁기한 듯하다. 그런데 아이들은 이렇게 겉멋만 부린 시를 읽고 고개를 끄덕인다. 잘 모르긴 해도 뭔가 들어 있을 거라 여기는 모양이다. 그러나 곰곰이 생각해 보자. 이런 시를 읽으면 가슴을 찌르르 울리는 감동이 있는가? 무엇인가 새로운 것을 발견한 기쁨이 묻어 있는가? 글 쓴 사람이 지닌 마음가짐을 엿볼 수 있는가?

● 재미있게 썼지만 감동이 없는 시

만화책을 빌려 보았다.

몇 장 넘기다 보니

코딱지가 묻어 있었다.

더러웠다. ('만화책' 부산상고 3학년)

시를 그저 재미나게만 쓰려는 아이들도 많다. 그렇게 쓴 시들은 읽으면 웃음은 나오지만 오랫동안 끌리는 뒷맛이 없다. 아이들은 이와 비슷한 시들을 곧잘 쓴다. 웃기기는 해도 좋은 시라고 말하기는 어렵다. 글 쓴 사람의 진지한 삶이 보이지 않는다. 다른 사람이 함께 공감할 만한 절실한 마음이 느껴지지도 않는다. 겪은 일을 솔직하게 썼다고 해도, 무엇인가 다른 사람과 같이 느끼고 생각할 만한 가치가 있어야 좋은 시라고 할 수 있다.

이 밖에도 아이들은 '노가바' '모방시' '삼행시' '공동시' 같은 것을 쓴다. 시를 그렇게 쓰면 안 된다고 말할 수는 없지만, 그러나 그렇게 쓴 시들은 대개가 절실한 마음이 담겨 있지 않았다. 자신들의 진실한 삶이 빠져 있는 경우가 대부분이다. 그냥 재미있게 쓰려는 쪽으로 흐른 듯한 느낌이다. 이런 시를 꾸준히 연습하다 보면 절실한 마음을 담은 온전한 시를 쓰게 될까. 나는 그렇지 않다고 생각한다. 이런 틀에 박힌 글쓰기가 시 쓰기를 도와주는 것이 아니라 오히려 자유롭게 쓰는 것을 방해한다고 본다.

좋은 시는 읽고 나서 '참 그렇구나!' 하고 고개를 끄덕일 수 있어야 한다. 절실하다고 할지, 간절하다고 할지, 애틋하다고 할지, 시를 쓴 사람의 마음이 고스란히 느껴져야 한다. 그러자면 책상머리에 앉아서 짜내면 그럴 듯한 무엇이 나올 거라는 환상을 버려야 한다. 보고, 느끼고, 겪은 우리 얘기를 솔직하게 시로 담아내야 한다.

● 전문 시인들을 흉내 낸 시

어느 여름날 그 여인은 의자가 되었다.

여인의 딸과 아들은 의자 위에서 자라났고

버찌와 해바라기와 은행나무와 동백이

거르지 않고 찾아오길 얼마 만이었나

하얗게 빛바우랜 의자는 삐걱 찌거덩

그래도 여인의 울며 찾아온 딸과 아들은 쉬었다 가곤 했다.

버찌와 해바라기와 은행과 동백도 여전하여

떨리우던 의자 다리 하나는 아스러지고, 이젠 셋.

썩은 이 빠지듯 떨어져나간 다리 셋.

하나는 아득한 기억의 저편으로 굴러가고, 이제 둘.

보름달 뜬 12월 마지막 밤

다리 없는 의자 아래 늙은 여인의 아들과 딸의 팔과 다리가 돋아나

버찌가 열리듯 해바라기가 피어나듯 은행잎이 노랗게 바래우듯 동백

꽃잎에 윤기가 돋듯

그렇게 조용하게

그 의자는 또다시 땅을 네 발로 딛는다.

의자의 새로이 달린 두 팔걸이의 빛바래움

아마 저들은 그 늙은 여인의 옛 의자다리이라.

늙은 여인의 딸의 아들이 의자 위에 앉아

그 짧은 발을 동동, 샘솟는 저 깔깔대는 웃음소리

손장난하는 저 아이가 쥐고 있는 것은

그 때 기억 저편으로 굴러간 의자다리, 바로 그것

나는 지금, 누군가의 어떤 의자 다리인가.

('의자' 부산국제고 1학년, 제 11회 요산문학제 백일장 고등부 운문 장원)

백일장 시제가 '의자'였던 모양이다. 의자에 한평생 자식들을 위해 희생한 할머니의 모습을 담았고, 이제 자식들과 손자가 할머니의 다리가 되어 준다고 말하고 있다. 곳곳에 세련된 기교도 보인다. "버찌" "해바라기" "은행" "동백"으로 세월의 흐름을 말했고, "빛바우랜" "떨리우던"같이 말을 비틀어서 멋을 부렸다. 그리고 마지막 줄에 가서는 "나는 지금, 누군가의 어떤 의자 다리인가" 하고 자신을 돌아보는 치밀함도 놓치지 않았다.

백일장에서 상을 타면 대학 들어가는 데 점수가 된다고 하니, 학원 같은 데서 이렇게 지도한다고 들었다. 지난해 수상 작품을 살펴보고,

심사위원들의 경향을 분석해서, 그 백일장 입맛에 맞는 시를 미리 훈련해 둔다는 것이다. 만약 시제가 '의자'가 아니고 다른 무엇이었다고 하더라도 얼마든지 이와 비슷하게 흉내 낼 수 있었을 터이다. 겉으로는 그럴듯해 보이지만 마치 향기가 없는 조화 같다.

● 아이들 시와 전문 시인들 시

시는 뜻겹침(비유)이 그 본질이다. 겉으로는 '폭포'를 그려 놓았다 하더라도, 정작 시인이 말하고 싶은 것은 폭포의 모습이 아니라 거기에 겹쳐지는 다른 무엇이다. 이를 위해 전문 시인들은 온갖 기법이나 문학 장치를 동원하여 시를 쓴다.

폭포는 곧은 절벽을 무서운 기색도 없이 떨어진다.

(김수영 '폭포' 한 부분)

"곧은"이란 말에는 "정의로운 길"이란 뜻이 겹쳐지고, "절벽"이란 말에는 "결코 순탄하지 않은 길"이란 뜻이 담긴다. "떨어진다"는 말에는 "희생"이란 뜻이 겹쳐진다. 그래서 "폭포"는 그냥 폭포가 아니라, 험난하지만 조금도 주저함이 없이, 자기 한 몸 희생하여 정의로운 길을 걷는 민주 열사로 읽게 된다.

그런데 아이들은 그럴 필요가 없다. 아이들 세계는 그냥 있는 그대로 그려 놓기만 해도 거기에 저절로 온갖 뜻이 겹쳐진다. 이게 때 묻은 어른들과 다른 아이들만이 지닌 동심의 세계다. 순간순간 펼쳐지는 아이들 삶 그 자체가 바로 시가 된다. 그래서 어른들이 '동시' 같은 것으로 그 아이들 세계를 흉내 내려 해 보지만, 결코 그 세계에는 도달하지 못하고 만다.

우리 교실 뒷자리에서

수업하다 아이들을 보면

등만 있고 목이 없다.

목 없는 아이들이 불쌍하다. ('목 없는 아이들' 부산고 2학년 윤세원)

공부 시간에 뒷자리에 앉아 앞쪽에서 고개 숙이고 조는 친구들 모습을 보고 그대로 그렸다. 다른 군더더기가 전혀 없다. 그런데 '목 없는 아이들'이란 말에 마음이 머물고 저절로 고개가 끄덕여진다. '그렇지. 우리나라 고등학생들이 어디 살아 있다고 사는 것인가' 싶기도 하고, '목을 달고서 제 삶의 주인으로 당당하게 사는 날이 언제 오기는 할까?' 싶은 마음도 든다. 시를 쓴 세원이는 공부 시간에 고개 숙이고 조는 친구들 모습을 그렸을 뿐인데, 이게 우리나라 고등학생들의 현실이 되기도 하고, 뜻이 더 넓게 번져서 우리나라 초등부터 중·고등까지 모든 아이들의 현실이 되기도 한다.

● 한 순간 장면을 붙잡아서 쓴 시

이야기는 일이 어떻게 벌어져서, 이런저런 곡절을 거쳐서, 어떻게 매듭지어졌는지 보여 주어야 한다. 처음과 중간과 끝이 있어야 이야기가 된다. 그러나 시는 그럴 필요가 없다. 처음부터 끝까지 다 보여 줄 필요가 없다. 시는 한순간 장면을 붙잡아서 보여 주면 된다. 학교에 오다가다 보고 느낀 것이라든지, 학교에서 친구나 선생님과 부딪친 한 장면이라든지, 집에서 식구들과 지내면서 부딪친 한 장면, 곧 한 가지 일을 붙잡으면 된다.

마지막 용돈 부산상고 3학년 최용성

고모부 병문안을 갔다.
고모부는 심장병으로 입원해 계신다.
누워 계신 고모부가 일어나서 반겨 주신다.
원래는 뚱뚱하셨는데 살이 많이 빠지셨고
얼굴빛도 안 좋아지셨다.
병문안을 마치고 나오는데
고모부가 바지를 주섬주섬 챙기시더니
만 원짜리 하나를 쥐여 주면서
"이거 고모부가 주는 마지막 용돈이 될 것 같네."
그 말을 듣고 돌아 나오는데
눈물이 났다. (2003년 10월 10일)

이 시는 고모부 병문안 갔다가 돌아 나오는 그 순간 느낌을 붙잡아서 썼다. 순간이라고 해도 눈 깜짝할 아주 짧은 순간은 아니다. 고모부가 주섬주섬 바지를 챙겨 만 원짜리 하나를 손에 꼭 쥐어 주면서 마지막 용돈이 될 거 같다고 말하고, 그 말을 듣고 돌아서서 눈물이 났던 한 장면이다.

● 지금 막 그 일을 겪는 듯이 쓴 시

　시는 순간의 느낌을 붙잡아 쓰는 것인데, 그 느낌이란 것이 시간이 지날수록 흐려지게 마련이다. 감각으로 보고 듣고 느낀 온갖 모양, 빛깔, 소리, 냄새, 움직임 들은 조금만 시간이 흘러도 잘 떠오르지도 않는다. 설사 그 느낌이 매우 강렬해서 오랜 시간이 지난 뒤에 떠오른다 하더라도, 그 순간만큼 생생하지 않게 마련이다.

　그래서 나는 오래전에 겪은 일을 글감으로 삼지 말라고 한다. 요근래에 겪은 일을 가지고 쓰거나 바로 어제나 오늘 겪은 일을 가지고 쓰라고 한다. 바로 보고 겪은 일이 아니고 얼마 전에 보고 겪은 일이라도, 그때로 다시 돌아가서 지금 막 그것을 겪는 것같이 그 순간의 느낌을 살려서 쓰라고 한다.

　　봉사 활동 부산상고 3학년 이정연

　　방에 들어가는 순간
　　쾨쾨한 냄새가 났다.
　　하나 같이 다 해어진 옷을 입은
　　까까머리 아이들

이름표를 보니 모두 예쁜 이름이다.

까까머리 병태는

앉아서 자꾸 머리를 벽에 쿵쿵 박는다.

그러면서 끝없이 울어댄다.

민지는 양 갈래로 묶은 머리를 풀더니

다시 묶어 달라 한다.

그리고는 또 풀고, 또 풀고 한다.

눈 사이가 먼 민수는

내 바지 옷자락만 잡고 있다.

내가 문을 나갈 때까지 잡고 있다. (2003년 5월 21일)

물어보니 정연이는 이 시를 봉사 활동 갔다 와서 바로 쓰지 않았다. 한참 뒤에 썼다고 했다. 그런데 시를 읽어 보면 정연이가 지금 막 그 일을 겪는 것 같다. "전에 봉사 활동 갔을 때다" 이렇게 시작하지 않고, 지금 막 문을 열고 들어서는 것처럼 "방에 들어가는 순간"이라고 했다.

● 아주 사소하고 조그만 일을 붙잡아 쓴 시

사람은 누구든지 세상을 살아가면서 무슨 일에 부딪쳤을 때 마음이 움직인다. 감정의 물결이 이는 것이다. 그 물결이 갑자기 성난 파도처럼 일어날 수도 있고, 천천히, 그러나 크게 일어날 수도 있고, 아주 잔잔하게 보일 듯 말 듯 무늬를 만들기도 한다. 이런 감정의 무늬를 붙잡아서 보여 주는 것이 시다.* 그런데 반드시 커다란 사건이나 커다란 슬픔이나 기쁨을 나타내어야만 하는 것은 아니다. 하루에도 몇 번씩이나 겪을 수 있는 조그만 일, 지나가 버리면 곧 묻혀 버리고 말 조그만 마음의 움직임도 시가 될 수 있다.

돈 부산상고 3학년 김민석

할머니 집에서 제사를 지냈다.
오랜만에 삼촌들과 사촌 동생들을 만나니 좋다.
제사를 지내고 나서 삼촌들과 이야기를 했다.
옆에서 막내 삼촌이 지갑을 꺼내더니 돈을 세고 있었다.
느낌이 왔다.
나는 최대한 예의를 갖추고 앉아 있었다.
막내 삼촌이 내한테 5만원을 주면서 쓰라고 하였다.
나는 최대한 예의를 갖추면서 괜찮다고 하였다.
한 서너 번 튕기니깐
돈을 지갑에 도로 넣는 것이 아닌가.
나는 표정 관리를 했다. (2003년 5월 23일)

'참! 그렇구나' 하고 고개를 끄덕이거나 가슴속에 울림이 있는 시

---

* 이오덕《우리 모두 시를 써요》지식산업사, 1993년, 64~65쪽

는 아니다. 읽다 보면 막내 삼촌이 돈을 도로 지갑에 넣는 부분에서 저절로 웃음이 나온다. 누구나 흔히 경험할 수 있는 사소한 일인데도 이렇게 시로 붙잡아 놓으니 꾸밈없는 웃음을 자아낸다.

● 너절하게 설명하지 않고 말을 아껴 쓴 시

시를 쓸 때 자세하게 써야 장면이 환하게 그려진다. 그렇다고 말을 길게 늘어놓고 너절하게 설명한다고 장면이 환해지는 건 아니다. 말이 길어지고 자꾸 설명하려 들면 시가 느슨해진다. 팽팽한 맛이 살지 않는다. 말맛이 팽팽해야 가락이 살고, 가락이 살아나야 노래가 된다. 그러자면 말을 아낄 줄 알아야 한다. 필요 없는 말을 버릴 줄 알아야 한다. 시를 다 써 놓고 빼도 좋을 말은 없는지 다시 살펴보도록 해야 한다. 이게 군더더기구나 싶은 구절이 있으면 그 구절만 가리고 읽어 보라고 해서, 그대로 두고 읽을 때보다 시 맛이 살면 아깝다고 생각하지 말고 빼 버리라고 한다.

울 엄마 부산상고 3학년 김미래

12시 정각, 밖은 깜깜한 게 가로등 불빛뿐이다.
엄마 올 시간인데
달깍 소리와 함께
맛있는 고기 냄새가 먼저 풍겨 온다.
"나 왔다. 자나?"

"엄마 왔나. 안 피곤하나?"

"세상에 안 힘든 일이 어딨냐."

얼굴에 가득 웃음을 머금고 대답한다.

늘어가는 주름살,

군데군데 박힌 굳은살,

퉁퉁 부은 다리

엄마도 전엔 고왔는데. (2003년 5월 24일)

"엄마도 전엔 고왔는데" 하는 말에 엄마를 생각하는 애틋한 마음을 담았다. 이 말이 자기도 모르게 마음속에서 우러나온 말이다. "엄마 사랑해!" "엄마에게 잘해 드려야겠다." 이런 말을 덧붙인다면 군더더기다. 그러면 미래 엄마는 무슨 일을 할까? 어디에도 설명해 놓지 않았지만 불고깃집에서 일한다는 걸 알 수 있다. 무슨 일을 하는지 말해 놓지 않았는데도 짐작할 수 있는 곳이 있다. "맛있는 고기 냄새가 먼저 풍겨 온다." 이 구절을 읽으면 짐작이 간다. 그런데 "우리 엄마는 갈빗집에서 일한다. 밤 12시가 넘어야 들어오신다" 이렇게 써 놓으면 어떨까. 느슨하게 풀어 설명하면 시 맛이 죽어 버린다.

내가 아이들과 하는 시 쓰기는 '정직하게 쓰기'이다. 시를 쓰는 사람이 목수면 목수의 삶이 담겨야 하고, 농사꾼이면 농사꾼의 삶이 담겨야 한다. 시를 쓰는 사람이 아이들이면 마땅히 아이들 삶을 정직하게 담아 써야 한다. 제 삶이 아닌 다른 대상을 보고 쓸 때도 마찬가지다. 자연을 보고 그 느낌을 붙잡아 쓰거나, 이웃의 삶이나 세상일을 보고 쓸 때도, 그 대상을 보고 느낀 정직한 마음을 담아야 한다.

그런데 우리 고등학생들은 시를 이렇게 쓰지 않는다. 한 해에 한두 번 학교 행사로 치르는 백일장에서 쓴 시, 문예반 아이들이 교지에 싣는 시, 대학 문예창작과를 가기 위해 글쓰기 과외를 받는 아이들 시는 '정직하게 쓰기'하고는 거리가 아주 멀다.

시를 좀 쓴다는 아이들일수록 전문 시인들 흉내 내기에 골몰한다. 이른바 '필사'와 '이미지 훈련'이다. 필사란 베껴 쓰기인데, 전문 시인들 시 한 편을 베껴 쓰면서 절반은 다른 말로 걸러서 옮기는 방법이다. 하루에 서너 편씩 옮긴다고 한다. 그렇게 베껴 쓴 시가 공책 몇 권씩 되도록 훈련을 한다. 그리고 이미지 훈련이란 말 비틀기 연습이다. "까치가 아침을 쪼아 먹는다." "말 못 할 아픔을 되새김질한다." "차가운 정적을 달리는 시곗바늘" "잔뜩 무거워진 하루" 이런 짧은 구절을 미리 익혀 두었다가 길게 이으면 시가 된다는 것이다. 그렇게 해서 제목 하나를 던져 주면 열 줄 스무 줄씩 행과 연을 마음대로 늘여 가며 쓰게 된다. 잘못된 생각이다. (2005년 4월)

몸으로 붙잡은 빛나는 말

시든 산문이든 글 쓴 사람 마음을 담은 한 줄이 있어야 전체 글이 확 살아난다. '빛나는 말'이라고 해도 좋고 '저절로 터져 나온 말'이라고 해도 좋다. 아이들이 시를 쓸 때, 자기가 겪은 한순간 장면은 생생하게 곧잘 그린다. 이것만으로도 시가 되기도 하지만, 어딘가 하나 빠진 것 같기도 하고 읽어도 맛이 밋밋할 때가 있다. 그 순간 마음이 어땠는지 그 마음을 담아서 한 줄 넣어 보라고 하면 대부분 이렇게 써 온다. "나는 마음이 아팠다" "너무 고마웠다" 같이 감정을 바로 드러내거나, 아니면 "다음부터는 할머니를 도와 드려야겠다" "괜히 할아버지께 죄송스럽다" "친구를 생각하는 마음을 가져야겠다" 같이 교훈과 반성으로 마무리한다. 이럴 때 참 지도하기가 난감하다. 나더러 써 보라고 해도 어려울 것 같다. 그렇다고 억지로 말을 지어내면 진정한 마음이 느껴지지 않는다. 해 준다는 말이 고작 이런 것이다.

"슬프다, 고맙다, 이러지 말고 읽으면 그런 마음이 저절로 느껴지게 한 줄 써 봐라."

"그 순간에 니 몸이 무슨 말을 하더노. 몸이 하는 말에 귀를 기울여 보아라."

"그 순간으로 다시 돌아가서 그때 마음속에서 자기도 모르게 툭 튀어나오던 말이 무엇이었나 잘 생각해 봐라."

이렇게 말을 하면 아이들은 더 어려워한다. 내 설명이 머리로는 그 럴듯하게 들리겠지. 하지만 막상 시로 써 보려고 하면 무슨 말을 해 야 할지 막막할 것 같다. 다른 동무들이 쓴 시를 같이 읽으면서 마음 이 담긴 한 줄을 찾아보는 편이 더 낫다.

피곤해 경남여고 1학년 김민조

야자를 마치고 집에 가서 씻고 누웠다.
잠시 눈 한 번 감았다가 떴는데 아침이다.
자는 게 아니라 기절했다 깬 것 같다. (2010년 6월 23일)

이 시에서 시를 쓴 사람 마음이 담긴 곳이 어디냐고 물으면 곧장 답이 나온다. "기절했다 깬 것 같다", 이 말이 자기도 모르게 저절로 터져 나온 말이다. 야간자습까지 마치고 집에 와서 잠시 눈 한 번 감 았다가 떴는데 아침이다. 참 미칠 노릇이다. 답답한 그 심정을 "기절 했다 깬 것 같다"고 표현하니, 정말 그렇겠구나 하고 누구나 공감하 게 되었다. "아! 짜증난다"고 말하는 것하고 다르다. 똑같은 불평이 지만 불평으로 그치지 않고 누구도 흉내 낼 수 없는 좋은 시가 되었 다.

학원 수업 마치고 부산고 2학년 김진휘

학원 수업 마치고
집까지 터벅터벅 걸어간다.

나 때문에 잠가 놓지 않은
대문을 여니 불이 환하다.

먼저 안방으로 간다.
기다리다 지치신 어머니는
리모콘을 손에 쥔 채 주무신다.
텔레비전을 끄고
살포시 문을 닫고 나왔다.

옷 갈아입고 세수하고 나니
시계는 1시 반
핸드폰을 보니 26일 수요일이라 되어 있다.
좀 전만 해도 25일 화요일이었는데
하루를 마친 시각이 오늘이 아니고 내일이다. (2001년 6월 26일)

학원 수업까지 마치고 집으로 오니, 어머니는 기다리다 지쳐 텔레
비전 리모컨을 손에 쥔 채 잠이 들었다. 하루를 마치고 잠자리에 드

는 시간이 그다음 날 1시 반이다. 이게 우리나라 고등학생들이 사는 모습이다. 시를 쓴 진휘 마음이 담긴 한 줄이 어디일까? 마지막 줄 "하루를 마친 시각이 오늘이 아니고 내일이다" 하는 말에 읽는 사람 마음이 오래 머무른다. 이 한 줄을 가리고 읽었을 때와 견주어 보면 그 느낌이 아주 다르다는 것을 누구나 느낄 수 있다. 마음이 담긴 이 한 줄로 이 시가 더욱 살아나게 되었다.

이오덕 선생님도 아이들 시 이야기할 때 '빛나는 말'을 자주 강조하셨다.

> 무엇이 시가 되는가. 몸으로 붙잡은 빛나는 말이라야 시가 됩니다. 또 자기도 모르게 저절로 터져 나온 말이라야 시가 되지요. 머리로 짜 지어낸 말이나 책을 읽고 흉내 낸 말은 죽은 말이지요. 살아 있는 입말이라야 시가 됩니다.

무너미 글쓰기 공부방에서 이오덕 선생님이 하신 말씀이다. 2000년 3월 12일 공부방 다녀온 일기에 보니 이렇게 적어 놓았다. 그때 일본 어린이들이 쓴 시를 가지고 공부했는데 선생님이 그러셨다. 몸으로 붙잡은 빛나는 말이라야 시가 된다고. 이 말을 듣는 순간 그대로 가슴에 와서 꽂히는 기분이었다. '빛나는 말, 빛나는 말' 하고 속으로 몇 번을 곱씹어 보았다. 보기로 든 시는 일본 아이가 쓴 시 '처음으로 하게 된 거꾸로 넘기'였다.

처음으로 하게 된 거꾸로 넘기 아이치 현 초등 3학년 이구치 요이시

이번에는 내 차례
거꾸로 오르기가 안 돼 어이쿠 싶었다.
빙 돌아가니
바람도 빙 돌았다.
머리털이 쭈뼛 서서
도깨비같이 됐다.

이 시를 쓴 아이는, 엉덩이를 들어 올려 거꾸로 넘는 철봉 오르기를 그동안 성공하지 못했다. 그랬는데 오늘 처음으로 넘게 된 것이다. 그 순간 느낌을 "바람도 빙 돌았다"고 표현했다. 누구도 흉내 낼 수 없는 말이다. 빙글 돌아가는 그 기분을 처음으로 느껴 본 아이만이 할 수 있는 말이다. 머리로 지어낸 말이 아니라 몸으로 겪으면서 자기도 모르게 터져 나온 말이다. 선생님은 이런 빛나는 말이라야 시가 된다고 하셨다.

아이들과 시 쓰기를 할 때면 선생님이 하신 말을 나도 따라 하게 된다. "애써 머리로 지어낸 말은 죽은 말입니다. 몸으로 붙잡은 말, 자기도 모르게 터져 나온 말이 빛나는 말이지요. 빛나는 말이라야 시가 확 살아나지요." 말을 하다 보면 멋쩍어지기도 한다. 나도 모르게 이오덕 선생님 말투를 그대로 따라 하는 듯싶다.

이오덕 선생님과 시 공부를 할 때, 선생님은 자주 우리에게 어느

한 줄을 가리고 읽어 보라고 하셨다. 그러고는 가리고 읽었을 때와 그냥 읽었을 때 느낌이 서로 어떻게 다른가 물으셨다. 선생님이 가리고 읽으라고 한 그 한 줄이 바로 '빛나는 말'이었다.

시 쓰기 지도할 때 나는 되도록 아이들에게 시를 고쳐 보라는 말을 하지 않으려 한다. 아이가 쓴 그대로 읽어 주려고 애쓴다. 섣불리 고치라고 했다가 아이가 한 말 하나하나에 담긴 속뜻을 놓치는 수가 있다. 그렇다고 시 고치기를 전혀 안 하는 것은 아니다. 이 부분을 다시 써 보자고 할 때도 있지만, 그보다는 이건 시가 안 되겠으니 다른 글감으로 다시 써 보자고 할 때가 더 많다. 그러면 아이들은 입이 삐죽 나온다. 왜 시가 안 되냐고 따진다. 아이한테 참 미안하다. 자기는 진지하게 써 왔는데, 어느 한 부분을 고치라 하는 것도 아니고, 아예 시가 안 되었다고 하니 얼마나 원망스럽겠나. 그렇다고 없던 마음을 억지로 지어 만들어 내라고 할 수야 없는 일 아닌가.

다음은 시가 안 되겠다고 다른 글감으로 써 보라고 한 시 가운데 하나다.

야자 시간 경남여고 1학년 한승희

6시 50분 종이 친다.
오늘도 어김없이
몽둥이를 든 선생님이 돌아다니신다.

학생들은 모두 책을 펴들고
공부하기 시작한다.

하지만 또 입이 간질거린다.
눈치 보며 수다를 떤다.

뒤에서 지켜보던 선생님
나오라고 손짓한다.

몽둥이로 3대 맞고
엉덩이를 부여잡고 들어가
공부를 한다. (2010년 5월 31일)

야간자습 시간 풍경을 그렸다. 옆에 친구와 떠들다 걸려서 감독하는 선생님한테 엉덩이를 세 대나 맞았다. 그런데 또 읽어 봐도 싱겁다. 이렇게 지도할 수도 있겠지. 몽둥이를 든 선생님의 표정이나 말을 붙잡아서 살려 보라고. 그 순간 모든 아이들이 일제히 공부를 시작하진 않았을 테니, 아이들이 공부 시작할 때 모습을 더 자세히 그려 보라고. 정말로 엉덩이를 부여잡고 들어갔는지, 이 말 대신에 몽둥이 맞고 들어와 자리에 앉았을 때 속에서 나오던 말이 무엇이었는지, 그 말을 살려 보라고.

그렇지만 이 아이는 처음부터 속에서 '욱' 하고 올라오는 말이 있었던 게 아니었지 싶다. 시를 쓰라고 하니, 야간자습 시간에 친구와 이야기하다 걸려서 엉덩이 세 대 맞은 게 생각나서 썼다. 억지로 하는 야간자습이나, 몽둥이를 들고 감독하는 선생님에 대한 불만이 있었던 것도 아니고, 떠든다고 몽둥이로 엉덩이를 맞는 일도 학교에서 있는 흔한 일쯤으로 여기는 듯하다. 그 순간 없던 마음을 다시 지어 내라고 할 수는 없다. 그러면 글짓기가 되고 말겠지.

다음 시와 견주어 보자. 앞에 시와 똑같이 야간자습을 글감으로 시를 썼다.

내일은 또 어쩌지 개성고 2학년 박서희

7시 10분
이제 야자 종이 친다.
교실로 뛰어 들어가서
한동안 멍하니 앉아 있다가
뭘 할까? 고민한다.
선생님이 들어온다.
책 하나를 끄집어 들고
연필을 잡아 든다.
가고 나면 다시 생각에 잠겨 든다.
노래를 듣다가
잠을 자다가

그림을 그리다가

시계는 8시 50분

내일은 또 어쩌지? (2006년 5월 26일)

이 시는 앞에 시와 다르다. 하고 싶은 절실한 말이 있다. 그게 '내일은 또 어쩌지?' 하는 말이다. 하고 싶은 말이 있어야 꼭 시가 되는 것은 아니다. 어떤 시는 한순간 장면을 그대로 살려서 그려 놓기만 해도 시가 된다. 그럴 때는 그려 놓은 장면에 애틋한 느낌이 묻어나거나, 그 장면에 또 다른 그림이 겹쳐져야 좋은 시가 된다. 그러니까, 굳이 말로 표현하지는 않았지만 그려 놓은 장면에 하고 싶은 말이나 느낌이 묻어나야 좋은 시라 말할 수 있다.

앞에 시를 쓴 승희에게 다른 글감으로 시를 써 보라고 했더니, 그 자리에서 이런 시를 써 왔다.

언니 경남여고 1학년 한승희

피곤한 몸을 이끌고 집에 도착했다.

언니는 침대에 누워 디엠비를 보고 있다.

나를 본 척도 안 한다.

그러면서 웃는다.

얄미워 죽겠다.

시비를 걸고 싶다.

한 대 찼으면 좋겠다.

큰맘 먹고 시비를 걸었다.

역시 언니한테는 상대가 안 된다.

오늘도 뚜드려 맞았다.

내가 커서 돈 벌면 넌 국물도 없어 이년아. (2010년 5월 3일)

이때 아이들과 한 시 쓰기는 '누구도 흉내 낼 수 없는 불평'이었다. 길 가다가 혼자서 하는 말, 속으로 삼켰던 말, 선생님이나 부모님 앞이라서 차마 내뱉지 못했던 불평, 화가 났을 때 하고 싶었던 말을 시로 표현해 보자고 했다. "내가 커서 돈 벌면 넌 국물도 없어 이년아" 하고 언니에게 거칠게 말했지만, 앞에 상황을 살펴보면 그렇게 말할 만하다.

고쳐 쓰기나 자세하게 쓰기는 표현 지도이다. 표현 이전에 무엇을 쓰고 싶은가 하는 것이 더 중요하다. '이것을 써 봐야겠다' 하고 쓰고 싶은 무엇이 있을 때 시가 되고 글이 된다. 글의 감동은 '무엇'에서 나오지 결코 '표현'에서 나오지 않는다. 쓰고 싶은 절실한 무엇을 붙잡아 썼는데도, 묘사가 자세하지 못하거나 빼도 좋을 말이 있다면 표현 지도를 해야 한다.

다음은 고쳐 쓰기 한 시다.

무의미한 시간들 경남여고 1학년 문윤경

8교시 쉬는 시간

책을 들고 필통을 챙겨

이동 보충수업 들으러 1-1반 교실로 간다.

선생님을 피하려고 맨 뒷자리를 차지했다.

수업 종이 치고 선생님이 들어오신다.

책을 펴고 연필을 잡고 수업을 듣다가

나도 모르게 창밖을 멍하니 내다보고 있다.

창밖에 건물 사이에 끼어 있는

작은 바다가 보인다.

바다 위엔 배 한 척이 지나가고 있다.

㉮ 내가 느끼지도 못하는 사이에

이렇게 나의 아까운 시간들도

지나가고 있구나. (2010년 5월 31일)

윤경이가 처음에는 이렇게 쓰지 않았다. 처음에 써낸 시는 마지막 ㉮ 부분이 달랐고, 그 뒤에 한 연이 더 붙어 있었다.

㉯ 이렇게 나의 아까운 시간들도

지나가고 있는데

나는 느끼지도 못한다.

㉰ 수업이 끝나고

나는 또 후회한다.

열심히 할 걸…….

윤경이가 처음 쓴 시를 보니 ㉰는 군더더기구나 싶었다. 없는 편이 더 나을 것 같았다. 실제로 윤경이가 "열심히 할 걸" 하면서 후회했을 수도 있지만, 그보다는 시를 쓰면서 자기도 모르게 들어간 관념이기 쉽다. 알게 모르게 많은 아이들이 이런 강박 관념을 가지고 쓴다. 그것은 어릴 때부터 해 온 학교교육이나, 잘못된 글쓰기 교육 탓이라 생각한다. 윤경이를 불러서 그랬다.

"시 참 좋구나. 그런데 마지막 부분은 없는 게 시 맛이 더 살아나겠다. 정말로 그런 마음이 절실하게 들었다면 살려야겠지만, 그렇지 않다면 빼는 게 좋겠다. 이 부분을 빼고 그 앞에서 마무리해 보면 어떨까?"

그랬더니, ㉰를 빼고 써 왔다. ㉯ 부분은 말은 그대로인데 순서만 바꾸었다. 앞뒤 말을 바꾸어 놓기만 했는데도 시를 읽는 맛은 사뭇 다르다. ㉯보다는 ㉮에 더 절실한 마음이 묻어난다. 저렇듯 배가 지나가듯이, 나의 아까운 시간들도 지나간다는 말이 자기도 모르게 터져 나온 말이다. (2005년 4월 20일)

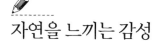

자연을 느끼는 감성

1

며칠 전부터 벼르고 있었다. 벚꽃이 피면 시 쓰기를 해야겠다고. 꽃몽우리를 쏙 내밀 때는 온통 팥죽색이었는데 꽃이 피면서 점점 옅은 분홍빛으로 바뀌어 간다. 넷째 시간에 창밖을 내다보면서 물었다.

"애들아, 너거는 저걸 보아도 아무 느낌이 없나?"

아이들은 말이 없다.

"흥분 안 되나 그 말이다."

그제야 여기저기서 아이들이 대꾸한다.

"예, 안 되는데요."

"그럼, 선생님은 서요?"

전혀 예상치 못한 반격이다. 얼떨결에 대답이 나왔다.

"응."

내 대답에 아이들이 모두 깔깔대고 웃는다.

이렇게 벼르고만 있다가 드디어 오늘 아이들을 몰고 나갔다. 아무리 보아도 우리 학교 벚꽃이 가장 아름다운 것 같다. 어제 어린이대

공원에도 가 보았지만, 우리 학교만큼 아름답지 않았다. 꽃송이부터가 다르다. 몽실몽실 꽃공들이 달린 거 같다. 학교 건물과 운동장 사이에 한 줄로 길게 늘어서 있다. 가지가 위로 뻗지 않고 옆으로, 앞뒤로 쭉쭉 뻗어 있다.

밖으로 나가기 전에 교실에서 잠깐 시가 이런 것이라고 이야기했다. 보기 시도 몇 편 읽어 주고 했지만 귀담아듣는 것 같지 않았다. 밖에 나가자 아이들은 제멋대로다. 교실에서 해방된 자유를 누리는 데 온 정신을 다 빼앗겼다. 도무지 시를 쓸 마음이 아니다. 다시 모두 불러 모았다. 지금부터 벚꽃을 자세히 관찰하고 그 장면을 생생하게 그려 보라고 했다. 다른 학교로 간 친구가 너희가 쓴 시를 읽고 부산 상고 벚꽃이 그려지게 써 보자고 했다.

한 20분 지나자 다 썼다고 가져온다. 온통 설명이고 눈 타령이고 나비 타령이다. 자세히 지켜보지 않고 건성으로 보고 썼다.

"우리 학교 벚꽃을 보면 정말 멋진 것 같다."

"투명한 벚꽃이 눈송이처럼 나왔네."

"벚꽃을 보면서 길을 걸으면/ 영화 장면이 생각난다./ 꼭 내가 주인공이 된 것처럼/ 어디든 빛이 되어 비추어 준다."

"따스한 햇볕 아래 벚꽃이 내 마음을 녹이네."

"바람에 벚꽃이 눈송이처럼 화려하게 날리네."

"학교에 하얀 나비가 날아다닌다."

"개구리가 올챙이알을 까놓은 것 같다."

이래 가지고 시가 안 되겠다 싶어 다시 불러 모았다. 내가 시가 됐

다고 말한 사람만 점심 먹으러 가고, 시가 안 된 사람은 점심시간에
도 여기 앉아서 쓸 것이라 했다. 어설픈 비유 하지 말고, 자세히 보고
그 순간 일어나는 느낌과 마음이 흘러가는 것을 그대로 붙잡아 보라
고. "개구리가 올챙이알을 까놓았다"고 한 표현은 빛나는 관찰이라
고 칭찬해 주었다.

　까딱하다간 점심시간을 빼앗기게 생겼다고 생각했는지 이번에는
제법 분위기가 좋다. 하나씩 공책을 들고 오면 읽고 같이 고쳐 보기
도 했다. 군더더기 말은 빼 주기도 하고. 그렇게 한 사람씩 받으니 제
법 잘 썼다.

　　우리 학교 벚꽃 부산상고 1학년 박명근

　우리 학교 벚꽃은
　소나무 옆에 서 있다.
　아이들은 벚꽃만 본다.
　그런 아이들을 보면서
　소나무는 서운해진다.

　　나비 같은 벚꽃 부산상고 1학년 김우형

　가지를 앞으로 쭉 뻗은 벚꽃나무는
　당감동 우리 동네를 가리키고 서 있다.

바람이 불면
잡고 있다가 놓아준 나비처럼
꽃잎이 우리 동네로 날아간다.

벚꽃 부산상고 1학년 송유근

우리 학교 벚꽃나무
가지마다 꽃이 피었다.
살짝 분홍색 물이 들은 눈꽃이다.
눈꽃을 잡아보려 뛰어다닌다.
햇빛에 눈이 따갑다.
꽃을 먹고 싶다.
봄빛을 마시고 싶다.

꽃공 부산상고 1학년 박상철

하얀 공처럼 뭉쳐진 벚꽃잎
그 꽃잎들이 한 잎씩 떨어져 나간다.
몽실몽실 뭉쳐진 하얀 꽃공들이
형체를 잃어간다.
꽃공들이 모두 사라지면
그냥 나무가 되겠지.

시를 쓰겠다는 욕심을 앞세우면, 시를 써야 한다는 압박감에 오히려 감각이 굳어 버리기 쉽다. 생활 속에서 자연스럽게 붙잡은 감각이 훨씬 생동감 넘친다. 관찰이란 것도 그렇다. '이걸 자세히 관찰하여 시를 써야지' 하고 노리고 들면 정확한 관찰은 될지 모르나, 그 순간 자기만의 느낌을 붙잡아 내기가 어렵다. 돌아보니 내가 너무 시에만 집착했던 게 아닌가 싶다.

명근이가 쓴 '우리 학교 벚꽃'을 보면, 다른 아이들 눈에는 보이지 않는 소나무가 명근이 눈에는 쏙 들어왔다. 다른 아이들은 모두 꽃나무에 마음이 쏠려 있지만 명근이 마음은 소나무로 향해 있다. 무심코 눈에 들어온 소나무를 보고 있으니, 자기도 모르게 마음이 소나무로 다가가서 어느새 소나무와 하나가 되었다.

이걸 해야지, 하고 벼르고 노리던 일보다 즉흥으로 꾸민 일이 오히려 더 나은 열매를 맺을 때가 있다. 벼르던 일에는 욕심이 들어가고, 그래서 욕심대로 안 되면 괜히 아이들한테 짜증을 내기도 한다. 그럴수록 일은 어긋나게 마련이다.

아무튼 이렇게 한 시간 시 쓰기를 해 보았다. 그런데 다음 날 아이들 사이에 이상한 소문이 돌았다. 구자행 변태라고. 꽃 보고 흥분한다고. (2004년 3월 29일)

2

둘째 시간과 셋째 시간 아이들을 데리고 학교 뒷산에 올랐다. 종 치면 연필만 가지고 간편한 차림으로 교문 앞에 모이라고 했다. 교문을 나서면 바로 배산이다. 양지유치원 담벼락을 끼고 배산 솔숲으로 들어서는데, 스무 살은 됨직한 벚나무가 들머리에 떡 버티고 섰다. 꽃이 활짝 피었다. 꽃나무를 보고 있자니 온 세상이 환해 보인다. 벚나무 앞에서 걸음을 멈추었다. 늘어진 꽃가지에 코를 갖다 대 본다. 이걸 좀 느껴 보고 지났으면 좋겠는데 아이들은 그냥 지나친다.

지난주에도, 지지난 주에도 혼자 와 보았다. 바람은 찬데 진달래는 벌써 피었다. 애가 탔다. 이러다가 봄 다 지나가는 건 아닌지. 날씨가 따뜻해져야 아이들을 몰고 나갈 텐데 바람만 쌩쌩 불었다.

오늘 날씨는 마침맞다. 솔숲을 지나 오르막으로 들어서니 등줄기에 땀이 밴다. 아이들은 시끌벅적하다. 좀 가만히 자연을 느껴 보면 좋으련만. 학교를 나설 때 오늘은 봄과 자연을 느껴 보자고 일렀건만 나 혼자 욕심이다.

제비꽃이 무리지어 피어 있는 산길을 올라 등성이에 오르니 진달래가 활짝 피었다. 내가 보니 분홍 꽃인데 아이들은 그게 보랏빛이란다.

아이들을 앉혀 놓고 시를 읽어 주었다. 손가방에 《버림받은 성적표》(구자행, 보리출판사)와 《개구리랑 같이 학교로 갔다》(이승희, 보리출판사) 시집 두 권을 넣어 왔다. '우리 학교 벚꽃' '나비 같은 벚꽃' '봄' '살구꽃' 네 편을 읽어 주었다. 아이들이 조용히 들어 주어서 참 고맙다. 종이를 한 장씩 나눠 주고 시를 써 보자고 했다. 무엇이든 자세히 관찰하여 본 대로 느낀 대로 그려 보라고 했다. 자연을 관찰하면서 자기 마음이 흘러가는 것도 그대로 붙잡아 보라고. 뭉뚱그려서 쓰려

156

고 하지 말고 무엇이든 작은 것 하나를 잡고 살펴보라고.

떠들썩하니 시가 될 것 같지 않다. 나도 꼭 시에 집착하지 않기로 했다. 아이들 노는 모습을 사진에 담았다.

"선생님, 받칠 게 없어서 못 쓰겠는데요?"

"무릎에 올려놓고 쓰면 되지."

기차놀이 하듯이 쭈욱 늘어서서 동무 등판에 대고 시를 쓴다. 웃음이 나온다. 혼자 자기 자리를 찾아 떠나는 아이도 몇이 눈에 띈다.

시를 써 왔는데 진달래를 두고 보라색 꽃이라고 썼다. 내 눈에는 분홍인데 보기에 따라 보랏빛으로 볼 수도 있겠지. 그런데 이 나이 되도록 진달래를 모르다니 놀랍다.

한 10분 지나니 모두 다 썼다고 종이를 들고 온다. 한 시간이 금방 간다. 반장 태수가 노래를 한 곡 뽑았다. 이어서 성훈이도 '가질 수 없는 너'를 불렀다. 시를 다 못 쓴 사람은 교실에서 완성해서 내라고 하고, '올챙이' 노래를 합창하면서 서둘러 내려왔다.

학교에 오자마자 아이들이 쓴 시를 읽어 보았다. 큰 기대는 하지 않았다. 그 가운데 눈에 띄는 시가 있었다.

꽃눈 연제고 2학년 남지영

화사한 봄날

하늘하늘 꽃눈이 내린다

겨우내 참아 두었던 분노를

한꺼번에 터트리는 꽃눈
짧지만 강렬한

나뭇잎 연제고 2학년 김진희

나도 새로 태어났는데
나도 파릇파릇하고 푸르른데
모두들 솜 같은 저 아이를 보고
마치 박물관에 온 것처럼 감탄한다.
나는 저 아이가 거의 질 때쯤
그냥 산을 푸르게 하는 일부로 쓰일 뿐
순간의 아름다움이
사람들은 더 좋은가 보다.
나도 힘들게 태어났는데
나도 봄의 향기를 마시며 푸르른데

아이들이 쓴 글을 읽을 때 아이들의 빛나는 말에 놀랄 때가 많다.
지각한다고, 담배 핀다고, 공부 못한다고 늘 잔소리나 듣던 바로 그
아이에게도 이렇듯 빛나는 감성이 꿈틀대고 있었구나 싶다. 지영이
는 벚꽃을 보고 겨우내 참았던 분노를 터뜨리는 것이라 생각했다. 꽃
을 피우고 그 꽃잎이 바람에 흩어지는 모습이 참고 참았던 분노를
한꺼번에 터뜨리는 거라고.

진희는 대상을 자세하게 들여다보았다. 벚나무를 보면서 남들은 모두 꽃에 눈이 갔지만, 진희는 꽃이 아닌 나뭇잎에 마음이 다가갔다. 나뭇잎에 마음이 머물면서 자기도 모르게 그 나뭇잎과 하나가 되어 버렸다. 시를 쓸 때는 마음이 쏠리는 대상이나 부분을 놓치지 말고 자세히 살피는 눈을 가져야 한다. 자세하게 보게 되면 자기도 모르게 그 대상에 마음이 다가간다. 사랑의 눈으로 보게 된다. 그리하여 대상에 마음이 머물면서 자기만의 느낌이 일게 되고, 대상과 하나가 되는 것이다.

봄이 오는데 연제고 2학년 허진혁

새봄이 피어났다.
흙 냄새, 꽃 냄새가 나무를 타고
이름도 모르고
자세히 보아야 보이는 것들이
봄을 준비한다.
봄을 즐긴다.

나는 봄의 작은 기쁨을 느끼는데
철조망 속 아이들은 이것을 알까?
나는 저 푸른 새소리를 듣는데
자동차 타고

수업 듣고

뛰어다니는 사람은 이것이 들릴까?

봄이 피어나고 있는데

흔들리는 산 연제고 2학년 차현욱

배산에 올라간다.

벚꽃이 흔들린다.

소나무가 크게 흔들리고

제비꽃은 작게 흔들린다.

모든 것이 흔들린다.

모든 것이 흔들리니까

내 마음도 바람 따라 흔들린다.

시를 잘 쓰려면 느낌을 잘 붙잡아야 된다고 말하지만, 느낌을 붙잡아 내기가 말처럼 그렇게 쉽지 않다는 것을 시를 지도해 본 사람이면 누구나 느꼈을 터이다. 느낌은 그것을 "따뜻하다" "쓸쓸하다" "불쌍하다" "슬프다" 같은 느낌말로 바로 드러내면 읽는 사람 마음에 다가가지 않는다. 또 흔히 쓰는 비유를 써서 드러내면 마치 마음을 포장한 것 같다. 진혁이와 현욱이는 자연에서 받은 느낌을 잘 붙잡아 썼다.

물건도 자주 쓰지 않고 버려두면 녹슬 듯이 느낌을 붙잡는 마음결도 그렇지 않을까. 느낌을 붙잡는 마음결이 무디어지면 슬픈 일에 눈물 흘릴 줄 모르고, 기쁜 일에 함께 웃을 줄 모르고, 잘못을 저지르고도 부끄러움을 못 느끼고, 불의를 보고도 분노가 끓어오르지 않지 싶다. 잡힐 듯 말 듯한 가늘고 잔잔한 움직임은 그냥 놓치고 만다. 시 쓰기는 아이들의 마음결을 섬세하게 가꾸어 주는 데 그 가치가 있지 않을까.

꽃 연제고 2학년 변영환

공부 시간에 야외 학습을 했다.
산 정상에 올라갔다.
전망이 탁 트여 풍경이 시원하다.
꽃이 만발하게 피어 있다.
고등학생들의 인생도 이렇게
탁 트였으면 좋겠다.

배산 연제고 2학년 최승현

이곳은 섬이다.
옛날 옛적 호랑이가 담배 피던 시절엔
'산'이라는 이름이었다고 한다.
하지만 내 눈엔 섬으로 보인다.

오르면 오를수록 도로와 아파트가 보이고

도시에 둘러싸여 있는 모양새가 거북이 등껍질 같다.

현대인 눈에는 이미 산은 없다.

산으로 오르는 것이 낯설고

산을 잃은 지 오래다.

단지 휴양지일 뿐이며 섬일 뿐이다.

푸른 녹음과 꽃이 만발한 관광지일 뿐이다.

한 발 내디딜 때마다

자연이 아닌 인간의 손밖에 안 보인다.

이건 산이 아니라 섬이다.

   영환이와 승현이는 자연을 보고서 마음이 자연에 머물지 않고 자기 삶에 가 닿았다. 마음이 삶에 가 닿았지만 보는 눈은 서로 다르다. 영환이는 배산 꼭대기에서 탁 트인 풍경을 보고서 꽉 막힌 우리 고등학생들의 생활을 떠올렸고, 승현이는 산이 이미 산이 아니라 사람들에게 둘러싸인 섬이라고 느꼈다. 사람들이 제각기 살아가는 모습을 승현이는 섬처럼 느꼈기에 이런 시를 썼지 싶다. (2012년 4월 9일)

선생님 관찰 기록

12월 16일, 드디어 시험이 끝났다. 아이들과 나는 기말고사가 끝나기를 기다리고 있었다. 기말고사가 끝났으니 내년 4월까지는 시험이 없다. 아이들은 모처럼 홀가분한 마음이다. 다른 이유로 나도 기말고사가 끝나기를 기다렸다. 시험 끝나고 겨울방학까지, 남은 한 주 동안 시 쓰기를 하려고 벼르고 있었다.

하이타니 겐지로의 《선생님, 내 부하해》에 보면 '어른 관찰 기록'으로 아이들과 시를 써 본 사례가 나온다. 나도 따라서 해 볼 참이었다. 나는 범위를 좁혀서 '선생님 관찰 기록'으로 잡았다. 한 해 동안 얼굴 맞대고 산 사람이 선생님이다. 억울하게 당한 맺힌 마음도 있을 터이고, 공부 시간에 벌어진 숨은 사연들도 많지 않을까. 그동안 일방으로 듣기만을 강요당했지, 자기들 마음을 표현할 기회는 없었다. 하고 싶은 말이 있어도 내뱉지 못하고 살았다.

12월 17일 토요일, 1학년 2반과 4반 수업이 들었다. 교실에 들어가서 칠판에 큼지막하게 '선생님 관찰 기록'이라고 적었다. 그래도 아무 반응이 없다. 이럴 때 좋은 보기 시가 있으면 분위기를 돌려 볼 텐데. 여기저기 찾아봐도 이거다 싶은 게 없었다. 오색초등 아이들 시집 《까만 손》(탁동철, 보리출판사)에 나오는 '양호 선생님'을 읽어 주었다.

양호 선생님 오색초등 4학년 양승찬

양호 선생님 오셨다.
우리는 장기를 했다.
양호 선생님이 온 걸 알고도
우리는 계속 장기 했다.
책상을 보니
시험지가 어지럽게 있다.

1학기 때
내가 쓴 시를 종이에 옮겨
아이들한테 주었다.
광복이 형은 둘둘 말아서 버렸다.
얼마나 기분이 나쁘던지
패 버리고 싶었다.

오늘 두 번째로 느꼈다.
양호 선생님도

공부할 거를 준비해 오셨을 것이다.

그런데 우리는 반갑게 맞지 못했다.

인간이 그러는 거 아니다. (2000년 12월 5일)

제목은 '양호 선생님'이지만 선생님을 대하는 아이들 태도를 나무라는 시다. 아이들 반응이 시큰둥하다. 기대한 반응은 이게 아닌데. 시험 후유증인가. 우리도 오늘 '선생님 관찰 기록'으로 시 쓰기를 해 보자고 하니, 시험 어제 끝났는데 무슨 시를 쓰냐고 여기저기서 야단이다. 어떤 아이는 국어 문제 어렵게 냈다고 따진다. 몇 편 더 읽어 주었다. 읽어 주는데도 이게 선생님 관찰 보기 시로는 아니다 싶다. '선생님 관찰 기록' 밑에다가 덧붙여 적었다.

1. 선생님 총평을 하지 말 것

2. 비판하는 말을 직접 하지 말고 상황만 그릴 것

3. 구체적인 한 장면을 붙잡아서 쓸 것

어떤 상황이었는지, 그때 무슨 말이 오고 갔는지, 선생님이 어떻게 행동했는지 자세히 그려 보자. 시간이 오래 지났더라도 그때로 돌아가서 지금 막 그 일을 겪는 듯이 말해 보자. "국어 선생님은 참 자상하다" 이렇게 싸잡아서 쓰지 말고, 어느 때 어느 자리에서 일어난 일 하나를 잡아서 써 보자. 담임선생님 이야기를 해도 되고, 다른 과목 선생님을 대상으로 써도 된다고 했다. 딱히 선생님이 안 떠오르면 '친구 관찰 기록'도 괜찮다고 했다.

시를 쓰는 표정들이 떨떠름하다. 그랬는데 지환이가 '담임선생님'

이란 제목으로 가장 먼저 시를 써냈다.

담임선생님 연제고 1학년 윤지환

담임 쌤이 반에 들어온다.
들어와서는 고작 하는 말이
"집에 가."
뭐가 그리 바쁜지
아니면 뭐가 그리 귀찮은지. (2012년 12월 17일)

아이들에게 읽어 주니 정말로 그런 일이 있었다고 한다. "집에 가" 겨우 그 말 할 거면서 왜 기다리라고 했는지, 아직까지 억울하다는 투다. 지환이에게 물었다.

"언제 있었던 일이야?"

"토요일 종례 때."

"어떤 상황이었는데?"

"선생님이 종례한다고 기다려라 해서, 다른 반은 집에 다 가고 우리 반만 남았는데, 늦게 오셔 가지고 그랬어요."

"그 상황을 넣으면 좋겠다. 그래야 시가 살지. 앞에다가 그 상황을 넣어서 다시 써 봐라."

이제 시 쓰는 분위기가 잡혀 간다. 다 쓴 아이는 옆에 친구에게 읽어 보라고도 하고, 나한테 들고 나오기도 한다. 그렇게 일렀는데도 구체적인 한 장면을 붙잡지 못하고 "인상 좋으시고/ 참 다정하신 교감선생님"이라고 써 가지고 나온다. 지금 하는 시 쓰기에 불만을 털어놓은 아이도 있다. 이런 건 시가 되지 못했다고 다시 쓰라고 돌려보냈다.

내 친구 정우 연제고 1학년 정재희

정우는 주말에 알바를 한다.

게임하려고 알바를 한다.

언제나 피시방

학교에서는 아이팟으로 게임을 한다.

구자행 쌤 시간에도 한다.

잘 보시는 게 좋을 겁니다 선생님.

무서운 놈이예요. (2011년 12월 17일)

병준이 연제고 1학년 황찬종

오늘 병준이와 여러 애들까지

야자를 쨌다.

그런데 가는 도중 내내

병준이가 징징거린다.

쌤한테 걸릴 것 같고

숙제도 해야 된다고.

그러다 당구장에 도착했는데

병준이가 거기서

수학 문제를 푸는 것이 아닌가.

나는 그렇게나 웃기고

황당한 경우를 본 적이 없다. (2011년 12월 17일)

야자 마스터 연제고 1학년 김지엽

우리 반 오지현이 계단에서 굴렀다.

발이 부어올랐다.

오지현은 담임샘한테 갔다.

"병원 가게 야자 좀 빼 주세요."

"안돼 임마!"

오늘도 우리 반은 야자가 풀방이다.

만족스런 담임의 표정

막무가내 야자 방식이 최고인 줄 안다. (2011년 12월 17일)

김승규의 눈 연제고 1학년 엄진욱

승규의 눈은 정말 이상하다.

우리 학교에 연예인이 있는 줄 안다.

승규는 급식 시간만 되면 되게 좋아한다.

그 애를 볼 수 있다면서

급식을 받고

그 애를 보기 위해 자리를 잡는다.

밥 먹으면서도 그 애를 보고 있다.

누가 봐도 닮지 않은 것을

박보영을 닮았다며 보고 있다. (2012년 12월 17일)

일요일 쉬고 월요일부터는 2반과 4반 아이들이 쓴 시를 읽어 주니 좋아한다. 보기 시가 쌓여 가니 분위기 잡기가 한결 수월하다. 쓰고 싶은 마음을 일게 하는 데는 친구들이 쓴 시만큼 좋은 게 없다.

시 쓴다는 소문이 전교에 쫘악 퍼졌다. 점심시간에 식당에서 승규를 만났는데, 밥 먹으려고 줄 서 있다가 나를 보자마자 항의한다.

"선생님, 제가 나오는 시 여자 반에서도 읽어 주셨다면서요?"

"그래."

"그걸 읽어 주면 어떡해요. 소문 다 났어요."

"벌써? 미안하다. 이제 다른 반에서는 이름 안 밝히고 읽어 줄게."

승규가 말은 그렇게 해도 딱히 못마땅한 눈치는 아니다. 진욱이가 시를 써냈을 때 승규에게 누구냐고 물었더니, 7반인데 이름은 비밀이라고 했다. 7반 여학생 반에 가서 그 시를 읽어 주니까 서로 자기라고 우겼다.

정우가 내 시간에 몰래 게임하는 줄 전혀 몰랐다. 재희가 쓴 '내 친구 정우'를 읽고서야 알았다. 재희는 나한테 일러바치듯이 써서 웃음을 자아냈다. 말을 건네는 목소리가 생생하게 살아 있어 좋다.

'야자 마스터'를 쓴 지엽이는 시를 써내면서 이름을 절대 밝히지 말라고 당부했다. 혹시 담임 귀에 들어갈까 걱정인 것이다. 지엽이 반 담임은, 부모가 죽기 전에는 야자를 빼 줄 수 없다고 했단다. 언제나 마흔 명 가득, 말 그대로 콩밥이다. 대부분은 그냥 앉아서 시간을 죽인다.

찬종이가 쓴 '병준이'를 읽고서 아이들과 실컷 웃었다. 그런데 뒷맛은 씁쓸했다. 야간자습을 빼고 지긋지긋한 학교에서 벗어났지만 병준이 마음은 자유롭지가 못하다. 담임이 집에 전화하지 않을까. 엄마한테 연락이 오지 않을까. 더구나 야간자습 마치고 가야 하는 학원과 학원 숙제는 병준이 마음을 더욱 압박한다. 오죽했으면 당구장 구석에 엎드려서 수학 문제를 다 풀었을까. 그날 일을 병준이는 또 이렇게 썼다.

첫 번째 연제고 1학년 전병준

2학기 어느 날
고등학교 들어와서 처음으로
야자를 째고 놀러 갔다.
처음 나올 땐 홀가분하고
새로운 느낌이었다.

당구장으로 걸음을 옮기는데

차츰 걱정이 된다.

선생님이 집에 전화를 하실까.

엄마한테 전화가 올까.

화난 채 들어와 끌고 가진 않을까.

끝내 찜찜한 저녁을 보내고

몇 시간 동안 단 한 가지 생각뿐이었다. (2011년 12월 17일)

'선생님 관찰 기록'을 써 보라고 했는데 많은 아이들은 '짝지 관찰 기록'을 써냈다. 선생님 이야기는 쓰기가 부담스러운 건지, 아니면 별 이야깃거리가 없을지도 모르지. 수업이란 게 늘 똑같은 그 나물에 그 밥인데 달리 무슨 이야기가 나올까도 싶다.

어쨌든 이제는 아이들에게 보기 시로 읽어 줄 거리가 생겼으니 아이들도 나도 시 쓰기에 재미가 붙었다. "옆 반 친구들이 쓴 신데 들어 볼래?" 그러면 엎드려 자다가도 슬며시 일어난다.

"지금 읽는 선생님은 누굴까 알아맞혀 봐라."

시를 읽어 주니 정말 똑같다고 깔깔댄다. 그 선생님 말투를 그대로 흉내 내 보기도 한다.

읽어 준 시 가운데 누구 시가 좋은지, 자기 마음에 와 닿는 시를 한 편씩 골라 보기도 했다. 처음 시작할 때만 해도 딴짓하는 아이가 많았다. 수행평가에 넣을 거라고 다그쳐 보기도 했다. 이제는 그럴 필요가 없어졌다.

"선생님, 이거 선생님만 읽어 보는 거죠?"

"그래, 나만 읽는다."

"다른 반에 가서는 읽어 줘도 되는데 선생님들한테 보여 주면 안 돼요. 특히 우리 담임선생님은."

"그래 걱정 말고 쓰기나 해라."

아이들 시가 차츰 대담해져 갔다.

나가! 연제고 1학년 조주영

수학 수업이 항상 5, 6교시다.

수준별 수업이라 항상 같은 선생님이다.

선생님은 항상 같은 바람막이를 입고

항상 같은 말을 하며 들어오신다.

"나가, 나가, 공부하기 싫은 놈은 나가!"

아직 수업 시작도 안 했는데

선생님 오신 지 1분, 종친 지 3분

옆 분단 아이 셋이 복도로 나갔다.

썰렁해진 분위기

"쌤, 바막 진깔이예요?"

누군가 던진 농담에

선생님은 당나귀 웃음과 함께 수업을 시작한다.

바람막이를 입은 동키를 닮은 선생님

오늘도 느릿한 말투로 허공을 보며
혼자서 자문자답 수업을 한다. (2011년 12월 19일)

영어 선생님 연제고 1학년 최아정

영어 시간이다.
쌤은 애들을 쭉 둘러보시다가
꼭 한 명을 붙잡고 꼬투리를 잡는다.
그러다가 자신의 과거 얘기로 빠진다.
40분이 지났다.
쌤은 이제 수업을 시작한다.
"이제 진짜 나간다. 자지 마라."
이 얘기에 또 5분이 흐른다.
이제 10분 남았다.
이 10분 동안 반 바닥을 나간다.
그걸로 부족하니까
쉬는 시간에도 진도를 나간다.
이래 놓고 다음 시간에
우리 반이 진도 제일 느리다 그런다. (2011년 12월 19일)

총잡이 연제고 1학년 황민우

앞문이 열린다.

가죽 자켓 깍두기가 들어온다.

"고개 들어라 임마. 반장!"

"차렷! 경례!"

지옥 시작이다.

시간의 방이 돼 버린 것이다.

1분이 10분이 돼 버린 것만 같은

한날은 가슴에서 총을 꺼낸다.

쏜다.

"어, 진짜 나가네."

몇 발 더 쏴 본다.

이건 더 이상 수업이 아니다.

우리는 과녁이 돼 버렸다.

또 어느 날이었다.

그날은 교무실에 노점상이 들른 날인데

왠지 기분이 쌔했다.

교실 문이 열리고 깍두기가 들어선다.

고개 떨군 친구 앞에 서더니

주머니에서 막대기 같은 것을 꺼낸다.

딱! 케이스를 벗겨 보니

일제 사시미 칼이다.

영화에서 조폭이 들고 다니는 것이다.

문제는 자연스럽다는 것이다.

하필 그날은

일제시대를 배우는 날인데

조상들 기분을

조금은 이해할 수 있을 것 같았다.

손이 떨려 필기를 못 하였다.

조상들도 이랬을까? (2011년 12월 20일)

자유 연제고 1학년 이재형

우리 반 선생님은 대단하신 분이다.

부모가 죽기 전엔 야자를 못 뺀다고

학기 초에 말했을 정도다.

야자를 빼러 두근거리며 찾아가면

반장이 학교 기강을 무너뜨리려 한다로 시작한다.

5분 정도 잔소리를 듣다 보니

결국 가란다.

그럴 거면 왜 잔소리를 하는지

학교 축제 연습 하러 가려고 또 찾아갔다.

의자에 앉아 거만한 자세로 가 보라고 한다.

처음으로 교사다운 모습을 보았다. (2011년 12월 22일)

걸림돌 연제고 1학년 변영환

야자 하는 데는 세 가지 걸림돌이 있다.

밧데리, 잠 그리고 선생님이다.

밧데리는 충전하면 되고

잠은 자면 되는데

정말 이것들은 답이 없다.

딱히 나는 야자를 째는 편은 아니지만

이것들은 정말 쓸데없이 돌아다닌다.

자기들은 야자를 왜 째느냐 물어보지만

참나, 자기들은 그 이유를 모르나 보다.

당신들 때문이다.

아이들이 떠들 때 시끄럽다고 하는데

나는 네가 작대기로 두드리는 게 더 시끄럽다.

선생님만 없어도 야자가 편해질 것 같다. (2011년 12월 22일)

민우가 쓴 '총잡이'는 충격이었다. 모른 체하고 그냥 넘어갈 일이 아니라고 생각했다. 사실이라면 이건 엄청난 폭력이다. 반대로 아이가 수업 시간에 커터 칼을 꺼내 교사를 위협했다고 하면 어떨까. 교권이 무너졌다고 한바탕 소동이 일겠지. 체벌 금지 탓을 하며 학생인 권조례를 들먹일 것이다.

우리 반에 가서 시를 읽어 주고 사실인가 물어보니, 다른 반에서 그랬다는 이야기는 들었지만 우리 반에서 총이나 칼을 꺼낸 적은 없다고 했다. 민우 반에 가서도 물어봤다. 총을 쏘고 칼을 꺼낸 것은 사실이나 그 상황이 그냥 웃음이 나왔다는 것이다. 그 선생님이 공부 시간에 잘 웃기는데, 웃기는 행동 가운데 하나란다. 너희가 심각하게 여긴다면 짚고 넘어가야 할 문제라고 생각한다니까, 그럴 것까진 없다고 한다. 시를 쓴 민우는 손사래를 치면서 말린다. 한번 웃자고 한 장난치고는 지나치다.

아침에 학교 가는 차 안에서 영환이가 쓴 '걸림돌'이 떠올랐다. "이것들은 정말 답이 없다" 이 말에 씁쓸한 웃음이 나온다. 다른 선생님들이 보면 어떤 반응이 나올까. 건방지다고 하겠지. 버릇없다고 하겠지. 왜 아이들 말이 여기까지 왔는지 성찰해 보는 사람도 있을까.

일주일 동안 쓴 시 가운데 따뜻한 기억을 붙잡은 시는 한 편도 없다. 내가 선생님 비판으로 이끈 것은 아니다. 좋았던 장면이나 선생님다운 모습도 붙잡아 보라고 했다. 그런데 아이들 눈에 비친 교사의 모습은 감시자이고 폭군이다. 자업자득이다. 우리가 말썽 피우는 아이들을 마치 적 대하듯이 하는데 아이들이라고 다를까. 아이들 눈에 비친 교사의 모습이 이 시대 우리들의 슬픈 자화상이다.

(2011년 12월 27일)

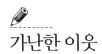

가난한 이웃

　가난한 이웃, 보잘것없는 우리 이웃들에 대한 애정, 이게 정말 소중한 우리 마음이다. 이 마음이 없는 사람은 자기보다 지위가 낮고 가진 게 적으면 깔보고 깔아뭉개고 업신여기게 된다. 겉으로는 위하는 척할 때도 있지만 위선이다. 중·고등학교 시절에 이 마음을 길러 주지 않으면 평생 거만하게 자기 잘난 줄만 알고 살 것이다. 가난하지만 꿋꿋하게 사는 이웃에 대한 애정, 바로 이 마음이 이오덕 선생님이 늘 말씀하신 우리 마음일 터이다. 이 마음이 농사꾼의 마음과 통하고 동심과 통할 것이다. 이 마음이 바른 마음이다. 아이들과 시를 쓰고 글쓰기를 하는 것도 이 마음을 갖게 하는 과정이고, 아이들 글은 이 마음에서 나온 열매다.

　"우리가 그동안은 글을 쓰면서 우리 자신의 문제를 벗어나지 못했잖아. 자라온 이야기도 그렇고, 식구들 이야기도 그렇고, 친구나 학교 이야기도 그렇고. 이제는 자신의 문제를 벗어나서 우리 이웃으로 눈을 돌려 보자. 내세울 것도 없고 가난해서 가진 것도 없고 그래서 아무도 알아주지 않지만 꿋꿋하게 사는 사람들, 열심히 땀 흘리며 몸으로 살아가는 이웃 사람들의 모습을 담아 보자. 이번에는 시장에서 장사하는 할머니, 공사판에서 벽돌 나르는 아저씨, 장애인, 외국인 노동자, 노점상 아저씨, 이런 사람들이 살아가는 모습을 담아서 시를 써 보자. 그러자면 그냥 대충 보아서는 절대로 쓸 수 없다. 10분이고 20분이고 자세히 지켜보고 나서 써야 한다. 표정은 어떻고, 차림새는 어떻고, 어떤 행동을 하고, 무슨 말을 주고받는지 자세히 관찰하고 나서 그 모습을 그대로 시에 담아 보자. 다음 주까지 시간을 주께."

이렇게 말하고 《있는 그대로가 좋아》(이상석, 보리출판사)에 실린 '배추 장사' '군고구마 할아버지' '철공소' '우리 동네 아주머니들' '자갈치 아지매' '손수레 장수 아주머니' '공사장' '똥 푸소 아저씨들' 같은 시를 읽어 주면서, "어떤 시가 마음에 드는가?" "어디에 글쓴이의 눈길이 가 있는가?" "무엇에 마음을 두고 썼는가?" "어느 부분이 시가 되게 하는 간절한 말인가?" 말해 보게 했다.

• 꿋꿋하게 살아가는 사람들

1학년 여섯 반과 3학년 열 반이 모두 시를 썼다. 그렇지만 한 반에 대여섯 명씩, 많은 반은 열 명 정도가 시를 써내지 않았다. 써낸 아이들은 대부분 자세히 관찰하고 정성껏 써 왔다. 일부러 글감을 찾아다닌 아이는 몇 없고, 학교에 오며 가며 본 것이나 전에 겪었던 일 가운데 글감을 잡아 썼다. 평소에는 대수롭지 않게 그냥 지나쳤던 것을 숙제가 마음에 걸려서 그랬는지 관심을 가지고 보았다. 꿋꿋하게 살아가는 이웃 사람들을 그리기도 하고, 소외된 사람들에게 마음이 가기도 하고, 이웃에 대한 따뜻한 사랑을 담기도 하고, 장애인을 배려하는 마음도 담았다.

아이들이 써낸 시 가운데 잘 썼다 싶은 시는 다음 시간에 들고 가서 읽어 준다. "가장 마음에 와 닿는 시를 고른다면?" "시를 읽으면서 떠오른 비슷한 자기 경험은?" "어떤 마음을 붙잡아서 시를 썼을까?" "특히 어느 부분이 좋은가?" 이런 물음을 던져 놓고 아이들과 이야기를 나눈다. 그 반 아이가 쓴 시는, 시를 쓴 아이한테 어떻게 해서 썼는지 그 과정을 말해 보라고 한다.

그런 다음에 시 고치기를 한다. 우리 말법에 어긋난 곳이나, 안 해도 좋은 말을 늘어놓은 곳이나, 더 자세하게 써야 할 곳이나, 이렇게 고쳤으면 하는 곳이나, 아예 송두리째 뺐으면 싶은 곳을 말해 보게 한다. 아이들이 지적하기도 하지만, 그만 내가 마음이 급해져서 이 부분을 고쳐 보자고 서두르는 수가 많다. 느긋하게 기다리자고 마음을 다잡아 보지만 잘 안 된다.

길을 걷다가 부산상고 3학년 김지훈

학교를 마치고
집으로 오는 길이었다.
집 옆 공사장을 지나다가
잠시 멈추어 섰다.
국어 숙제가 떠올랐다.

반팔티에 긴 바지를 입은 아저씨가 나왔다.

바닥 아무 데나 앉아서 담배를 피운다.

그 아저씨 모습을 보았다.

나이로는 우리 아버지랑 비슷해 보인다.

팔과 얼굴과 목이 새까맣게 탔다.

반팔티는 땀으로 젖어 있고

바지는 때와 먼지가 묻어서 더러웠다.

얼굴은 힘든 표정이었다.

담배 한 대를 다 피우더니

"으차" 하는 기합을 하고

다시 공사장 안으로 들어간다. (2004년 9월 2일)

첫차 타는 사람들 부산상고 1학년 정필규

요 며칠 사이 첫차를 타 보았다.

첫차 안에는

어여쁜 회사원 아가씨,

피부가 거칠지만 웃음이 넘치는 노가다 아저씨,

피곤에 지친 학생들이 정기적으로 탄다.

회사원 아가씨는

그냥 아무 생각 없이 있다가 내리고

지친 학생들은

버스 정류장이 지났나 안 지났나

뜬눈으로 간다.

그리고 노가다 아저씨,

아저씨 두 분인데

꼭 시청에서 타서 부암동에서 내리신다.

나이도 있는 것 같은데

힘든 직업을 가지고 계시지만

친구 분과 이야기를 하며 웃음이 끊이질 않는다.

그렇게 힘든 일을 하는데 웃음이 넘치다니

난 공부 그것 하나 가지고 힘들어하는데

육체의 고통을 참고 일하시는 아저씨를 보고

용기와 희망이 생겼다. (2004년 9월 8일)

지훈이는 집으로 가다 공사장 앞에서 잠시 멈추어 섰다. 평소 같으면 그냥 지나쳤을 터인데 시 쓰기 숙제가 생각난 것이다. 아이들은 학교를 마쳤건만 공사장은 끝나자면 아직 한 시간 넘게 남았다. 휴식으로 담배 한 대를 피우고 일어서는 아저씨, 참 고달프고 힘들어 보이지만 그래도 "으차" 하고 마지막 힘을 모으는 아저씨를 보면서 지훈이는 무슨 생각을 했을까? 그 순간 아저씨의 힘겨운 삶을 고스란히 느꼈을 것 같다.

필규는 새벽에 집을 나와 첫차를 타고 가면서 버스에서 만난 사람들을 그렸다. 그 가운데 시청에서 타고 부암동에서 내리는 아저씨 두 분에게 눈길이 가 있다. 잠이 모자라 피곤한 학생들, 무표정한 회사원 아가씨, 그와 딴판으로 볼 때마다 웃음이 넘친다. 새벽 일찍 일어난 덕에 꿋꿋하게 살아가는 이웃을 볼 수 있었다.

● 사회적 약자에 대한 연대 의식

학교란 곳이 아이들에게 끝없이 경쟁심만 부추기고 있다. 공부는 곧 입시 공부로만 통하고, 얼마만큼 공부를 잘하는가는 시험 점수로 판가름한다. 시험에 나오지 않으면 공부가 아니다. 아이들에게 지난 시간에 뭐 했느냐고 물으면 "공부 안 하고 시만 읽어 주었는데요" 하는 말을 서슴없이 한다. 남보다 시험 점수를 더 따야 살아남는다는 것과 학교에는 그 점수 따는 공부하러 온다는 것을 감각으로 아는 것 같다. 학교만 그런가. 온 세상이 힘과 자본으로 경쟁하는 판이다. 가진 자는 법대로 정당하게 경쟁했다고 말하니, 가난하고 힘없는 사람들은 짓밟혀도 그 억울함을 어디다 하소연할 수도 없다. 누구도 약자 편이 되어 주려 하지 않는다.

노래하는 사람들 부산상고 1학년 최원찬

하교 길에 롯데백화점 앞
그 곳에서 날마다 노래하는 사람들을 본다.
머리에 붉은 띠를 두르고

팸플릿을 들고

백화점 앞에

어떤 때는 지하상가 안에

주저앉아 외친다.

무슨 사연이 있길래

알고 봤더니

모두 백화점에서 일하던 사람인데

아무 이유도 없이 짤려

하루아침에 일자리를 잃은 분들이다.

오늘 하교 길에도 그 분들을 본다.

전번보다 인원이 줄어든 것 같다.

'힘내세요!' 말하고 싶지만

용기가 나지 않았다. (2003년 9월 3일)

외국인 노동자 부산상고 3학년 문동주

할아버지 사시는

왜관에 가면

플라스틱 제품 같은 걸 만드는

화학 공장이 있다.

언뜻 보기에는 기계로 찍어 만드는 것 같지만

속을 보면 다르다.

공장 가까이 가서 안을 들여다봤다.

외국인 노동자들밖에 없었다.

쇠로 된 원통에

총처럼 생긴 기계로

화학 물질을 골고루 뿌리고 있다.

한참을 뿌리다 말고 황급히 밖으로 나온다.

그 외국인 노동자는

모자와 마스크를 벗더니

기침을 하기 시작했다.

바삭 마른 몸에

콜록콜록 기침을 자꾸 하는데

뒤에서 어떤 사람이 불렀다.

옆에 빨랫줄에 걸려 있는 수건으로

눈물과 콧물을 대충 닦고

다시 힘없이 공장 안으로 들어간다.

하루에 10시간씩 일하고

한 달에 18만 원 받아서

집에 17만 원 부쳐 주고

만 원으로 한 달을 지낸다고 했다. (2004년 9월 7일)

우리 사회가 파업 노동자나 시위대에 보내는 눈길이 곱지 않다. 노
동자들이 파업한다는 뉴스는 곧바로 그것으로 겪는 시민 불편이 이

만저만 아니라는 장면과 함께 나오고, 직장이 없어 거리로 나앉은 사람들도 많은데 배부른 짓 한다고 시민들은 손가락질한다. 촛불 시위로 시위대에 대한 인식이 크게 바뀌기는 했어도 여전히 "종북 세력"이니 "홍위병"이니 하는 말로 매도하기 예사다. 사회적 약자에 대한 관심이야말로 민주 시민 교육의 첫걸음이 아닐까. 그들의 주장에 귀 기울이고, 당장 내가 손해 보고 불편해도 참아 주고, 억울함을 같이 느끼면서 촛불을 들어 주는 것, 민주 시민이 가져야 할 '똘레랑스'이고 '연대 의식'이다.

원찬이도 시위대를 보고 몇 번을 그냥 지나쳤다. 그러다가 '무슨 사연이 있기에 저럴까?' 하고 관심을 가졌다. 알아봤더니 모두 롯데 백화점에서 일하던 직원들인데 하루아침에 일자리를 잃었다. 저번보다 사람이 줄어 안타까운 마음, 속으로 '힘내세요' 하고 응원하는 마음, 바로 연대의 싹이 아닐까.

동주는 초등학교 때 왜관 할아버지 집에 가서 한 경험을 썼다고 했다. 꽤 오래전에 한 경험이지만 마치 지금 그 일을 겪은 듯이 생생하게 잘 썼다. 동주가 처음부터 이렇게 시를 쓰지는 않았다. 처음에는 이렇게 썼다.

왜관에 가면
작은 화학 공장에
외국인 노동자들이 많다.
안을 봤다.

제품 원통에 화학 물질을 뿌리고 있는

외국인이 보인다.

1분쯤 뿌리더니 밖에 나와

마스크를 벗고 숨을 헐떡인다.

콜록콜록 기침을 자꾸 한다.

옆에 빨랫줄에 걸려 있는 수건으로

눈물과 콧물을 대충 닦고

다시 마스크를 쓰고 공장 안으로 들어간다.

　아이들 시 가운데 외국인 노동자를 글감으로 한 시는 이것 하나뿐
이었다. 관심이 없어서가 아니라 노동 현장으로 가 보지 않고는 경험
할 수 없는 일이기 때문일 것이다. 손가락, 발가락이 잘려 나가고, 밀
린 월급을 받지 못한 채 단속에 쫓기고, 거기다 병까지 얻어 오도 가
도 못 하는 딱한 신세가 된 불법체류 외국인 노동자들을 텔레비전에
서는 자주 본다. 하지만 이렇게 그들이 겪는 노동 현장을 제 눈으로
보고 그린 시는 참 귀하다 싶었다. 동주를 불러 둘이 앉아 같이 고쳐
볼까 하다가 마음을 달리 먹었다. 동주 반에 가서 이 시를 읽어 주니
고맙게도 아이들이 반응을 보였다.

　"그게 다예요?"

　"그래, 뭐가 좀 빠진 것 같지?"

　"예."

　"동주야, 그 외국인 모습이 어땠는데?"

"빠삭 말랐던데요. 그라고 한 달에 18만 원 받는다던데요."

"그래, 그거 써야지. 다시 써 볼래?"

"예."

그러고 나왔는데 동주가 가방을 메고 집에 가면서 교무실로 찾아왔다. 다시 고쳐 쓴 시를 내밀고 인사를 하고 간다. 이렇게 고쳐 보라고 하나하나 짚어 주는 것보다, 미처 생각지 못한 부분을 열어 주는 방법이 더 낫다는 것을 깨달았다.

● 이웃에 대한 사랑과 배려

자신의 문제를 벗어나서 이웃으로 눈을 돌려 보게 하는 것, 고등학교 아이들에게 빼놓을 수 없는 공부라고 생각한다. 가난하지만 땀 흘리며 몸으로 살아가는 사람들, 아무 내세울 것 없지만 꿋꿋하게 살아가는 사람들, 의지할 곳 없이 외로운 사람들, 그들의 삶에 애정을 가져 보고 그들을 배려해 주는 마음이 자라게 하는 공부.

사람과 삶에 대한 진정한 이해는 사랑에서 나온다. 사랑하지 않는 것도 알 수 있다는 생각은 환상에 지나지 않는다고 했다. 세상이 끝없는 경쟁으로 내달릴수록, 오로지 상품 가치로만 저울질하는 세상이 될수록 이웃으로 눈을 돌려 보게 하는 공부는 그만큼 더 값진 것이다.

폐품 모으시는 할머니 부산상고 3학년 이상현

우리 동네에는 폐품이면 폐품

병이면 병

돈이 될만한 것이면

무엇이든 주워 모으는 할머니가 계신다.

구부러진 등에

다 낡은 고무신,

머리에는 비녀 대신 숟가락을 꽂고.

내가 운동을 마치고 집으로 오는 길에

폐품 모으시는 할머니를 만났다.

"할머니 제가 좀 도와 드릴까요?"

"젊은 총각 고마워."

하시면서 폐품을 수레에 좀 옮겨 실어 달라고 하셨다.

하루 종일 모은 폐품이 담긴 수레를 끌고

폐품 파는 곳까지 갔다.

고물상 아저씨가 할머니 보고

"오늘도 수고 많으시네요. 할머니."

그러자 할머니는 많이 쳐 달라고 하셨다.

할머니가 하루 종일 모은 폐품 값은 2300원이었다.

할머니는 고맙다고 하면서

맛있는 거 사 먹으라고 천 원을 주셨다.

나는 받을 수가 없었다.

힘들게 일하시는 할머니에 비하면

내가 할머니를 도운 것은 당연한 일로 여겨졌다.

할머니는 세상에 이런 총각들만 있었으면 좋겠다고 말하셨다.

(2004년 9월 2일)

담배 물고 있는 할머니 부산상고 3학년 민태민

엄마 가게 일을 도와준다며

나선 적이 있는데

엄마 가게를 가려면 시장을 거쳐 가야 한다.

나는 시장을 좋아한다.

온갖 물건을 팔고

열심히 일하는 사람들이 보기 좋다.

시장 끝을 지날 때였다.

모서리에서

버젓한 자리도 없이 보자기 하나 펴놓고

깐 마늘을 파는 할머니가 보였다.

우리가 생각하는 시장 이미지의 할머니가 아니다.

정말 나이가 되어 보인다.

입에는 담배를 물고 가만히 앉아 있었다.

일어나서 사람들을 붙잡지도 않고

사가라는 소리도 하지 않는다.

그저 담배만 물고 있다.

엄마 일을 돕고

엄마와 다시 시장을 지나 집에 오는데

할머니가 아까 그 자리를 지키고 있었다.

나는 일부러

"엄마, 집에 마늘 있나?"

슬쩍 물어 봤다.

엄마는 내 얼굴을 보더니

"집에 마늘 쌨다."

혼자서 속으로

'하나 사주면 안 되나.'

하면서 할머니를 지나왔다.

괜히 할머니에게 미안했다. (2004년 9월 8일)

　　한두 반 아이들이 시를 쓰고 나면 그다음 반부터는 무엇을 붙잡아 쓰라고 일일이 말해 줄 것 없다. 앞에 반 친구들이 쓴 시만 읽어 주어도 바로 알아챈다. 9월 2일에 쓴 상현이 시가 그다음 반 시 공부에 큰 도움이 되었다. 다른 아이들은 대부분 거리를 두고 바라본 것을 썼는데, 상현이는 몸소 실천하여 할머니를 도운 일을 써 놓으니 감동이 컸다. 어떤 반에서 상현이가 할머니를 진짜 도와주었을까 의심하기도 했다. 그러자 상현이와 친한 친구가 일어섰다. 자기가 전부터 상현이와 알고 지내는데, 그 친구는 충분히 그러고도 남을 놈이라고 거들었다. 할머니 폐품값 2,300원 가운데 천 원을 차마 받을 수 없는 마음도 찡하지만, 다 낡은 고무신에 머리에는 비녀 대신 숟가락을 꽂고 있는 할머니 모습을 놓치지 않고 잘 그렸다.

태민이 반에 가서 "태민이는 시인이다. 앞으로 시인이라 부르겠다" 그랬더니 아이들이 "우아" 하고 손뼉을 친다. 머리로 따진다면 마늘 파는 할머니한테 태민이가 조금도 미안할 게 없다. 뭐 대단한 마음도 아니다. 그냥 지나치기가 왠지 켕기는 그 미안한 마음, 가느다란 감각을 붙잡았다.

앞부분 장면도 참 잘 그렸다. 시장이 끝나는 곳, 꺾어지는 모퉁이에 궁색하게 보자기 하나 펴 놓고, 시장에서 장사할 나이가 훨씬 넘은 할머니가 그냥 마늘이 아니라 깐 마늘을 판다. 하나 팔아 달라고 붙잡지도 않고 그저 담배만 물고 앉아 있다. 읽으면 저절로 그림이 그려진다.

● 장애인을 보는 눈

여태껏 장애인에 대해 별 생각 없이 무심코 살아왔다. 장애인이 어떻게 차별받고 있고, 장애인에 대한 복지 정책이 어느 정도 수준에 와 있는지 관심을 가져 본 적도 가르쳐 본 적도 없었다. 아이들 글을 읽으면서 아이들에게 또 배운다. 가난한 외국인 노동자가 우리와 똑같은 사람이듯이 장애를 가진 사람도 우리와 똑같은 사람이란 것을 아이들이 가르쳐 준다. 장애를 가진 사람도 떳떳하게 이동하면서 살 권리가 있다는 것을 깨우쳐 준다. 지하철을 타는 과정이 힘들기도 하지만, 그보다는 차 안에서 둘레 사람들이 보내는 차가운 눈길이 훨씬 더 고통스럽다는 것을 아이들이 먼저 알고 있었다.

장애인 아저씨 부산상고 1학년 이정원

선글라스에 휠체어를 탄

한 아저씨가 지하철을 타려고 하신다.

뒤에는 부인인지 동생인지

휠체어를 밀어주고 있다.

지하철을 타려고 내려가려는데

휠체어 전용 전동 기계가 고장 나서

내려가지도 못하고 머무르고 있다.

지하철 역무원이 와서 도와주기는 하지만

그 장애인 아저씨 눈에는

슬픔밖에 보이지 않는 것 같다.

억지로 웃기는 하지만

얼마나 찢어지는 슬픔을 느꼈을까.

뒤에서 휠체어를 밀어주는 여자는

지하철 역무원에게 욕까지 섞인 하소연을 한다.

"지랄 같은 정부는 뭐 하는데요?"

참 그 모습을 보고 한동안 생각이 덤덤했다.

수많은 사람들 사이에 얼마나 뻘쭘할까.

하루 빨리 우리 나라도

장애인이 불편하지 않게 살았으면 좋겠다. (2004년 9월 10일)

면봉과 이쑤시개 부산상고 3학년 함수정

지하상가

사람들이 지나간다.

모두 어두운 표정으로

모두 빠른 걸음으로

사람들이 지나간다.

계단 중턱에 한 아저씨가 앉아 있다.

얼굴은 아주 검다.

손등은 터서 이리저리 갈라져 있다.

머리카락도 구불구불 제멋대로 뻗쳤다.

거뭇거뭇하게 묻은 바지를 입고서

하얀색이었을 운동화를 신었다.

목이 늘어난 티셔츠에

주머니 귀퉁이가 떨어진 조끼를 입고

한 아저씨가 지하상가 계단 중턱에 앉아 있다.

그 앞에는 면봉과 이쑤시개가 어지럽게 놓여 있다.

종이 박스 쪼가리에 아무렇게나 쓴 글씨로

"2개 천 원"

아저씨의 애타는 눈을

아무도 보지 않는다.

하지만 아저씨가 잠시 자리에서 일어나 절뚝거리자

사람들은 힐끗거렸다.

절뚝거리는 아저씨의 비틀어진 손목보다

사람들의 힐끗거림이 더 부끄럽다고 생각했다. (2004년 9월 6일)

휠체어 전동 기계가 고장 나서 지하철로 내려가지 못하는 장애인 아저씨의 눈에 담긴 슬픔을 본 정원이나, 면봉과 이쑤시개를 파는 장애인 아저씨의 애타는 눈을 본 수정이, 둘 다 잠깐 지나치면서 본 것이 아닌 듯하다. 길을 가다 멈추어 서서 한참을 지켜보고 나서 썼지 싶다. 정원이는 "지랄 같은 정부는 뭐 하는데요?" 하는 하소연을 듣고, 한참 동안 생각이 덤덤했다고 그 당시 심정을 털어놓았다. 그 말을 듣는 순간 성한 몸으로 아무 불편 없이 걸어 다니는 제 자신이 되레 부끄러워 얼굴이 화끈했지 싶다.

수정이가 그려 놓은 아저씨 모습을 보자. 얼굴은 검고, 손등은 터서 이리저리 갈라졌고, 머리카락은 구불구불 제멋대로 뻗쳤고, 거뭇거뭇한 바지에, 목이 늘어난 티셔츠에, 주머니 귀퉁이가 떨어진 조끼를 입었고, 때가 묻어 새까만 운동화를 신었다. 잠깐 지나치면서 보았다면 이렇게 그릴 수 없었을 것이다.

힐끗힐끗 피해 가는 사람들이나 한참을 지켜보고 서 있는 수정이나, 크게 다르지 않다고 생각할는지 모른다. 그런다고 달라진 게 있느냐고 되물을지 모르겠다. 깊은 강물에 들어가자면 얕은 강기슭을 지나야 하고, 펌프로 물을 잣아 올리자면 미리 부어 주는 마중물 한 바가지가 있어야 한다. 이렇게 사회적 약자들에게 애정을 가지면 곧 그들을 이해하게 되고, 이해가 깊어지면 함께 어울려 살아가는 세상도 오지 않을까.

선입견 부산상고 3학년 강상완

"으쌰, 으쌰"
일요일 아침부터 시끄러운 소리가 났다.
창문을 열고 밖을 보니
옆집에 누가 이사를 왔다.
슈퍼에 뭘 좀 사 먹으러 나가다 보니
이사 온 사람인 듯한 두 사람이
이야기를 하면서 집으로 들어가는데
장애인이다.
남편인 듯한 분은 다리가 불편하고
아내인 듯한 분은 말을 몹시 더듬거렸다.
난 누가 시키지도 않았는데
두 사람을 약간 경계하게 되었다.

그러던 어느 날
밤사이 비가 아주 많이 온 아침이었다.

대문을 연 나는 깜짝 놀랐다.

누가 내 오토바이를

비닐봉지와 쌀 포대 같은 걸로 덮어놓은 것이다.

그것들을 치우고 가려는데

"학생……조……조심……히……가……가……"

이사 온 옆집 아주머니셨다.

난 그제서야 알았다.

젖지 않은 내 오토바이가

옆집 아주머니의 배려란 것을 (2004년 9월 6일)

　시 내용은 간단하다. 옆집에 이사 온 장애인 부부를 자기도 모르게 경계했는데, 어느 날 옆집 아주머니의 따뜻한 배려에 자신을 돌아보게 되었다는 말이다. 장애인에 대한 잘못된 선입견을 반성한 시다. 아이들이 쓴 시 여러 편을 읽어 주고 어느 시가 가장 마음에 와 닿느냐고 물었을 때, 이 시를 꼽은 아이들이 많았다. 오토바이 안장이 비에 젖을까 싶어 슬그머니 비닐로 덮어 주는 따뜻한 이웃, 이웃을 배려하는 따뜻함이 그대로 아이들 마음결에 가 닿았던 것 같다.

(2004년 12월 15일)

누구도 흉내 낼 수 없는 멋진 불평

"나는 불평이 참 좋은 자기표현이라고 생각해. 시도 때도 없이 불평만 늘어놓으면 보기 흉할 테지만, 그 누구도 흉내 낼 수 없는 자기만의 멋진 불평 한마디는 아름다운 시가 될 수 있거든. 이 세상에 불평불만이 없는 사람이 있을까. 너희들이 불평을 할 때는 다 그럴 만한 까닭이 있다고 봐. 아이들의 정당한 논리가 어른들의 억압으로 묵살당할 때 불평이 나오는 거지. 그것을 '아! 짜증난다' 하는 식으로 표현하는 것하고 '기절했다 깬 것 같다'고 말하는 것은 다르다고 봐. 경남여고 1학년 민조는 불평을 이렇게 멋지게 했지.

야자를 마치고 집에 가서 씻고 누웠다.
잠시 눈 한 번 감았다가 떴는데 아침이다.
자는 게 아니라 기절했다 깬 것 같다.

누구도 흉내 낼 수 없는 불평이지. 오로지 민조만이 할 수 있는 불평이야. 그렇지만 이렇게 표현해 놓고 나면 '정말 그래!' 싶은 마음이

들잖아. 누구나 공감하게 되잖아. 이게 바로 시야. 야간자습까지 마치고 집에 와서 잠시 눈 한번 감았다가 떴는데 아침이야. 참 미칠 노릇이지. 그런데 답답한 그 심정을 '기절했다 깬 것 같다'고 표현하니, 불평이 아니라 아름다운 시가 되어 피어나잖아. 참 신기하지.

선생님이나 부모님, 친구들 앞에서 말할 때는 아무래도 가식이 조금씩 들어가게 마련이야. 그런데 길 가다가 혼자서 하는 말, 속으로 삼켰던 말, 선생님이나 부모님 앞이라서 차마 내뱉지 못했던 불평, 화가 났을 때 하고 싶었던 말, 이런 것이 오히려 진실에 가깝다고 봐. 시는 진실을 표현하는 거야. 감추거나 속이지 말고 거침없이 당당하게 말하고 나면 속이 다 시원해지는 느낌이잖아. 승은이가 쓴 시 '어쩌라고'를 같이 읽어 보자.

어른들과 얘기할 때 눈 보고 얘기하기

자신의 의견 분명히 밝히기

하지만 이런 건 학교선 아무 소용없다.

눈 보고 얘기하라길래 눈 보고 얘기하면

뭐가 떳떳하냐고 뭐라 한다.

선생님 말이 사실이 아니라서

내 의견을 말하면

교사 지도 불응을 들먹이며 -5점을 준다.

도대체 우리는 어떻게 하란 말인가.

내가 교무실에서 겪은 이야기 하나 할까. 전에 학교 있을 땐데, 옆반 종현이가 조퇴하러 내려왔어. 담임선생님한테 머리가 아파 조퇴하고 싶다고 하니, 선생님이 뭐랬는 줄 아니. 대뜸 한다는 말이 글쎄 "왜 아픈데?" 그러는 거야. 그러니 종현이가 아무 말 못 하고 서 있더라. 끝내 종현이는 조퇴 못 하고 말았지 아마.

어때, 승은이가 쓴 시를 읽어 보면, 조금은 속이 시원해지는 느낌이 들지 않아? '도대체 우리는 어쩌라고!' 이렇게 말하고 나니 그래도 좀 시원하잖아. 종현이도 시로 썼더라면 어떻게 썼을까. '왜 아퍼? 아픈데도 특별한 이유가 있어야 하나? 분명히 난 아침에 일어났을 때부터 아팠는데. 그게 다인데.' 선생님 앞에서야 이렇게 말 못 하지. '맞고 싶어 죽겠으니 제발 좀 때려 주세요' 하는 말밖에 안 되잖아.

그런데 시를 쓸 때 조심해야 할 게 있어. 이 말을 하면 친구들이 재미있어 하겠지, 하는 얄팍한 마음은 금물이야. 왜 그런고 하니, 재미있게 쓰려고 하다 보면 시가 싱거워. 뭔가 빠진 듯하지. 그렇잖아. 억지로 웃기려고 들면, 보는 사람 마음이 참 되지. 시는 절실한 마음을 담아 써야 읽는 사람이 '참 그렇구나!' 하고 고개를 끄덕이게 돼.

사설이 좀 길긴 하지만 시 쓰기에 앞서서 이렇게 이끄는 이야기로 바람을 잡고, 곧바로 시 맛보기에 들어갔다. 보기 시들을 쭈욱 달아 읽어 주고는, 이 가운데 어느 시가 가장 자기 마음에 와 닿는지, 그 시 어느 구석이 마음에 드는지 물어보았다.

다른 가족 경남여고 1학년 박민경

200

엄마랑 아빠랑 눌러 갈 준비를 한다.
나는 학원에 갈 준비를 한다.
한 집에 두 가족이 산다.

스펙 경남여고 1학년 한유정

토익, 토플, 학력, 자격증……
대학에 배우러 가는데
왜 벌써 다 배운 사람만 뽑아 가는지

그때 경남여고 1학년 신혜원

지나가는 어른들은 우릴 보고 말하신다.
저때가 참 좋을 때지.
지나가는 중학생을 보며 우리는 말한다.
저때가 참 좋을 때지.

칠판 경남여고 1학년 손유선

7교시 종이 치고 청소시간
오늘도 어김없이 칠판을 닦기 시작했다.
너무 더러워 나는 세게 닦았다.

청소하는데 선생님이 옆에서 무엇을 적으신다.

그러더니 나한테 화를 낸다.

"지금 적고 있는데 칠판 올리면 어떡하노?"

사실 내가 올린 게 아니라

세게 닦다 보니 올라간 것인데

그럼 선생님은

청소하고 있는데 꼭 지금 적어야 될까?

달 경남여고 1학년 류민혜

집으로 돌아갈 때 달을 본다.

어제 오른손에 있던 달이

오늘은 내 머리 위에 있다.

시간이 너무 빨리 간다.

나만 빼고 모든 게 너무 빨리 흘러간다.

복장검사 경남여고 1학년 김아름

요번 주 토요일에 복장검사를 한단다.

머리, 치마, 손톱……

지겹다.

아침마다 학교 현관 앞에서 잡으면서

만족을 못 하나 보다.
또 얼마나 많은 학생들이
복장불량으로 시달릴까.

별일 경남여고 1학년 안현주

엄마가 한번씩 묻는다.
"학교는 별일 없나?"
"어, 별일 없지."
날마다 똑같은 대답이다.
나도 별일이 좀 있었으면 좋겠다.

버스 경남여고 1학년 이민주

버스를 안 놓치려고 열심히 뛰면
내 눈앞에서 출발한다.
먼저 기다렸다 타려고 일찍 나오면
버스가 안 온다.
운 좋게 타이밍이 딱 맞아 버스에 타면
차가 막힌다.
돌겠네 정말

시 쓰기에 앞서 시 맛보기 공부는 빼놓을 수 없다. 친구가 쓴 시를 읽으면서 자기도 쓸거리를 찾고, 어떻게 쓸지 감을 잡게 된다. 자기 마음에 와 닿는 시를 고르고, 마음이 오래 머물렀던 곳을 말하고, 그러면서 시를 좋아하게 되고 시 속으로 빠져드는 듯하다.

소화기 연제고 1학년 원혜민

교실 앞 저 구석에 있는 소화기
뿌연 먼지가 쌓이도록
교실에 처박혀 있는 소화기

그래도 나는
저녁에는 교문 밖을 나갈 수 있으니
소화기보다는 조금 나은 것 같다.

창문 밖 노을 연제고 1학년 이예지

우와! 저녁 시간이다.
행복해 하는 아이들
그런데 왜 나의 마음은
가라앉고 있을까.
고개를 창문으로 돌렸다.

해가 진다.

세상이 붉어졌다.

선생님들이 교문을 나서는 모습

나는 도대체 무슨 잘못을 했길래

집에 갈 때 이것저것 이유를 늘어놓아야 하나

또 다시 하루가 스쳐가고 있다.

웃을 권리 연제고 1학년 정민규

야자 시간 10분 남겨 놓고

내 짝이 장난을 쳤다.

터져 나오는 웃음

"어이, 거기 애들 나온나."

딱! 딱!

종아리에 빨간 줄만 남아 있다.

우리는 웃을 권리도 없는 사람이다.

　내 처지가 교실 저 구석에 처박혀 먼지가 뿌옇게 쌓인 소화기만큼
이나 하냐고 혜민이가 묻는다. 하루 일을 마치면 선생님은 자유롭게
교문을 나서는데, 도대체 나는 무슨 잘못을 저질렀기에 마음대로 교
문을 나서지 못하느냐고 예지가 묻는다. 아이들은 도무지 이해할 수
없는 이상한 일인데 어른들은 당연한 일이라 여긴다. 아이들 눈에는

웃을 일인데 어른들 눈에는 그것이 용서 못 할 나쁜 짓이다. 아이들의 절규를 나약한 변명쯤으로 귓등으로 들어서는 안 될 일이다.

생각만 연제고 2학년 서지민

시험 기간이다.
책상 위 종이가 어지러이 놓여 있다.
나는
그걸 몽땅 씹어 먹고 싶다.
아니 그냥 갈가리 찢고 싶다.
불태워 버리고 싶다.
재도 남지 않게
나는
종이처럼 가만 앉아만 있다.

학원 선생님 연제고 2학년 김동휘

시험공부를 하다
배가 고파서 근처 편의점에 갔다.
편의점 가는 골목 닭집에서
학원 선생님이 친구들이랑 술 한잔 하셨는지
가게 밖에서 술 냄새를 풍기며

담배를 피고 계셨다.

깍듯이 인사를 하고 지나가려는데

나를 붙잡아

자기 아들 고려대 못 갔다고 하소연을 한다.

지금이라면 한 대 때려도

술기운에 묻혀 모르지 않을까?

그래도 선생님이기에 묵묵히 들으며

영혼 없는 대답을 한다.

나는 부산대는 갈려나.

친구 연제고 2학년 정정모

내 친구 채언이는

우리 집 5층 위에 산다.

아침마다 만나서 같이 학교로 간다.

그런데 채언이는 시간을 어기고

미안하다는 말도 하지 않는다.

나는 약속 어기는 것을 굉장히 싫어하기에

아침마다 화가 난다.

그래도 평생 볼 친구이기에

오늘도 아무 말 없이

같이 담배 한 대 피고

학교로 왔다.

누구나 불평을 할 때는 그럴 만한 사정이 있게 마련이다. 지민이는 시험 공부할 게 너무 많아서 가슴이 답답하고, 동휘는 자기 아들 좋은 대학 못 들어갔다고 푸념하는 학원 선생님에게 몹시 화가 났고, 정모는 약속 시간을 지키지 않는 친구가 못마땅하다. 그렇지만 모두 속으로 꾸욱 삭이고 말았다. 지민이는 종이처럼 가만 앉아만 있고, 동휘는 선생님 말을 묵묵히 들으면서 영혼 없는 대답을 했고, 정모는 평생 볼 친구라서 같이 담배 한 대 피고 삭혔다.

시 맛보기 공부할 때, 이렇게 시 서너 편을 읽어 주고 나서 공통점이 무엇일까? 하고 묻기를 좋아한다. 그러면 "모두 불평을 표현했어요" 하고 쉽게 찾아낸다. 좀 더 기다리면, "불만이 있는데 화를 참았어요" 하고 시를 쓴 아이 마음 흐름을 따라서 잡아낸다.

(2014년 12월 3일)

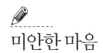

미안한 마음

2학년 3반 남학생 교실에 가서 '미안했던 일'을 붙잡아서 시를 써 보자고 했다. 아버지나 어머니, 학교 친구, 선생님, 길 가다 맞닥뜨린 모르는 사람도 좋고, 돌아보면 참 미안했던 일이 하나쯤 있을 것이다. 그 장면을 붙잡아 쓰라고 했다. 마땅한 보기 시를 찾지 못해 바로 시 쓰기로 들어갔다. 쓰기에 앞서 두 가지만 당부했다. 미안했던 일을 쓰지만 시에는 '미안하다'는 말을 쓰지 말 것과 언제 어느 곳에서 벌어진 일인지 장면이 환히 드러나게 쓰라고 했다.

모두 진지하게 시를 써냈지만 그 가운데 시가 된 것은 몇 편 안 된다. 의현이가 쓴 '재영이', 경준이가 쓴 '상민이', 선주가 쓴 '엄마'란 시에 눈이 간다. 그래 이걸로 보기 시를 삼자. 아이들을 시 속으로 끌어들이자면 무엇보다 보기 시가 좋아야 한다. 펌프로 물을 자아올리자면 마중물이 필요하듯이. 윤선도의 〈어부사시사〉에 나오는 노랫말 한 도막이 생각났다. "밋기 곧 다오면 굴근 고기 믄다" 미끼가 좋으면 굵은 고기가 문다는 말이다.

재영이 연제고 2학년 이의현

영어 연강 시간

단어 시험을 쳤다.

프린트를 잃어버려 난 단어를 외우지 못했다.

짝지 재영이는 다 외운 듯이

단어를 다 적었다.

자연스레 그 종이에 눈이 갔다.

하나 둘 베끼다가

아차, 걸렸다.

영어쌤이 나 민석이 재영이

모두 영점 처리한단다.

나만 베꼈는데

재영인 그냥 가만있었는데

화가 날 법도 한데

재영이는 웃어 준다. (2014년 11월 21일)

차 안에서 연제고 2학년 김민수

등굣길 아버지 차 안에서

나는 잠이 덜 깬 채 옆자리에 앉았다.

늘 듣는 아버지 말씀

"공부 잘 돼 가고 있니?"

"뭐가 부족한 게 있니?"

아버지 말이 거슬리고 짜증이 났다.

"제발 잔소리 좀 그만하세요!"

"항상 하는 그 말 지겨워요!"

나도 모르게 버럭 튀어 나와 버렸다.

차 안은 정적이 흐른다.

내가 지금 뭐 한 거지.

아버지한테 왜 그랬지.

속마음을 숨기려고

내 목소리는 점점 커져 간다.

차 안은 내 목소리로 꽉 찼다.

아버지 목소리도 점점 커져 간다.

차 안 분위기는 내 속마음과는 반대로 흐른다. (2014년 11월 21일)

엄마 연제고 2학년 하선주

아침에 바빠 학교 갈 준비하다가

책상 위에 두었던 학생증이 없어져서

엄마가 또 물건 치울 때 없어졌다 생각하고

엄마한테 학생증 어디 갔냐고 따졌다.

학교와 집 거리가 먼 데다

늦잠까지 자서

엄마한테 신경질을 내고 집을 나왔다.

지금 바로 가도 이미 지각이라

한숨 쉬면서 길을 걷는데

주머니에 뭘 넣은 적도 없는데 묵직하다.

손을 넣어보니

학생증이 나왔다. (2014년 11월 21일)

의현이는 공부 시간에 짝지 재영이한테 미안했던 일을 붙잡았고, 민수는 아버지한테 벌컥 소리를 질러 놓고 뒷감당을 못 했던 일을 붙잡았고, 선주는 제 성질을 못 삭혀 엄마한테 성질부렸던 일을 붙잡아 썼다. 읽으면 모두 '그랬구나!' 하고 고개가 끄덕여진다.

좋은 보기 시가 마련되자 나도 신이 났다. 어서 공부 시간이 다가 왔으면 싶고, 교실 문을 열고 들어설 때는 가슴이 뛰고, 교실에 들어 가서도 싱글벙글 웃음이 나온다. 아이들이 물었다.

"선생님, 무슨 좋은 일 있으세요?"

"그래, 좋은 일 생겼지."

"무슨 일인데요?"

"좋은 미끼가 생겼거든."

그러면서 보기 시를 쭈욱 달아 읽어 주고 나서 물음을 던졌다.

"방금 읽은 시 세 편의 공통점은 무엇일까?"

여기저기서 답을 했다.

"시를 쓴 대상이 모두 사람이라는 거."

"산문시."

"미안함."

기다리던 답이 나왔다.

"모두 다 맞혔지만 내가 기다리던 답은 '미안함'이야. 세 편 모두 미안한 마음을 붙잡아서 시를 썼지. 그런데 어디에도 '미안하다'는 말이 있나요?"

"없어요."

"그런데도 시를 읽으면 시 쓴 사람이 미안해하는 마음이 느껴지나요?"

"예."

그러고 나서 어느 시가 가장 마음에 와 닿는지, 그 시 어느 구석이 좋은지, 시를 쓴 사람 마음이 담겨 있는 곳은 어디인지, 돌아가며 말해 보라고 했다. 아이들은 민수가 쓴 '차 안에서'를 좋아했다. 자기들도 민수와 비슷한 경험이 있다고 하면서, 자기가 잘못해서 미안한데 그런 속마음하고는 반대로 도리어 큰소리치고 더 짜증을 부리기도 했단다.

가람이는, 의현이가 쓴 '재영이'를 듣자마자 자기도 모르게 "우아! 보살이네" 하고 내뱉는다. 그렇지. 동무가 실수를 했는데도 싱긋이 웃어 준 재영이는 정말 부처님 같아 보인다. 선주가 쓴 '엄마'는 아주 좋은 보기 글이 되었다. 그 뒤에 많은 아이들이 '엄마'란 제목으로 시를 썼다.

엄마 연제고 2학년 우정은

월요일 아침

엄마가 어제 교복을 늦게 빨아서

아직 축축하다.

빨리 나가야 하는데

드라이기로 교복을 말리면서 시간을 뺏겼다.

투덜거리며 신발을 신었다.

그러자 엄마가

"또 나를 괴롭히냐? 엄마가 좀 나았냐?"

문을 거칠게 열고

평소에 꼬박 하던 '다녀오겠습니다' 소리도

빼먹고 나왔다.

아차, 엄마가 아프다는 걸,

역류성 위염을 앓고 있다는 걸,

어젯밤에도 화장실에서 토를 했다는 사실을

또 잊고 있었다.

내가 나간 뒤

기침을 하고 있을 엄마 생각하며 걸었다. (2014년 11월 24일)

시를 읽으면 기침을 하고 있을 엄마를 생각하며 걸어가는 정은이 모습이 절로 그려진다. 정은이에게 이 시 엄마 보여 드리라고 했더니, 수줍게 다음에 보여 줄 거라고 했다. 언젠가 정은이의 따뜻한 마음이 그대로 엄마 마음에 전해지겠지.

아빠 지갑 연제고 2학년 심준보

아빠는 나에게 참 좋은 사람이다.
돈이 있든 없든
배고파 보이면 치킨을 시켜 주고
필요한 거 없나 물어보신다.
나는 이런 아빠에게 불만이 없었다.

그런데 요즘 들어 아빠가 힘든가 보다.
그냥 침대에 누워 티비만 보신다.
처음엔 그런가 보다 했는데
우리랑 말도 없고 술만 먹고 들어오신다.

나는 그래도 아빠가 좋았다.
그런 어느 날 아빠가 치킨을 사 주신댄다.
나는 기분이 좋아져서
아빠가 지갑을 가져오란 말에
무심코 지갑을 열었다.

만 원짜리 두 장이 보였다.

그 두 장을 배달원에게 내고

거스름돈 2천원을 받아 아빠에게 드렸다.

아빠는 남은 걸 용돈으로 쓰라 하셨다.

아빠 지갑은 비었다.

내 맘도 텅 비었다. (2014년 11월 24일)

"아빠 지갑은 비었다. 내 맘도 텅 비었다" 하는 곳에서 읽는 사람
마음도 함께 텅 빈 듯하다. 시를 쓴 준보의 미안하고도 아픈 마음이
그대로 느껴진다.

영어 과외 연제고 2학년 임수연

한 달에 58만원

20% 할인해서 46만 4천원

비싼 학원비 내고 다니는 가난한 예체능생

부산권 대학에 가기는 아깝고

서울권 대학을 가기는 모험인 성적

영어 점수가 내 발목을 잡아

어렵게 영어 과외 얘기를 꺼냈다.

최대한 싼 데 찾으라기에

미친 듯 밀려오는 과외 문자들에

구걸 아닌 구걸을 하며

과외비 깎는 내 모습이 불쌍하게 여겨졌다.

왜 나는 금수저 물고 태어나지 못했을까.

내가 하고 싶은 걸

하고 싶다고 말할 수 없고

배우고 싶은 걸

눈치 보며 말해야 하느냐고

엄마한테 막 따졌다.

한참을 베개에 고개 처박고

울고 나서야 깨달았다.

엄마도 가난한 집안에서 자라

학교도 못 다니고

열다섯 어린 나이에 공장 가서 돈 벌었는데

엄마는 이 악물고 살아왔는데

세습된 가난이 엄마 잘못은 아닌데

왜 나는 엄마 탓, 집 탓을 했는지

왜 엄마 가슴에 대못을 박았는지. (2014년 11월 24일)

수연이 시는 읽다가 눈물이 났다. 시를 읽고 수연이에게 물었다. 이 시 다른 반 아이들한테 읽어 주어도 괜찮을지. 수연이는 고개를 끄덕였다.

치킨 먹으러 가는 길 연제고 2학년 전고운

연극부 연습을 마치고
애들이랑 치킨 먹으러 갔다.
비탈길을 한참 걸어 내려가는데
무거운 짐을 든 할머니가 올라오고 있다.
작고 까만 손으로
배추가 가득 담긴 손수레를 끌고
행여나 놓칠까 두 손으로 꼬옥 잡고 올라온다.
잠시 망설였다.
애들 앞에서 할머니 짐을 들어 드리는 게
부끄럽기도 하고.
그러다 할머니를 지나쳤다.
조금 더 걷다
아무래도 그 할머니가 신경 쓰여
치킨을 못 먹을 거 같았다.
"내 학교 가서 폰 좀 들고 올게."
뒤를 돌아 뛰어 갔다.
할머니는 이미 집 앞에 가 있었다.
집으로 들어가는 할머니를 보고
나는 길을 돌아 돌아 아이들한테로 갔다. (2014년 11월 25일)

고운이가 처음 써냈을 때는 밑금 그은 5~7행이 없었다. 무거운 짐을 든 할머니 모습이 어땠는지 살려서 다시 써 보라고 했더니, 다음 날 그 부분을 자세하게 그려서 왔다. "작고 까만 손으로/ 배추가 가득 담긴 손수레를 끌고/ 행여나 놓칠까 두 손으로 꼬옥 잡고 올라온다." 이렇게 자세하게 그려 놓으니 고운이 마음이 할머니에게 더 가까이 다가가 있다.

한 반, 한 반 거듭할수록 보기 시가 늘어났다. 보기 시가 제법 많아지니 나는 더욱 신이 났고, 아이들은 공부 시간에 동무들이 쓴 시를 읽어 달라고 졸랐다. 끝내는 2학년 전체가 시 한 편씩 썼고, 크리스마스를 앞두고 그 시들을 비닐 코팅을 해서 앞뜰에 매달았다. 동무들이 쓴 시 앞에서 시를 읽는 아이들 모습이 참 보기 좋았다. 교장, 교감 선생님도 시를 감상하셨고, 수능을 마친 3학년들도 시 앞에서 걸음을 멈추었다. 5층에서 공부하다 내려다보니, 순찰 돌던 경찰 두 사람도 아이들 시 앞에서 걸음을 멈추고 쭈욱 한 바퀴 돌면서 시를 감상하고 있다.

기말고사 마치고 우리는 이렇게 시를 가지고 놀았다. 돌아보니 그 시간이 참 행복했다. 아이들과 참 많이 웃었다. 이때 쓴 아이들 시만 모아서 문집을 엮었다. 지나고 나면 묻혀 버릴 일들이지만, 이렇게 시로 붙잡아 놓으니 두고두고 꺼내 볼 수 있게 되었다.

(2014년 12월 21일)

3부 니 이야기를 붙잡아라
- 자라온 이야기 쓰기

"애들아, 자라온 이야기 한번 써 볼래?"
모두 쓰고 싶은 이야기 하나씩 붙잡아 쓰기 시작한다.
글을 쓰는 동안 그 일에 마음이 머물고,
또 한발 물러서서 살펴보게 된다.
글을 쓰고, 동무들과 이야기를 나누고.
모두들 자기 삶의 주인공이 된다.

아이들 글에는 아이들 삶이 담겨야

● 자기가 주인공인 이야기

'자라온 이야기' 쓰기는 해마다 아이들과 즐거운 마음으로 하는 글쓰기다. 3월 아이들과 처음 만나면 그동안 모아 둔 아이들 글을 읽어 준다. 읽고는 아이들 이야기를 가지고 서로 이야기를 나누기도 한다. 그러면서 글을 쓰면 삶이 달라진다는 얘기도 빼놓지 않는다.

"여러분, 지구의 나이가 얼마나 될까요?"

"46억."

"우아, 어떻게 알았을까?"

"어제 지구과학 시간에 배웠어요."

"그래요. 지구 나이가 엄청 많지요. 그러니 자고 나면 지구한테 인사도 하고 그래요."

"선생님은 하세요?"

"그럼 하지. 지구 할머니, 편히 주무셨나요? 그러기도 해."

"정말 그래요?"

"그럼. 그렇다면 지구에 생명체가 살기 시작한 것은 얼마나 될까요?"

이번에는 단번에 답을 못 한다. 10억, 30억 대충 짚쳐 보지만 모두 틀렸다.

"모두 틀렸어요. 약 25억 년 전부터 바다에 단세포 생명체가 살기 시작했대. 그러니까 20억 년도 넘게 지구는 아무런 생명체 없이 허허벌판 적막강산이었던가 봐. 그러면 지구에 사람이 살기 시작한 것은 얼마쯤 되었을까?"

여기저기서 대답은 하지만 거리가 멀다.

"300만 년쯤 된다고 해요. 탄소 동위원소 측정 그런 걸 해서 알아보니까 그 정도 되나 봐. 사람이 살기 시작한 지 300만 년이면 길게 느껴져요? 아니면 짧아 보여요?"

"길게 느껴져요."

"그렇지요. 만 년만 해도 엄청 긴데 그게 삼백 번이나 되풀이 되었으니 얼마나 길어요. 그러면 사람이 글자를 만들어 글을 쓰기 시작한 것은 얼마나 될까요?"

만 년이라는 아이도 있고 2천 년이라는 아이도 있다.

"그래요. 만 년쯤 전부터 글자를 만들어 썼다고 볼 수도 있고, 2천 년쯤 되었다고 말할 수도 있어요. 그건 처음부터 지금 쓰는 글자를 만든 게 아니고, 처음에는 그림을 그려서 기록했다고 해요. 울산 반구대 고래 그림 같은 것도 그게 고래 잡은 이야기를 그림으로 그렸던 거지요. 그러다가 오늘날 세상 사람들이 널리 쓰는 글자를 만든 것은 겨우 2천 년쯤 되었지요."

별 재미있는 이야기가 아닌데도 아이들은 귀담아들어 준다. 고맙다. 1학년들이라 그런지 아직 눈빛이 반짝반짝 살아 있다. 또 물음을 던졌다.

"그럼, 사람들이 글자를 쓰기 전과 글자를 만들어 쓴 뒤의 삶은 어떻게 달라졌을까요?"

아이들은 선뜻 답을 못 한다.

"인류 문명은 글자를 만들어 쓰기 전에는 원시 상태 그대로 평행선을 긋다가, 글자를 만들어 쓰고 나서부터 놀라운 발전을 이루어 냈지요. 오늘날 우리가 누리는 과학기술 문명도 바탕은 글자에서 비롯한 거지요. 조금만 생각해 보면 그 까닭을 알 수 있어요. 정보와 지식을 담는 그릇인 책은 글자 없인 불가능하잖아요. 인류 문명의 역사가 이렇다면 한 개인의 삶도 마찬가지라고 생각해요. 글을 쓰면서 사는 사람과 한평생 말로만 사는 사람은 삶이 다를 수밖에 없어요."

글을 쓰면서 삶이 달라진 사람으로 여행가 한비야와 의사 허준을 예로 들었다. 한비야가 여행하면서 국제 구호 활동을 하게 된 것도 글 쓰는 힘에서 나왔을 거라는 것, 허준이 처음부터 명의로 태어난 게 아니라 자기가 치료한 환자들 임상 기록을 하면서 훌륭한 의사가 되었다는 것. 웃으면서 나도 교실 일기를 쓴다고 했더니 아이들은 따뜻한 웃음으로 답해 준다. 내가 쓴 교실 일기도 하나 읽어 주었다.

공부 시간마다 하나씩 글을 읽어 주다가 4월 들면서 우리도 자라온 이야기를 써 보자고 했다.

"여러분이 쓰는 자라온 이야기의 주인공은 누구일까요?"

"나."

"그래요. 여러분이 쓰는 소설의 주인공은 바로 '나'지요. 자라온 이 야기 가운데 한 꼭지를 잡아서 내가 주인공인 이야기를 써 보아요."

모아 둔 이면지 종이를 두 장씩 나누어 주고, 모자라면 더 가져가 라고 했다. 집에서 써 오라고 하면 대부분 글을 못 쓰고 만다. 집에서 야 글 쓸 틈도 없지 싶다. 교실에서 시작만 해 놓으면 어떻게든 마무 리 지어 온다.

아이들이 글 쓰는 소리를 조용히 듣고 있으니 마음이 참 좋다. 글 쓰는 아이들 모습이 평화로워 보인다.

엄마 연제고 1학년 박지민

우리 집은 엄마, 나, 남동생 이렇게 셋이서 산다. 할머니와 언니도 있지 만 따로 산다. 아빠는 우리가 어렸을 때 엄마랑 이혼했다. 사실 아빠가 살아 있는지 죽었는지도 모른다. 알고 싶지도 찾고 싶지도 않다. 내가 어렸을 때, 정확히 말하자면 여덟 살도 되기 전에 엄마와 우리는 아빠 한테 맞으며 살았다. 아직도 기억이 난다. 맨날 아빠가 술 먹고 들어오 면 엄마한테 욕부터 했다.

"니가 집에서 뭐하는데? 하는 일이 도대체 뭔데 씨발년아. 애들 교육을 어떻게 시켰길래 저 모양인데 당장 나가라 씨발년아. 다신 들어오지 마라."

우린 그걸 듣고 일어나보면 엄마는 아빠한테 머리채를 잡힌 채로 발로 차이고 뺨을 얻어맞고 있었다. 지금도 생각하면 끔찍하다. 한 번은 술 병으로 머리를 맞은 적이 있었는데 엄마가 살아 있다는 게 신기할 정 도였다.

우리 집은 그렇게 하루하루를 보내다가 따로 살게 되었다. 우리 집에 서 그나마 돈 벌어 오던 아빠가 없으니까 가난에 시달려야 했다. 엄마 는 안 해 본 일이 없었다. 김밥집부터 시작해서 금을 매입하는 일, 레스 토랑 서빙 일, 마트 일도 벌써 두 번째다. 심지어 내가 중학교 1학년 때 언니가 대학 갈 돈이 모자라서 우리 동생이랑 나, 엄마가 밤에 목욕탕 청소하는 일도 했었다. 어렸을 때부터 난 그걸 알고 엄마한테 용돈 달 라는 소리도 못했다. 난 그렇게 자랐다.

그렇게 언니가 대학교 2학년이 되고 난 중학교 3학년이 되었다. 그런 데 내가 중학교 졸업하기 전 사건이 터졌다. 우리 집에 돈을 갚으라는 빚 독촉장이 날아온 것이다.

엄마는 일하고 집에 들어와서는 집 전화기를 먼저 손에 들었다. 전화 번호를 누르고 신호음이 간다.

"뚜우 뚜우."

"여보세요?"

언니였다.

"니 이게 뭐꼬?"

엄마가 목소리를 낮추어 말했다.

"뭘?"

언니는 아무렇지 않게 말했다.

"이게 뭐꼬?"

엄마는 다시 한 번 물었다. 표정이 점점 안 좋아진다.

"뭐?"

언니는 똑같은 대답이었다. 나와 동생은 엄마가 기분이 안 좋아 보여서 방에 들어와 문을 닫고 숨죽이고 들었다.

잠시 아무 말도 없더니 엄마가 소리를 질렀다. 엄마가 울면서 말한다. "내가 너를 어떻게 키웠는데 엄마한테 이럴 수가 있노. 어떻게! 내가 니 땜에 못 산다. 엄마는 살라고 악착같이 살아왔는데 니가 엄마를 죽인다 죽여. 엄마는 열심히 살면 될 줄 알았는데…….."

말이 끝없이 나왔다. 들어보니 언니가 엄마 몰래 대출을 냈는데 그걸 갚지 못해서 우리 집에 독촉장이 날아온 것이었다. 거의 1000만 원 돈이었다.

나는 조용히 책상에 앉았다. 조용히 엎드렸다. 밖에서는 울고 있는 엄마 목소리가 들렸다. 나는 온 몸에 닭살이 돋았고 온 몸이 떨렸다. 눈에선 눈물이 나올라고 했다. 참았다. 그치만 참을 수가 없었다. 크게 울수가 없어서 조용히 눈물만 흘렸다. 정말 죽고 싶었다. 이때까지 어떻게 살았는데 한순간에 무너져 내리는 듯했다. 가슴이 꽉 막혔다.

그렇게 한 십여 분을 울다가 밖이 조용해졌다는 걸 알았다. 가슴이 너무 답답했다. 폰을 봤다. 10시가 조금 넘었다. 나는 가장 친한 친구에게 전화를 걸었다.

"여보세요?"

"어. ……야, 뭐해? 내 얘기 좀 들어줄 수 있나?"

228

"어. 왜? 무슨 일 있나?"

"……."

또 눈물이 나온다. 이불을 머리까지 덮어쓰고 잠깐 울었다.

친구가 답답했는지 자꾸 무슨 일이냐고 묻는다. 나는 잠시 울음을 멈
추고 지금 상황과 내 심정을 다 털어놓았다.

친구가 내 얘기를 듣자마자

"와아, 니네 언니 왜 그래. 진짜 이건 아니다."

나도 울면서 언니에게 쌓였던 얘기들을 쏟아냈다. 친구도 맞장구치면
서 날 위로해 주었다. 이렇게 위로해 줄 수 있는 사람이 내 주변에 있
다는 게 참 다행이었다. 늦은 시간에 전화해서 미안하다고 그랬다. 친
구는 나한테 힘내라고 말해 주었다.

전화를 끊고 나는 베개에 얼굴을 파묻고 울었다. 속으로 오만가지 생
각을 했다. 왜 이렇게 비참하게 살아야 하는지, 왜 나한테만 이런 일이
일어나는지, 살기 싫다는 생각을 자꾸 했다. 그러다 잠이 들었다.

다음날 엄마는 아무렇지 않은 듯이 빨래를 하고 있었다. 뒷모습이 짠
하다. 코가 찡해서 눈물이 글썽했지만 눈을 위로 치켜떠서 눈물이 흐
르지 않게 했다.

그날 뒤로 나는 엄마를 생각하며 더 열심히 공부했다.

(2013년 4월 19일)

학교에서 지내는 모습만 보아서는 지민이에게 이런 아픔이 있는
줄 짐작도 못 했다. 복도에서 만나 "야, 배지밀" 하고 내가 말을 걸었

더니 초등학교 때부터 붙은 별명이라고 웃으면서 받아 주었다. 잘 웃고 표정도 밝아 평범한 아이인 줄로만 알았다.

아버지에 대한 나쁜 기억도 그렇고, 언니가 돈 사고를 쳐 온 집안을 뒤흔들어도 지민이가 꿋꿋하게 견뎌 낼 수 있었던 것은, 지민이 이야기를 들어 주는 좋은 동무가 곁에 있었기 때문이지 싶다. 그리고 아무 일 없었다는 듯이 일어서는 엄마의 힘이었던 것 같기도 하고.

공부 시간에 이 글을 들고 가서 이름을 밝히지 않고 읽어 주었다. 그 전에 지민이한테 먼저 허락을 얻었다. 글을 읽고 아이들 사이에 이런 이야기가 오고 갔다. "우리 바로 옆에 이런 친구가 있는 줄 몰랐다." "나만 힘든 게 아니란 걸 알았다." "힘든 상황에서도 꿋꿋한 모습이 보기 좋다. 참 대단한 친구다." "옆에 이야기를 들어 주는 좋은 친구가 있어 다행이다." "아무 일 없었다는 듯이 묵묵히 빨래를 널고 있는 엄마의 뒷모습이 짠하게 와 닿는다."

아이들은 자기가 주인공으로 등장하는 이야기를 쓰고 또 함께 나누면서 스스로를 존중하는 마음이 생기는 듯하다. 남을 이해하고 받아들이는 마음도 자라는 것 같고.

● 아이들 이야기를 귀하게 여기는 마음

아이들 이야기를 읽다 보면 나도 모르게 아이들 이야기에 마음이 끌려들어 간다. 친구를 따돌리거나 따돌림당했던 이야기, 선배나 같은 반 친구들에게 맞으면서 힘들게 지낸 이야기, 엄마가 집을 나가고 동생들 돌보며 지낸 이야기, 구치소에 갇힌 엄마 면회 간 이야기, 선생님이나 어른들에게 당한 억울한 이야기, 이런 이야기를 읽다 보면 나도 모르게 눈물이 그렁그렁해진다. 아이들 이야기 대부분이 아직 아물지 않은 상처를 조심스레 꺼내 보인 글들이다.

이런 아이들 글을 읽어 본 사람들이 글쓰기 지도를 어떻게 하느냐고 물어 올 때가 있다. "아이들이 어떻게 그런 깊은 상처나 비밀까지 솔직하게 털어놓느냐?" "고등학교 아이들이 글을 쓰라고 하면 쓰느냐?" "공부 시간에 글 쓸 틈이 나느냐?" 그럴 때 하는 대답이 있다. '아이들 글을 귀하게 여겨라.' '아이들 글을 좋아해라.' '아이들 말에 귀 기울여라.'

나는 아이들 글을 읽고 글평 써 주는 일을 즐겨 한다. 아이들이 쓴 글을 읽고 평을 달다 보면 그 아이가 달리 보인다. 이런 상처를 안고 있었구나, 보기와 달리 이런 진정한 마음도 가졌네, 이놈이 이야기꾼이고 시인이구나 싶으면 아이가 새롭게 다가온다.

아이들 글을 읽고 나서 내가 쓴 글평을 읽어 주기도 한다. 아이들은 귀담아들어 준다. 글에 담긴 아이들의 진실을 읽어 줄 때 아이들과 소통이 이루어지는 것 같다. 이것이 글을 쓰게 하는 힘이라고 생각한다.

편지 왔어요 부산예술고 1학년 정다영

TO 만두

안녕, 만두야? 오랜만이야. 네 답장을 받았던 게 벌써 한 달 전이네. 보내야지, 보내야지 생각만 하고 미루다 보니 벌써 겨울 방학이야. 너랑 내가 트위터로 알게 되고 펜팔을 시작한 지도 벌써 반 년이 넘어가는 걸 보니 참 시간이 빠르구나 싶다.

......

내가 생각했던 것만큼 눈물이 터져 나오는 풍경도 아니었고 애초에 장례식에 온 사람들 모두가 할머니가 아닌, 할머니의 아들딸들의 지인이어서인지 금세 시끌벅적해졌어. 소주와 맥주병이 빠르게 비워지고, 점점 더 시끄러워지고, 점점 더 바빠졌지. 사람 참 오지게도 오더라. 할머니가 죽었는지 어쨌는지 깨달을 새도 없었던 것 같아.

저녁 7시에 입관이라는 걸 했어. 난 그게 뭔지 몰랐는데 보고서야 알았어. 들 '입'에다가 사람 묻는 그 '관'이야. 관에 넣는다는 거지. 그리고 그때 그날 할머니를 처음 봤어.

영화 '아저씨' 알지? 니가 전에 OST 추천해 주기도 했으니 설마 봤나? 그거 19금인데. 여튼, 거기 보면 손톱에 매니큐어 한 여자애. 장기 빼낸다고 개 시체 보관했던 곳 알려나? 그거랑 똑같이 무슨 서랍장처럼 생긴 걸 빼내는데 그 안에 할머니가 있었어.

입관실은 서늘했고 그 사물함 속의 할머니는 훨씬 차가웠어. 사람이 죽으면 눈물 콧물 배변 다 배출된다고 하잖아. 그래서 그런가 코랑 입을 실리콘 같은 걸로 막아 놨어. 피부에 조금 푸른빛이 도는 것 빼고는 너무 편안하게 누워 계셔서 말을 걸어 보고 싶을 정도로. 참 이상하게도 눈물은 자동적으로 떨어지는데 아무 생각도 나지 않았던 걸로 기억해.

만두야, 나는 할머니가 그렇게 작은지 그때서야 알았어. 그 좁은 나무관 안에도 채 차지 못하셨거든.

눈물을 삼키는 소리만 간간히 들리고 모두가 할머니의 얼굴이나 손 따위를 손으로 혹은 눈으로 담았어. 볼에 뽀뽀도 했어. 차갑고, 조금은 뻣뻣한 피부가 마치 유리창에 입을 대는 느낌을 줬어. 담당하는 사람이 이제 시작하겠다고, 친척들을 뒤로 물리고 작업을 시작했지.

얼굴까지 삼베(아마도 그럴 것 같았어)로 덮고 턱에서 끈을 묶고, 꼬까신을 신기고 몸을 천으로 둘둘 감싸 미라처럼 만들었어. 그리고 심을 뺀 두루마리 휴지를 우개서 관 안을 가득 채우게 끼워 넣었지. 그리고 관 뚜껑을 닫고 갈무리하면서 작업을 마무리했어.

정말이지 빨랐어. 하긴, 그쪽 일엔 이골이 난 사람들일 테니.

그리고 마지막 인사를 하라고, 빈소에서는 기독교인이라 절하는 게 안 됐지만 여기서 하시라고 말하고 나갔지.

만두야.

아까부터 계속 울던 고모는 거의 기절할 뻔해서 작은엄마가 데리고 나가셨어. 나랑 여동생은 정말 꺽꺽거리면서 울었고. 기독교가 아닌 큰아빠 둘과 작은아빠는 그제서야 담담하던 표정을 풀어내고 바닥에 절을 하면서 울부짖기 시작했어. 정말이야. 듣는 것만으로도 너무 슬펐어. 아빠가 우는 건 그날 두 번째로 봤어. 어른이라 이건가. 지금까지 조금씩 웃기도 하면서 손님을 받던 어른들이 애처럼 엄마, 어머니를 부르면서 울었어. 더 있으면 안 될 것 같아 그곳을 나왔지. 쓰러져 울고 있는 고모 옆으로 사촌들이 쪼로미 벽에 기대 서 있었어. 굳게 닫힌 문 안에서는 아직도 울음소리가 새어나왔고.

-그래도 좀 더 예의를 갖춰줄 순 없나.

옆에 선, 그나마 사촌 중에 나이가 나랑 제일 비슷한 작은아빠네 첫째 언니가 조용히 말했어. 나만 들었지.

-왜?

언닌 울지 않았어. 아까도 썼다시피 원래가 좀 시크하고 무슨 생각을 하는지 모를 언니였는데 그때도 뚱한 표정이었고 아무튼 평소 그대로였어.

-저 사람들. 끝나자마자 손 씻으러 가잖아. 그냥 기분이 좀.

그리고 언니는 먼저 빈소로 들어가 버려. 그러고 보니 그렇구나. 저 사람들한테는 우리 할머니도 맨날 여기 오는 여느 죽은 사람하고 다를 게 없구나. 그냥 만지면 기분이 나쁜 시체일 뿐이고 이미 망자에 대한 감정은 귀찮음과 짜증 이외엔 딱히 없구나.

나한텐 너무 소중한 할머니였는데. 초등학생 때, 유치원 때 집에 오면 날 맞아주는 건 할머니였고 곧잘 나한테 붕어싸만코 심부름을 시켰었고 가끔은 같이 공원 산책도 나가고. 내 짜증 다 받아주신 것도 할머니였는데. 그랬는데.

만두야. 사실은 훨씬 많이 쓰고 싶었어. 그 사흘이 어땠는지, 평생 안 보이던, 내가 알기로는 할아버지와 결혼한 후 사이가 많이 나빴다던 할머니네 형제들이 와서 장례식장을 지킨 일이라든지, 첫날 그렇게 할머니의 모습을 마지막으로 본 후에 정말로 멘붕해서 안쪽 방에 꼭 붙어있던 고모의 모습, 익숙하다는 듯 돕겠답시고 신나서 음식을 나르는 (어른들끼리만 친한) 16년지기 남자애가 얼마나 미워보였는지, 관을 버스 트렁크에 넣어 이동하는데 과속 방지턱에 걸려 버스가 흔들릴 때마다 얼마나 걱정이 됐는지, 화장터 풍경이 어떤지, 트레일러 같은 곳에 관을 싣고 마지막으로 했던 이별 기도, 화장터 로비 모니터로 할머니가 들어간 3호기 문이 닫히는 걸 보는 기분이 어땠는지, 정말 끝나지 않을 것만 같던 화장 시간 내내 울고 있다 보니 뼈만 엉망으로 어질러진 문이 열렸던 것도, 그 뼈를 쓰레기 치우듯 쓰레받기 같은 것에 담아 급식 밥통 같은 철통에 담고, 그걸 사정없이 분쇄기에 가는 것도, 그소리가 얼마나 소름 끼쳤는지, 그 한 줌 남은 하얀 뼛가루를 함에 넣고봉하는 작업이 얼마나 신속하게 이루어졌는지, 가루가 되어 담겼는데도 너무나 뜨거운 함을 어떻게 싸맸고 그걸 든 큰아빠의 표정이 어땠는지, 그대로 버스를 타고, 차를 타고 추모공원으로 향하는 내내 무슨생각을 했는지도.

할머니를 떠나보낸 지 만 3일이 되어서, 장례식의 마지막인 봉안을 끝내고 나와 영정사진을 차려진 상 앞에 두고 정말 마지막 인사를 할 때라고 누군가가 말했어. 다시 모두가 울었어.

만두야.

나는 이미 12시간도 전에 텅 비어 버린 껍질 혹은 껍데기를 봤을 때 울었고, 그마저도 하얀 가루가 되어 버린 3일째에 울었고, 지금 이 글을쓰는 중에도 울고 있어. 무슨 말인지 아니?

나는 할머니가 돌아가셨다는 소식을 들었을 때 울지는 않았어.

할머니가 돌아가신 지도 2년째야. 11년 6월에 돌아가셨으니까. 할머니가 바라고 바라던, 마지막 남은 노총각 막내삼촌의 결혼은 그 해 9월에 이뤄졌어. 애도 낳았어.

......

소설이나 영화처럼, 시시때때로 할머니를 기억하며 울거나 울상을 짓지는 않지만 가끔은 생각이 나.

얼마 전에 친구 아빠가 돌아가셨어. 생애 두 번째로 장례식장을 갔지. 엄청난 우연이지? 할머니 장례식을 했던 바로 그곳, 같은 빈소였어. 걔는 혼이 나가 버린 얼굴이었는데, 그렇다고 폭풍눈물을 흘리지도 않았어. 몇 달이 지난 지금은 웃기도 잘 웃고 잘 지내. 아빠가 돌아가셨는데도 말이야.

만두야. 산 사람은 살아야 된다는 게 정답이 맞나 봐. 난 장례식이 끝난 다음날에 바로 학교를 갔고 학원도 갔어.

난 아직도 할머니가 죽었다는 걸 이해하지 못한 것 같아. 다른 게 뭘까. 14년을 같은 집에서 같이 살았는데, 고작 몇 년 사라졌다고 벌써 평소 내 생각엔 할머니는 있지도 않아. 가끔은 너무 죄송스럽기도 하고 그래.

만두야. 가끔은 붕어싸만코보다 옥동자가 맛있다며 이거 바꿔 와라, 말하던 할머니가 너무 보고 싶어.

역시 감정이 격해져서 쫙 써 내려간 것 같아. 항상 편지가 이 따위라 너무 미안하네. 여튼, 내가 하고 싶은 말은 그런 걸로 니가 이상하다거나 막돼먹은 애라는 생각을 하는 건 오버라는 소리야. 나를 기준으로 잡을 수 있을지는 모르겠지만 누군가 내 곁을 떠났다고 해서, 그 빈자리에 매달려 사는 사람보다는 하던 일을 하며 사는 사람이 더 많을 거고, 그게 일반적인 거라고 생각해. 나는.

…… (2013년 1월 5일)

　지난 겨울방학 때 부산 시내 고등학생 스물여덟 명을 데리고 '삶을 가꾸는 글쓰기 교실'을 열었다. 그때도 아이들과 자라온 이야기 쓰기를 해 보았다. 글을 쓰고 싶어서 스스로 찾아온 아이들이라서 그런지 모두 글을 부지런히 썼다. 또래 친구들이 쓴 글을 가지고 모둠끼리 이야기하는 시간을 자주 가졌는데, 그것이 좋은 글공부가 된 것 같다. 글쓰기 카페도 만들어, 누구라도 글을 써서 올리면 모두 읽고서 서로서로 글평을 달아 주기도 했다. 잠시 동안이긴 했지만 글 쓰고, 쓴 글을 서로 읽어 주고, 이야기 나누고 한 것이 아이들도 나도 참 좋았다. 마치고는 두툼한 문집을 엮어 한 권씩 나누어 주었다.

　'편지 왔어요'는 그때 쓴 글이다. 다영이는 할머니 돌아가신 이야기를 편지 형식으로 풀어냈다. 겉으로는 아는 후배 '만두'를 달래 주는 이야기지만, 속살을 들여다보면 돌아가신 할머니를 그리는 애틋한 마음을 담고 있다. 이런 독특한 짜임새가, 감정에 휩쓸리지 않고 이야기를 끝까지 끌어갈 수 있는 힘이 되었지 싶다. 할머니나 할아버지 죽음을 글감으로 글을 쓰는 아이들 대부분이, 제 감정에 빠져서 차분하게 이야기를 끌어가지 못하고 만다. 다영이 이야기를 읽으면 할머니의 죽음부터 장례식을 마칠 때까지 과정이 생생하게 그려진다. 아이 눈에 비친 어른들 모습이나 순간순간 느꼈던 솔직한 심정을 잘 담아 썼다.

처음 이 글을 읽었을 때는, 전문 소설가의 작품을 보고 베꼈나 싶을 정도로, 짜임새나 이야기를 끌어가는 힘이 예사롭지 않게 느껴졌다. 편지 형식으로 이야기를 푼 것이라든지, 들려주는 상대를 자기보다 어린 중학생으로 잡은 거라든지, 장례식장에 모인 사람들 모습이나 장례식 장면을 생생하게 붙잡은 거라든지.

그런데 다영이와 이야기를 나눠 보니 다영이는 이런 글쓰기가 처음이었다. 예술 고등학교에서 미술을 전공하는 아이다. 돌아가신 할머니를 못 잊어서 언젠가는 꼭 한번 써 보고 싶었던 거라고 했다. 문집에 실린 글을 다영이 아버지가 읽고서 눈물을 흘렸다고 한다. 글은 손끝에서 나오는 기교가 아니라 삶에서 우러나온다는 사실을 또 한번 절실하게 깨우쳐 주었다.

● 아이들 글에는 아이들 삶이 담겨야 한다

흔히 꾸며 낸 이야기를 '허구적 서사'라 하고 겪은 이야기를 '경험적 서사'라 한다. 아이들에게 글쓰기 교육을 할 때 어느 길로 들어서야 할까? 상상해서 꾸며 낸 이야기가 가치가 없다거나 그런 글을 쓰지 말아야 한다는 건 아니지만, 교육으로 다가선다면 '겪은 이야기' 쓰기가 좋다고 말하고 싶다. 문예부 아이들이나 문예창작과를 지망하는 아이들은 한사코 '꾸며 낸 이야기'를 고집한다. 그런 글을 읽어보면 이야기에 아이들 삶이 없다. 그럴 수밖에 없는 까닭이 있다. 이들은 하나같이 어른들 소설을 모방해서 글을 쓴다. 그러니 자기 삶을 담아 내지 못한다. 말 또한 아이들 말이 아니다. 온통 훈련에서 나온

겉치레 말투성이다.

여름방학 날의 외출 동성고 2학년 정용기

"그럼, 다녀 온나."

차에서 내려 학교로 향했다.

한창 뜨겁고 북북 찌는 여름방학 날 학교라니. 에휴!

나는 구시렁거리며 5층에 있는 우리 반 교실로 들어갔다. 반에는 가족 여행 핑계로 아예 나오지 않은 애들이 많았고, 그래서 그런지 애들이 적었다. 남은 시간 동안 엎드려 자고 있다가, 담임선생님이 조례하러 들어오셨다. 담임선생님은 평소 같으면 애들에게 이런저런 잔소리를 많이 하는데, 오늘은 그게 없었다. 표정을 보니 피곤하고 우울해 보였다. 방학 시작하고 처음부터 폭풍 같은 무단 조퇴로 상처를 많이 받은 듯하다.

"수업 째지 말고. 잘 들어라."

담임선생님은 반에 들어오시자마자 힘이 빠진 목소리로 조례를 마치셨다. 조례가 끝나고 수업이 시작되었다.

1교시 수학.

평소와 다름없이 머리를 닭벼슬처럼 세우고 반무테 안경을 쓰고 한 손에는 크라켓 몽둥이를 들고 다른 한 손에는 수학책을 들고 있었으며 체크무늬 남방과 청바지 차림을 한 여드름투성이인 젊은 수학 선생님이 들어오셨다.

"차렷! 경례!"

"안녕하세요."

"여러분 책 몇 쪽 할 차례에요?"

집중이 되질 않는다. 요즘 들어서 통 우울한 나날의 연속이다. 내 머릿속은 마치 구겨 넣었을 때 이리저리 뒤엉키고 꼬인 이어폰마냥 잡생각으로 뒤엉켜 있다.

며칠 전, 부모님에게 크게 혼난 것 때문일까.

방학 전날 수요일, 동아리 반일제로 오후 3시에, 보통보다 학교를 배로 일찍 마친 날, 나는 일찍 마치면 언제나 그랬던 것처럼 피시방으로 가 게임을 했다.

신나게 메이플스토리를 하다가 적절한 오후 6시쯤이 돼서 살짝 나와 집까지 걸어가려 했다. 그나저나 밖을 나와 보니 날이 여름치고 굉장히 어두웠고 장맛비가 빼곡하게 쏴아아아 하고 내리고 있었다. 가는 길에 바짓가랑이가 다 젖어 버렸다. 집에 들어오니 아빠는 소파에 누워 계셨다. 금방 옷을 갈아입고 엄마를 찾아봤는데 아직 엄만 집에 안 계셨다.

"엄마 어디 계세요?"

"니가 전화 걸어서 찾아봐라."

왠지 평소보다 더 시큰둥한 표정이었다. 흠, 뭔 일이지?

우산을 들고 나와 엄마를 찾으러 나갔다.

엄마는 학교에서 마쳐서 집으로 갈 때 지나는 아파트 정문 쪽에 서 있었다. 여긴 웬일일까?

어쨌든 엄마를 만나서 같이 집으로 들어갔다. 엄마가 차려 주신 저녁을 먹고 나서 나는 평소와 다름없이 내 방으로 들어가 스마트폰으로 유머 사이트를 뒤적거리며 조용히 낄낄거리고 있었다. 근데 얼마 후, 엄마가 나를 부르셨다.

"용기야, 나와 봐라. 우리 이야기 좀 해 보자. 가족회의."

거실로 나왔다. 근데 뭔가 분위기가 심상치 않았다. 먼저 티비가 꺼져 있었는데, 이는 내가 뭔가 좋지 않은 일을 했을 때 본격적으로 혼날 때나 훈계 들을 때 자주 볼 수 있는 상황이었다.

'뭐, 뭐꼬?'

뭔가 안 좋은 일을 예감하고 있었는데, 그때 엄마가 손에서 흰 종이 하나를 들고 나오셨다.

'성적표!'

그게 성적표임을 알게 된 순간 머리가 새하얗게 질려 버렸다. 온몸의 피가 싸늘하게 얼어붙어 버렸고, 심장은 쿵쿵쿵 쿵짜라작작 쿵쾅쿵쾅 빨리 뛰기 시작했고, 머리가 쭈뼛쭈뼛 서기 시작했다.

'아, 개털리겠네. 개좆됐다.'

다들 마룻바닥에 앉아 아무 말이 없었다. 적막했다. 밖에서 내리는 처량한 빗소리만이 들렸다.

"휴우우우우"

아빠는 내 성적표를 보시면서 할 말을 잃은 표정으로 있으시다가 한숨을 쉬셨다. 엄마는 그 옆에서 걱정된 표정으로 앉아 계셨다.

한참 그렇게 다들 말이 없다가 아빠가 처음으로 입을 여셨다.

"니, 꿈이 뭔데?"

나는 눈치를 보다가 기어들어가는 목소리로 말했다.

"광고업계나 디자인 쪽이요."

"그거 할라하면 무슨 공부해야 되는데?"

"그 광고 홍보학과나 디자인 학부나."

"그럼 니, 이과 가지 말고 문과 갔어야 했네."

"……."

둘 다 잠깐 동안 말이 없다가 다시 아빠가 입을 여셨다.

"니, 그럼 그동안 무슨 일이 일어났노? 뭐 때문에 성적이 떨어졌다고 생각하노. 말해 봐라."

한참 동안 다시 눈치를 보다가 입을 열었다.

"내가 공부를 왜 해야 하는지 몰랐어요. 대학이니 이런 것도 꼭 가야 되는지. 그리고……."

또 요즘에 겪고 있던 고민 여러 가지를 조심스럽게 털어놨다.

"그래, 그래가지고 그렇게 성적을 말아 처먹었단 말이가?"

갑자기 아빠가 성난 목소리로 말을 끊으셨다.

"응, 이 새끼야?"

그러면서 벌떡 일어나셨다.

"완전히 이거 개판이네 개판. 국어 이게 뭐고? 영어는 또 와 이리 못 쳤노? 그리고."

성큼성큼 다가오시더니

"야이 새끼야, 수학 학원을 다녔는데도 이따구야!"

내 뒤통수를 세게 내리쳤다.

퍽.

맞은 곳이 멍 울리더니 갑자기 울컥하기도 했고 화도 났다. 성적 하나 때문에 이렇게 혼나야 되나.

"수학 학원을! 다니는데도! 이따구로 나와!"

말이 한마디 한마디 끊길 때마다 뒤통수에 손바닥이 오고갔다.

그러더니

"야이 새끼야, 이게 성적이가? 이 병신 같은 새끼. 이게 성적이냐고! 할 아버지, 아빠, 형, 엄마 쪽이나 팔러 다니고!"

이어지는 발길질과 주먹질. 끝이 아니었다. 어디론가 향하시더니 내가 초등학교 검도 시간에 쓰던 죽도를 들고 오시더니,

"이 새꺄! 수학을! 다니는데도! 이따구로밖에 못 받아와?"

죽도를 풀스윙으로 내 팔에 휘두르셨다.

"그만하세요! 애 다치겠다."

엄마가 뜯어말리셨다.

맞은 곳이 욱신욱신 쑤셨다.

"확 마 이 새끼가."

아빠는 다시 한 번 더 잡아먹을 태세로 나에게 달려들려 하셨다.

"말로 하세요, 말로."

엄마가 가족 다 다시 자리에 앉히셨다. 그러고는

"니, 그래. 이게 있을 수 있는 일이가?"

다시 훈계하시려고 할 때.

"조용히 해라. 내가 알아서 한다 안 카나!"

갑자기 아빠가 쩌렁쩌렁 소리를 지르셨다. 나는 그 무서운 기세에 완전히 눌려 버렸고 엄청나게 겁을 먹었다.

그 후, 아빠가 또 물으셨다.

"그럼 니 대학은 왜 가야 되는지 아나?"

"더 배울려고 가는 거잖아요. 배우고 싶은 거."

"먹고 살라고 가는 거다. 이 병신 새꺄! 먹고 살라고!"

엄마도 옆에서 거드셨다.

"어쩨 그래 넌 현실 감각이 없노?"

이어지는 아빠의 질타.

"이래가지고 니 대학 못 간데이!"

이어서 또 엄마,

"니 대학 안 나오고 얼마나 힘든 줄 아나? 니가 모르고 하는 말이다. 대학 안 나오고 우리나라에선 못 산다. 그래 니 어디 한번 대학 안 간다고 해 봐라. 그 순간에 니는 바로 인생 끝장인 기다."

"……."

"다시 말해 봐라. 대학은 왜 가야 된다고?"

이건 아니다. 대학을 먹고 살려고 가야 한다니. 대학은 배울려고 가는 것이 아니냐고 말하고 싶었지만 감히 그 말을 할 수 없었다.

"먹고 살려고요."

"먹고 살아야 된다. 그래 니 지금 이게 얼마나 치명적으로 작용할 줄 아나? 지금 한시가 급하다. 발등에 불똥 떨어졌다."

"그리고"

다시 아빠가 끼어드셨다.

"니, 컴 금지에 폰 압수다. 알겠나."

내 방에 들어가시더니 보는 앞에서 압수해 버리셨다.

"그리고 내가 보기엔 넌 광고 쪽이니 디자인 쪽이니 재능이고 뭐고 없다. 아는 거 잘하는 거 좆도 없는 새끼가 광고니 지랄이니 한다니. 앞으로 내 앞에서 그런 소리 한 번만 더 나온다면 집 나갈 각오해라. 니 대학 목표는 스카이, 카이스트, 뭐 갈 수 있는진 모르겠지만 적어도 부산대다. 그것도 다 안 되면 니 동의과학대학에 끌고 갈끼다. 또 그리고 니 담임선생님이나 상담센터에서 상담 이딴 것도 할 생각 마라. 하는 순간 죽여 버린다! 알았나!"

하아. 우리 부모님은 왜 성적이랑 공부하는 걸로 사람을 판단할까. 도대체 그놈의 성적이 뭐길래. 그놈의 대학이 대체 뭐길래.

모든 게 귀찮고 짜증난다. 우울하고, 두 눈은 뻥 뚫려 초점이 없었고 흐리멍텅했으며 머릿속은 멍했다.

"여러분 혹시 중국에 함 가보신 분! 손 한 번 들어보세요."

아, 저 수학 쌤은 지금 2학기 말에 수학여행 중국에 가는데 그거 말씀하시는구나.

…… (2013년 1월 7일)

누구나 이 글을 읽으면 우리나라 고등학생들이 어떻게 사는지 짐작할 수 있다. 아이들이 학교에서 어떻게 지내고 말을 어떻게 하는지, 또 무슨 생각을 하고 사는지, 고등학생의 삶을 생생하게 느낄 수 있다. 공부 못한다고 온갖 모욕을 당하고 얻어맞기까지 하는 용기가 애처롭기도 하지만, 한편으로는 기특하기도 하다. 대학은 먹고살기 위해 가는 것이라는 아버지 주장에 맞서, 대학은 배우러 가는 곳이라고 자기 생각을 굽히지 않는 용기 태도에 슬며시 웃음이 나오기도 한다.

아이들 글은 마땅히 이래야 한다. 아이들 글에는 아이들 삶이 담겨야 한다. 아이들이 겪는 아픔이 있어야 하고, 아이들끼리 서로 부대끼며 사는 삶이 담겨야 한다. 세상을 바라보는 아이다운 눈길을 느낄 수 있어야 하지 않을까.

나는 자라온 이야기 쓰기가 글쓰기 교육의 한 줄기로 또렷이 자리 잡았으면 좋겠다. 누구나 자라면서 겪은 크고 작은 상처가 있게 마련인데, 자라온 이야기 쓰기는 그 상처를 풀어 준다. 맺힌 마음을 풀지 않으면 그 상처 때문에 마음이 삐뚤어지게 마련이다. 세상에 마음을 닫고 자기 세계에 갇혀 살거나, 아니면 전혀 엉뚱한 사람한테 폭력으로 덧나기도 한다. 말하기 힘든 고통스런 상처라 하더라도 글로 풀어 내고 나면, 자기도 모르게 용서하는 마음이 자라나고, 그것이 오히려 살아가는 힘이 되기도 하는 것 같다. (2013년 5월 24일)

자라온 이야기 쓰기

1. 쓰기에 앞서

어느 해든지 '자라온 이야기' 쓰기로 글쓰기를 시작한다. 3월 한 달은 뜸을 들이면서 그동안 아이들이 쓴 글을 공부 시간에 하나씩 읽어 준다. '저 정도는 나도 쓸 수 있겠구나' '나도 쓰고 싶은 이야기가 떠올랐다' 하는 마음이 일 때까지 기다린다.

글은 이렇게 써야 한다는 그 어떤 설명보다 좋은 보기 글 하나가 아이들에게 미치는 힘이 더 큰 것 같다. '저렇게 쓰면 되는구나' 하는 것을 아이들은 감으로 알아챈다. 쓰고 싶은 마음을 일게 하는 데도 보기 글이 큰 몫을 한다. 이론으로 조목조목 설명해 주지는 않지만, 보기 글을 읽어 줄 때 마음 쓰는 것이 몇 가지 있다. 보기 글을 읽어 주다가 잠시 멈추고, "이 부분 어때요?" "뭐 느끼는 게 없나요?" "다시 들어 봐요." 하면서 어느 한 도막을 다시 읽어 준다.

다음 다섯 가지는 그동안 아이들이 쓴 글을 보면서 느끼고 깨친 것이다. 말하자면 좋은 이야기글(서사문)이 갖추어야 할 요건인 셈인데, 보기 글을 읽어 줄 때 아이들과 함께 요모조모 따져 보고 생각하는 활동거리다.

(1) 때와 곳을 또렷하게 밝혀 쓴 글

이야기글을 쓸 때 놓쳐서 안 되는 것이 때와 곳이다. '언제, 어디서'가 빠지면 이야기가 되지 못한다. 특히 언제 벌어진 일인지 때를 놓치면 이야기글이 되지 못하고 설명하는 글로 흐르기 쉽다. 아래 보기로 든 글 ㉮는 중학교 3학년 때 일을 쓴 것 같은데 일이 벌어진 때를 밝혀 쓰지 못했다. 봄인지 여름인지, 월요일인지 화요일인지, 아침인지 저녁인지 알 수가 없다. 언제 일어난 일인지 밝혀 쓰지 않고 "맨날맨날"이라고 하여 늘 있던 일로 싸잡아 말했다. 그러니 이야기를 하나하나 풀지 못하고 한 해 동안 있었던 일을 뭉뚱그려 설명하는 꼴이 되고 말았다. 그런가 하면 ㉯는 일이 일어난 때가 또렷하다. 한창 고입 실기 준비를 하던 때, 아침 8시가 지날 무렵 할머니가 돌아가셨다는 말을 어머니한테 들었다.

㉮ 나는 내 친구와 음악선생님 추천으로 음악실 청소를 하게 되었다. 음악실에 들어가자마자 쓰레기가 나뒹구는 게 보였고, 커튼 색도 어두운 파란색이라 불을 켜 놓지 않으면 귀신이 나올 것만 같았다. 그런데 그런 귀신보다 무서운 '변쌤'이 계신다. 음악 선생님은 우리들 사이에서 '변쌤'으로 불린다. 변쌤은 변쌤이라 부르지 말고 변선화 쌤이라 부르라고 하지만, 우리들은 뭔가가 이름과 얼굴이 매치가 되어서 그렇게

부른다.

내 친구와 나는 맨날맨날 지하에 있는 음악실에 가서 깨끗이 청소를 하는데도 변쌤은,

"3학년 6반 음악실 청소 나와 봐라." 하신다.

불러 놓고 하시는 말씀이

"너희들 음악실 청소 안 하제? 음악실 너무 더럽다." 하신다.

내 친구가

"아침마다 맨날 청소했는데요?" 하면

"어디서 말대꾸고, 말대꾸야!"

하시곤 바로 꿀밤이 세 대씩 날아온다.

이 억울함을 아무리 호소하고 얘기해 봤자 들어 주시지 않는 변쌤이다. 그러시고는 마지막에

"너희들 한 번만 더 깨끗이 안 해 놓으면 딴 애들로 바꿔 버린다." 하고 자신의 말만 하고 가 버리는 변쌤.

아마 변쌤의 통치 아래 청소를 했던 모든 아이들은 다 이런 억울하고 분한 감정을 느껴 보았을 것이다. 그렇게 사소한 더러움도 용납 안 하시는 변쌤 덕분에 길어 보였던 1년 음악실 청소를 더 열심히 했는지도 모른다. (연제고 1학년 이유진 '변쌤'의 한 부분)

㉯ 만두야. 그날은 언제나와 같은 아침이었어. 간만에 동생이랑 같이 잤지. 한창 고입 실기 준비를 할 때라 피곤해서 아침잠 5분이 아쉬웠던 때였어. 엄마가 흔들어서 깨웠던 것 같은데 잘 기억나지는 않아.

시계를 보니 8시가 넘어가고 있었던 것 같아. 아, 완벽하게 지각이다 하는 생각을 했던 기억이 나. 그런 데 그런 것치고는 엄마는 아주 차분했어. 지금 생각하면 그때부터 그날은 정말 비정상적이고 비상식적인 날이 돼 버린 것 같아.

엄마는 조용히 말했어. 아니, 아주 조용하고 차분했던 느낌만 기억이 나지만 어쨌든 말했어.

할머니가 돌아가셨다고.

(부산예술고 1학년 정다영 '편지 왔어요'의 한 부분)

아래 글 ㉯에서 밑금 친 부분을 눈여겨볼 만하다. "문"이 아니라 "18번이라고 적혀 있는 문"이라고 했다. 이 부분을 읽어 줄 때 아이들에게 물어본다. 그냥 "문"이라고 했을 때와 "18번이라고 적혀 있는 문"이라고 할 때 느낌이 어떻게 다른지. 그러면 바로 옆에서 지켜보는 듯하다고 말한다.

㉯ 노는 토요일에 점심을 엄청 빨리 먹고 친구들에겐 군대 면회를 간다고 거짓말을 하고 학교를 나와 젖 먹던 힘까지 다해 버스정류소로 갔다. 버스를 타고 구덕터널을 지나서 내렸다. 다시 택시를 타고 주례 구치소에 가까스로 시간 안에 도착할 수 있었다. 나는 처음 간 곳이라 어쩔 줄 몰라 하다가 안내원의 안내에 따라 엄마와 접견을 신청했다. 엄마를 만나러 가는 길이 너무 멀게만 느껴졌고 굉장히 떨렸다. 심장이 터질 것만 같고, 추위에 떠는 강아지마냥 온몸이 덜덜 떨렸다. 십 여

분이 지나선가 나는 18번이라고 적혀 있는 문을 열고 들어갔다. 엄마와 그 옆에 여자교도관이 앉아 있었다. 나는 엄마가 입은 그 낯선 옷을 보자마자 고개를 떨구었다. (경남여고 3학년 이현지 '면회'의 한 부분)

(2) 주고받은 말을 살려서 쓴 글

이야기글 쓰기에서 주고받은 말 살려 쓰는 지도는 빼놓을 수 없다. 주고받은 말이 들어가면 글이 생생하게 살아 있어, 읽는 사람을 이야기 속으로 빨려 들어가게 만든다. 주고받은 말은 자기가 실제로 겪은 일을 그대로 되살린 말이기에, 남의 말을 흉내 내거나 그럴싸한 말로 다듬거나 할 필요가 없다. 주고받은 말을 되살려 쓰는 활동은 사실을 정확하게 붙잡는 힘을 길러 준다. 사실을 정직하고 정확하게 붙잡은 글이라야 그 일로 우러난 느낌이나 생각이 참되고, 읽는 사람도 '참 그렇구나' 하고 가슴에 와 닿게 된다.*

아래 보기로 든 글 ㉣와 ㉤는 둘 다 학교 폭력으로 상처받은 이야기다. 그런데 ㉣는 주고받은 말을 살려서 상황을 자세하게 그렸다. 글을 읽어 보면 마치 옆에서 지켜보는 듯이 생생하다. 이렇게 주고받은 말을 되살려서 글을 쓰면 자기가 겪고 부딪힌 일을 객관으로 보게 된다. 감정에 치우치거나, 섣부른 판단을 내리지 않고 보고 듣고 겪은 대로 글을 쓰게 된다.

그런가 하면 ㉤는 주고받은 말이 전혀 없이 처음부터 사건을 설명

---

* 이오덕 《글쓰기 어떻게 가르칠까》 보리, 1993년, 95쪽 참조

해 내려갔다. 아직도 꽁한 상처가 아물지 않고 남아 있다. "엇나갔던 놈" "이런 쓰레기들" 하는 말에 억울한 감정이 그대로 묻어난다. 그리고 마지막에는 학교 폭력에 강력한 처벌과 대응이 필요하다는 주장까지 펼쳤다. 그러다 보니 이야기글이 되지 못하고 말았다.

㉒ 난 묵묵히 언니들을 따라나섰고 도착한 곳은 예상했던 무용실 샤워장이었다. 난 마음속으로 '내가 잘못한 게 없는데 피할 이유가 없지. 언니들한테 내가 아니라고 말하면 그만 아니가.' 생각하고 들어갔다. 그런데 이게 웬일인가? 교실에 없던 애들이 그곳에 다 모여 있었던 것이다. 아이들은 맞았는지 전부 고개를 숙이고 울고 있었다.

"어제 니가 쌤한테 꼰질렀제?"

"아니요."

"저년 봐라. 우리가 다 알고 왔는데 어디서 구라까노."

"저 진짜 아닌데요."

"니가 아니면 누군데?"

"그야 저도 모르죠."

"야, 근데 니 미쳤나? 어디서 눈 치켜들고 지랄이고? 눈 깔아라."

"언니들이 뭔가 오해하고 계신 거 같은데, 저 진짜 아니거든요."

짝. 언니 중 한 명이 내 뺨을 때렸다. 순간 너무 놀란 나머지 나는 나를 때린 언니를 쳐다보았다. 당연히 이유 없이 맞아서 그 사람을 쳐다보는 표정이 좋을 수가 없었기에 나의 얼굴 표정이 그 언니들을 더 화나게 했다.

"이 미친년 봐라. 니가 지금 내 꼬라보면 우얄건데? 눈 안 까나?"

다시 짝. 손이 올라왔다. 난 너무 화가 나서 견딜 수가 없었다.

"언니들 지금 뭐 하는 건데요. 왜 때려요? 말로 하면 될 것을 왜 때리고 그래요. 저 팔에 기부스 한 거 안 보여요? 저 퇴원하고 학교 온 지 이틀 밖에 안 됐거든요? 그런데 이렇게 막 때려도 되는 거예요?"

하고 대들어버렸다. 그런데 오히려 내가 한 말은 역효과를 불러일으키고 말았다. 그도 당연한 것이 그 상황에서 그렇게 말을 했다는 것은 맞고 싶어 죽겠으니 더 때려 달라는 말밖에 안 된다.

"니 몰랐나? 니 왼쪽팔 마저 부러뜨리려고 데리고 온 건데."

하면서 내 바로 앞에 서 있던 언니가 내 복부를 발로 찼다. 그렇게 구타는 시작되었던 것이다. 난 어쩔 수 없이 맞을 수밖에 없었다. 소리를 질러도 달려와 줄 사람은 아무도 없었다. 아팠다. 너무 아팠다. 태어나서 그렇게 많이 맞아보기는 처음이었다. 그렇지만 눈물이 나지 않았다. 아니, 눈물이 나려는 것을 이를 악물고 참았다. 그렇지만 계속되는 구타 속에 결국 언니들 앞에서 눈물을 보일 수밖에 없었다.

(부산상고 3학년 박미숙 '바뀌어 버린 내 생활'의 한 부분)

㉣ 처음에 세 명이 조짐을 보였다. 처음에는 그리 신경 쓰지 않을 정도였으나, 어느새 다른 반에서까지 와서는 책상이나 의자를 쌓아 놓거나, 가만히 있는데 갑자기 치거나, 뭘 빼앗거나, 심지어 급식 반찬을 섞고 휴지를 막 뿌리는 것이었다. 게다가 10명도 넘어 저항조차 못했다. 쉬는 시간에는 교실 문을 막거나 했기 때문에 교무실로 갈 수도 없다가

어느 날 간신히 빠져 나와서 학교 폭력 신고를 하였다. 누군가 급식 때 일을 동영상으로 촬영했던 자료가 있었기 때문에 그때까지의 일은 몽땅 까발려졌다. 가해 학생 두 명은 전학을 갔고, 또 다른 두 명은 부모님까지 오시고, 집에까지 찾아와서 사죄를 하였다. 이 사건 때문인지 이후에는 가해 학생 두 명은 나한테 접근하지 않았다. 하지만 그럼에도 이후에 크고 작은 일들은 계속 생겼다. 그때마다 아이들이 달라지면서 말이다.

중3 때 문제가 컸던 사건은 아직 생생하다. 단 한 명이었는데, 일진 정도는 아닌 것 같지만 꽤 엇나가던 놈으로 기억한다. 욕설로 시작해 진짜 폭력 행사를 하자 나는 저항했고, 그때 선생님이 와서 교무실로 갔지만 내가 오히려 때린 것처럼 되었다. 내가 맞았다고 봐야 하건만, 어이가 없어 말도 나오지 않았다. 정작 가해자 본인은 태평했다. 대체 이런 쓰레기들이 얼마나 많은가 싶었다.

나는 이 이야기를 그리 쓰고 싶지 않았지만 학교 폭력의 심각성에 대해 당사자로 알리기 위하여 나는 이 이야기를 꺼내게 되었다. 일어나서는 안 되는 일이 일어나고 있는 것에 대해서 아주 강력한 처벌과 대응이 필요하다. 사실 '학교폭력 예방 교육'도 정작 봐야 할 애들은 안 보고 무시한다. 이런 일에 대해 다시 체벌을 시켜야 할 수도 있다. 또한 피해자는 분명히 피해자이며 잘못이 없다는 점을 인식시켜야 한다. 괴롭힘 당하는 것을 피해자 탓으로 돌리는 것은 끔찍한 결과를 낳을 수 있다. 학교 폭력이 사라지기를 바란다.

(연제고 1학년 김○○ '폭력'의 한 부분)

아이들이 주고받은 말을 살려 쓸 때, 따온 말 표현이 서툴다. 따온 말이 길 때에는 더욱 어색하다. 〈어머니가 말하기를 "……"라고 했다〉보다는 〈어머니가 말했다. "……"〉로 쓰는 것이 읽기에 훨씬 자연스럽다.

> 아저씨와 엄마는 수진이와 우리들을 친하게 만들려는 모양인지 어린 이대공원도 데려 가고 벚꽃축제도 데려 갔다. 나는 그 애가 싫었지만 엄마가 친해지길 원하는 것 같아 친한 척을 했다. 이때 친한 척을 하면 안 되는 것이었는데 말이다. 엄마와 아저씨는 충분히 친해졌다고 생각했는지 3학년 겨울방학 때 김해로 가서 같이 살자고 했다. 엄마가 말하기를 "너희들 더 잘 되라고 하는 거니까 그냥 가자."라고 했는데, 나는 가기 싫어서 크게 울면서 "나 가기 싫어. 안 갈래. 그냥 여기 살면 안 돼." 이러니까 아저씨가 "너 그럼 너 혼자 여기 놔두고 간다." 하길래 결국 김해로 갔다. (→ 엄마가 우리를 달랬다. "너희들 더 잘 되라고 하는 거니까 그냥 가자." 나는 가기 싫어서 크게 울면서 떼를 썼다. "나 가기 싫어. 안 갈래. 그냥 여기 살면 안 돼." 옆에서 보고 있던 아저씨가 나에게 겁을 주었다. "너 그럼 혼자 여기 놔두고 간다." 나는 결국 김해로 가고 말았다.)

그리고 "~라는" "~라고" 하는 말은 입말로는 잘 쓰지 않는 말이다. "~ 하는" "~ 하고"로 쓰는 버릇을 들이게 지도하는 것이 좋다. 다음 예문도 "~ 하면서" "~ 하는" "~ 하고"로 쓰는 편이 훨씬 자연스러운 걸 알 수 있다.

> 쉬는 시간이 끝나고 선생님이 와서, "애 왜 이러나?"라고 하면서 나를 말렸지만 나는 선생님을 뿌리쳤다.(→ "~이러나?" 하면서 나를 말렸지만)

> 그런데 그때 뒤에서 "꼬마야, 아는 사람이야?"라는 목소리가 들렸다. (→ "~아는 사람이야?" 하는 목소리가 들렸다.)

> 그래서 나도 모르게, "그럼 안방 화장실 가. 담배 내가 폈냐. 왜 짜증이야?"라고 성질을 내 버렸다. (→ "~짜증이야?" 하고 성질을 내 버렸다.)

> 내가 들어온 것을 본 선생님은 인상을 풀고 "상국아, 어제 현관에서 인라인 스케이트 못 봤니?"라고 물으셨다. (→ "~못 봤니?" 하고 물으셨다.)

(3) 마음속으로 한 말이나 속마음을 담아 쓴 글

글을 쓸 때 주고받은 말을 살려서 쓰라고 하면, 주고받은 말만 늘어놓기 쉽다. 주고받은 말 사이사이에 마음속으로 한 말이나 속마음을 담으라고 한 번만 일러 주면 곧바로 깨우친다. 아래 보기로 든 글 ㉽와 ㉾는 두 글 모두 주고받은 말을 잘 살려서 썼다. 그런데 ㉽는 주고받은 말만 잇달아서 썼고, 그와 달리 글 ㉕는 주고받은 말 사이 사이에 마음속으로 한 말이나 속마음을 드러내 보였다. ㉕에서 밑금 친 곳이 이에 해당한다. ㉔보다는 ㉕ 글이 더 자연스럽다.

㉔ 아빠는 서면에 내려 지하철을 타고 화명동 친구 집에 갔다. 내가 서면에서 버스를 환승하려고 기다리고 있는 도중에 엄마한테서 전화가 걸려왔다.

"동현아, 아빠랑 같이 있나?"

"아니, 서면에서 헤어졌다. 아빠는 화명동 친구 집에 간다던데."

"집에 오면 안 좋으니깐 도망갔네."

"니는 어디에 있는데?"

"서면에서 버스 기다리고 있다."

"집에 와서 글 삭제해라. 글 계속 놔두면 안 좋다. 근데, 글 왜 올렸는데?"

"그럴만한 이유가 있었다."

"집에 와서 빨리 삭제해라."

이러면서 짜증 섞인 목소리로 몇 분간 통화를 하다가 끝냈다. 집에 돌아가기가 두려울 정도로 엄마는 화가 나 있었다. 집에 돌아오니 또 짜증 섞인 목소리로 나한테 말했다. (성도고 1학년 우동현 '삭제'의 한 부분)

㉕ 담배를 친구에게 넘겨주고는 나에게로 걸어왔다. 난 고개를 숙이고 있었다. 언니가 내 앞에 다다랐을 때 난 고개를 들었고 <u>그 언니의 첫인</u>

상은 왠지 모르게 착해 보였다.

"많이 맞았나?"

그 언니가 나에게 걸어온 첫마디다.

"네. 태어나서 처음으로 이렇게 맞아봤어요."

"그러게 왜 꼰지르노? 안 꼰질렀으면 안 맞았을 꺼 아니가?"

난 울먹거리며 말했다.

"저 진짜 아닌데요."

"니 아니가? 그럼 눈데? 니가 그날 나가서 일러바친 거 아니었나?"

"아닌데요. 전 그날 매점에 있었는데요. 누가 일러바친 건지는 모르지만 저는 진짜 아니거든요."

"맞나. 야, 이애 아니라는데?"

처음으로 내 말을 믿어준 언니였다. 그렇지만 옆에 친구들은

"니는 그 말을 믿나?"

담배를 다 폈는지 다시 내 주위를 둘러싸기 시작했다. 난 다시 겁이 났다. 순간 떠오른 것은 뒤늦게 들어온 언니라면 친구들을 말려줄지도 모른다는 생각이었다. 그래서 난 고개를 들어 그 착한 언니를 바라보며 구원의 눈빛을 보냈고 다행히 그 언니도 나를 좋게 본 건지 불쌍해서 그런지는 몰라도 친구들을 말려 더 이상 맞지 않도록 해 주었다. 너무 고마웠다. 그렇게 난 그곳을 빠져나올 수 있었다. 그리고는 다시는 부딪치지 않도록 속으로 기도했다.

(부산상고 3학년 박미숙 '바뀌어 버린 내 생활'의 한 부분)

다음 글을 보자. 글 ㉮는 말을 주고받을 때 목소리나 표정, 태도, 동작 하나까지도 자세하게 그리고 있다. 글을 읽어 보면 상황이 아주 자세하게 되살아난다는 걸 단번에 알 수 있다. 이것을 아이들에게 설명으로 지도하기는 어렵다. 그리고 이것을 글쓰기 이론으로 내세워 자꾸 강조하다 보면 기교에 매여 본래 쓰고 싶은 내용을 놓치기 쉽다. 앞서 말했듯이, 보기 글을 읽어 주다가 이런 주고받은 말이 나오면, 아이들 주의를 집중시킨 다음 다시 들려주는 방법이 좋다.

㉮ 아빠는 내 성적표를 보면서 할 말을 잃은 표정으로 있으시다가 한숨을 쉬셨다. 엄마는 그 옆에서 걱정된 표정으로 앉아 계셨다.
한참 그렇게 다들 말이 없다가 아빠가 처음으로 입을 여셨다.
"니, 꿈이 뭔데?"
나는 눈치를 보다가 기어들어가는 목소리로 말했다.
"광고업계나 디자인 쪽이요."
"그거 할라하면 무슨 공부해야 되는데?"
"그 광고 홍보학과나 디자인 학부나."
"그럼 니, 이과 가지 말고 문과 갔어야 했네."
"……."
둘 다 잠깐 동안 말이 없다가 다시 아빠가 입을 여셨다.
"니, 그럼 그동안 무슨 일이 일어났노? 뭐 때문에 성적이 떨어졌다고 생각하노. 말해 봐라."
한참 동안 다시 눈치를 보다가 입을 열었다.

"내가 공부를 왜 해야 하는지 몰랐어요. 대학이니 이런 것도 꼭 가야 되는지. 그리고……"

또 요즘에 겪고 있던 고민 여러 가지를 조심스럽게 털어놨다.

"그래, 그래가지고 그렇게 성적을 말아 처먹었단 말이가?"

갑자기 아빠가 성난 목소리로 말을 끊으셨다.

"응, 이 새끼야?"

그러면서 벌떡 일어나셨다.

"완전히 이거 개판이네 개판. 국어 이게 뭐고? 영어는 또 와 이리 못 쳤노? 그리고."

성큼성큼 다가오시더니,

"야이 새끼야, 수학 학원을 다녔는데도 이따구야!"

내 뒤통수를 세게 내리쳤다.

퍽.

맞은 곳이 멍 울리더니 갑자기 울컥하기도 했고 화도 났다. 성적 하나 때문에 이렇게 혼나야 되나.

"수학 학원을! 다니는데도! 이따구로 나와!"

말이 한 마디, 한 마디 끊길 때마다 뒤통수에 손바닥이 오고갔다.

그러더니

"야이 새끼야, 이게 성적이가? 이 병신 같은 새끼. 이게 성적이냐고! 할아버지, 아빠, 형, 엄마 쪽이나 팔러 다니고!"

이어지는 발길질과 주먹질. 끝이 아니었다. 어디론가 향하시더니 내가 초등학교 검도 시간에 쓰던 죽도를 들고 오시더니,

"이 새꺄! 수학을! 다니는데도! 이따구로밖에 못 받아와?"

죽도를 풀스윙으로 내 팔에 휘두르셨다.

(부산 동성고 2학년 정용기 '여름방학 날의 외출'의 한 부분)

(4) 눈앞에 장면이 펼쳐지는 듯이 쓴 글

아래 보기로 든 글 ㉔에서 모든 문장의 마침꼴이 과거인데 밑금
친 두 곳만 현재이다. 글 ㉔에서도 밑금 친 한 곳만 현재형이고 나머
지는 모두 과거형이다. 이야기글의 때매김은 과거이다. 그런데 과거
의 일을 쓰면서도 이렇게 사이사이에 현재형으로 쓰는 수도 있다. 그
것은 사건의 진행을 눈앞에 더욱 생생하게 그려 보이기 위한 것이
다.* 지난 일이라 하더라도 마치 지금 막 눈앞에 사건이 펼쳐지는 듯
한 느낌을 불러일으킨다.

㉔ 니 이게 뭐꼬?"

엄마가 목소리를 낮추어 말했다.

"뭘?"

언니는 아무렇지 않게 말했다.

"이게 뭐꼬?"

엄마는 다시 한 번 물었다. 표정이 점점 안 좋아진다.

"뭐?"

---

* 이오덕《삶을 가꾸는 글쓰기 교육》보리, 2004년, 153쪽

언니는 똑같은 대답이었다. 나와 동생은 엄마가 기분이 안 좋아 보여서 방에 들어와 문을 닫고 숨죽이고 들었다.

잠시 아무 말도 없더니 엄마가 소리를 질렀다. 엄마가 울면서 말한다.

"내가 너를 어떻게 키웠는데 엄마한테 이럴 수가 있노. 어떻게! 내가 니 땜에 못 산다. 엄마는 살라고 악착같이 살아왔는데 니가 엄마를 죽인다 죽여. 엄마는 열심히 살면 될 줄 알았는데……."

(연제고 1학년 박지민 '엄마'의 한 부분)

㉰ 서면에 무슨 은행 뒤로 갔다. 우리를 벽 쪽으로 서라 했다. 우린 한 쪽으로 섰다. 3학년 형님들은 담배를 피면서 앉아 있었다. '아! 여서 이제 다 뒤지겠네' 하고 생각할 때 지민이 형님이 일어섰다.

"마, 준호. 니 이래 맞는 거 열 안 받나? 일로 와봐라."

"예."

"앉아라."

"예."

"니랑 내랑 묵고 3학년 점마들 죽이까?"

준호는 조용히 있었다. 장난 같았기 때문에 당연히 아무 말도 할 수 없었다.

"마, 준호. 할래? 말래?"

그러면서 그 큰 키에 꽉 낀 240미리 아식스 조깅화를 신고 준호 코짠디를 운동화 콧대로 축구공 차듯이 찍었다.

"아~ 아~"

피가 흘러내렸다. 휴지를 주면서 우리보고 닦으라고 했다. 코뼈가 부러진 거 같다. 나머지 형님들이 지민이 형님보고 "지민, 준호 임마는 이제 보내주자." 하니까 지랄하지 말라고 했다.

(부산상고 3학년 강재민 '살면서 가장 무서웠던 날'의 한 부분)

아래 글 ㉮는 박경리가 쓴 소설 《토지》에서 옮겨 왔다. 때매김을 눈여겨보면, 과거와 현재가 서로 건너뛰면서 넘나들고 있다는 것을 알 수 있다. 그래도 조금도 어색하지 않고 자연스럽다. 첫 문장에서, 갓을 내려 쓴 사나이가 사랑으로 들어설 때는 과거이지만 서희와 연학이 사랑으로 들 때는 현재이다. 이 대목에서 이야기를 들려주는 서술자는, 갓을 눌러 쓴 사나이를 앞서 보내고 서희와 연학을 따라서 사랑으로 들어서는 듯하다. 그러다가 사나이가 갓을 벗고 얼굴을 드러내어 구천이가 되면 어느새 현재형으로 바뀐다. 이때 서술자는 구천이 쪽으로 한발 다가서는 듯이 보인다. 읽는 독자들도 서술자를 따라 움직인다. 이처럼 이야기에서 때매김은 시간의 움직임을 넘어 서술자와 인물과 독자 사이의 거리까지 좁혔다가 늘렸다가 한다.

㉮ 갓을 내려 쓴 사나이는 사랑으로 들어갔고 서희도 연학을 거느리고 사랑에 든다. 연학은 물러나 사랑과 안채 사이의 문을 지키고 선다. 사나이는 서희가 방으로 들어섰는데도 얼굴을 들지 않았다. 길상이를 예감했던 서희 얼굴에 실망의 빛이 역력했다.

"밤중에 무슨 일로 오시었소."

사내는 갓을 벗었다. 상투는 없고 자른 머리다.

"오래간만일세."

서희는 얼굴이 새파랗게 질린다. 구천이, 아니 김환이었던 것이다.

"놀라게 해서 미안하네."

서희 얼굴을 똑바로 쳐다본다. (박경리《토지》의 한 부분)

⑸ 그림을 그리듯이 자세하게 쓴 글

글을 쓸 때 아이들에게 자세하게 쓰라고 한다. 왜 자세하게 써야
할까? 글을 자세하게 쓴다는 말은 대상을 자세하게 들여다본다는 말
이다. 자세하게 쓰려면 먼저 자세하게 보아야 한다. 마음이 쏠리는
대상이나 장면을 놓치지 말고 자세히 살피는 눈을 가져야 한다. 자세
하게 보게 되면 자기도 모르게 그 대상에 마음이 다가간다. 그리하여
대상에 마음이 머물면서 자기만의 느낌이 일게 된다. 자세하게 쓴 글
을 읽으면 말이 공중에 떠 있지 않고 바닥에 가 닿아 있는 느낌을 받
는다.

㉺ 내가 생각했던 것만큼 눈물이 터져 나오는 풍경도 아니었고 애초에
장례식에 온 사람들 모두가 할머니가 아닌, 할머니의 아들딸들의 지인
이어서인지 금세 시끌벅적해졌어. 소주와 맥주병이 빠르게 비워지고,
점점 더 시끄러워지고, 점점 더 바빠졌지. 사람 참 오지게도 오더라. 할
머니가 죽었는지 어쨌는지 깨달을 새도 없었던 것 같아.

저녁 7시에 입관이라는 걸 했어. 난 그게 뭔지 몰랐는데 보고서야 알았

어. 들 '입'에다가 사람 묻는 그 '관'이야. 관에 넣는다는 거지. 그리고 그때 그날 할머니를 처음 봤어.

영화 '아저씨' 알지? 니가 전에 OST 추천해 주기도 했으니. 설마 봤나? 그거 19금인데. 여튼, 거기 보면 손톱에 매니큐어 한 여자애. 장기 빼낸다고 걔 시체 보관했던 곳 알려나? 그거랑 똑같이 무슨 서랍장처럼 생긴 걸 빼내는데 그 안에 할머니가 있었어.

입관실은 서늘했고 그 사물함 속의 할머니는 훨씬 차가웠어. 사람이 죽으면 눈물 콧물 배변 다 배출된다고 하잖아. 그래서 그런가 코랑 입을 실리콘 같은 걸로 막아 놨어. 피부에 조금 푸른빛이 도는 것 빼고는 너무 평안하게 누워 계셔서 말을 걸어 보고 싶을 정도로. 참 이상하게도 눈물은 자동적으로 떨어지는데 아무 생각도 나지 않았던 걸로 기억해.

만두야, 나는 할머니가 그렇게 작은지 그때서야 알았어. 그 좁은 나무관 안에도 채 차지 못하셨거든.

눈물을 삼키는 소리만 간간히 들리고 모두가 할머니의 얼굴이나 손 따위를 손으로 혹은 눈으로 담았어. 볼에 뽀뽀도 했어. 차갑고, 조금은 뻣뻣한 피부가 마치 유리창에 입을 대는 느낌을 줬어. 담당하는 사람이 이제 시작하겠다고, 친척들을 뒤로 물리고 작업을 시작했지.

얼굴까지 삼베(아마도 그럴 것 같았어)로 덮고 턱에서 끈을 묶고, 꼬까신을 신기고 몸을 천으로 둘둘 감싸 미라처럼 만들었어. 그리고 심을 뺀 두루마리 휴지를 우개서 관 안을 가득 채우게 끼워 넣었지. 그리고 관 뚜껑을 닫고 갈무리하면서 작업을 마무리했어.

정말이지 빨랐어. 하긴, 그쪽 일엔 이골이 난 사람들일 테니.

(부산예술고 1학년 정다영 '편지 왔어요'의 한 부분)

위에 보기로 든 글 ㉻를 보면 이 아이는 할머니 장례식장에 가서 본 입관 장면을 아주 자세하게 그렸다. 할머니나 할아버지 죽음을 글감으로 글을 쓰는 아이들 대부분이, 제 감정에 빠져서 차분하게 이야기를 끌어가지 못하기에 이런 자세한 장면은 놓치고 만다. 그런데 이 글은 제 감정에 휩쓸리지 않고 장례식 장면을 생생하게 그렸고, 아이 눈에 비친 어른들 모습이나 순간순간 느꼈던 솔직한 심정을 잘 담아 썼다. 이렇게 이야기를 끌어가는 힘은 자세하게 보고 살핀 데서 나왔을 것이다.

2. 이야기 쓰기

(1) 자라온 이야기 가운데 한 꼭지만 잡아서

지금까지 자라온 이야기를 모두 다 쓸 수도 없거니와, 설령 쓴다고 하더라도 설명하는 글이 되기 쉽다. 글을 쓸 때 글감을 좁게 잡는 것이 중요하다. 시를 쓸 때는 어느 한순간 장면을 붙잡아서 그려야 하고, 일기를 쓸 때도 한 가지 일만 잡아서 써야 한다. 일기 지도를 오래 해 본 교사들은 일기에도 꼭 제목을 붙이라고 말한다. 일기를 꾸준하게 못 쓰는 까닭이 하루 겪은 일을 빠짐없이 다 쓰려고 하기 때문이다. 이야기글도 마찬가지다. 자라온 이야기 가운데 한 꼭지만 잡아서 써야 한다. 한 꼭지라 함은 작은 사건 여럿이 서로 얽힌 큰 사건 하나라는 말이다. 어떤 일이든지 큰 사건에는 작은 사건 여럿이 서로 얽혀 있게 마련이다.

(2) 글감 찾기

이론을 앞세운 소설 쓰기는 해 본 적이 없다. 플롯이 어떻고, 시점이 어떻고, 갈등과 복선이 어떻고, 인물 묘사는 이래야 하고, 배경 묘사는 이래야 한다는 따위로 이론을 앞세운다고 아이들이 글을 쉽게 잘 쓸 것 같지는 않아서다. '어떻게 쓸 것인가?' 하는 고민보다 '무엇을 쓸 것인가?' 하는 고민이 먼저다. 어른들의 창작은 사상, 구상이 중요한 데 비해 아이들의 글쓰기는 쓰고 싶은 그 무엇을 쓰게 하는 취재 지도가 가장 중요하다.* 긴 이야기를 쓰는 아이들 글을 눈여겨보면, 이야기를 끝까지 끌어가는 힘이 어디서 나오는지 알 수 있다. 글쓰기는 쓰고 싶은 마음이 얼마나 절실한가에 달렸다. 쓰고 싶은 이야기일 때 아이들은 거침없이 글을 써 내려간다.

자기가 겪은 일 가운데서 글감을 찾아내는 일은 아이들 몫이다. 어떤 아이들은 보기 글을 읽어 줄 때 벌써 쓸거리가 떠올라 빨리 쓰고 싶다고 조르기도 하지만, 대부분은 글감 찾는 것을 어려워한다. 이때 교사의 도움이 필요하다. 보기 글을 읽어 줄 때 글감을 생각해서 다양하게 읽어 주면 좋다. '자라면서 받은 상처' '식구들의 죽음' '부모님과 다툰 일' '선생님한테 당한 억울한 일' '어린 시절 따뜻한 기억'.

---

* 이오덕 앞의 책 29쪽

여러 글감 가운데 가장 재미없고 밋밋한 이야기가 수학여행이나 해외여행 같은 여행담이다. 그런가 하면 어린 시절 따뜻한 기억을 담은 이야기는 매우 드물다. 좋은 기억, 어린 시절 따뜻했던 그림 하나는 어른이 된 다음에도 두고두고 살아가는 밑거름이 될 것이다. 따뜻했던 기억 한 장면도 좋은 글감이 된다.

(3) 이야기 뼈대 세우기

글을 쓰는 단계에서 가장 마음 쓸 일은 이야기 뼈대를 세워서 쓰는 일이다. 앞뒤로 이어지는 사건이 없는 단편적인 사건 하나는 서사 구조를 갖추지 못한다. 아이들이 쓴 글을 보면 이야기글 꼴을 갖추지 못한 것이 더러 있다. 물놀이 하다 물에 빠졌는데 아버지가 구해 준 사건, 자전거 타다가 넘어져서 팔이 부러졌던 일, 시골 할머니 집에 가서 화장실에 빠졌던 경험, 이웃집 초인종 누르고 도망쳤던 장난, 자동차 사고로 병원에 입원했던 일과 같은 이야기가 그랬다. 이런 글은 사건의 연속성이 없다.

이야기는 꼬리를 무는 사건이 처음과 중간과 끝으로 이어져서 하나의 큰 덩어리가 될 때 비로소 제 꼴을 갖추어 드러나게 된다. 이 점은 글감을 고르는 단계에서 미리 지도해야 한다. 처음도 없고 끝도 없는 사건 하나만 가지고 쓰면 그 뒤에는 꼭 어설프게 감상이나 주장이 뒤따른다. 글을 마무리 짓자니 어쩔 수 없는 노릇이다.

글을 쓸 때, 이어지는 작은 사건들을 이어서 얼거리를 짜 보는 것은 꼭 필요한 과정이다. 짧은 글이라도 꼬리를 물고 사건이 이어지는 글은 짜임새가 탄탄하다. 아이들이 쓴 글을 놓고 아이들과 함께 읽으면서 이야기 뼈대를 간추려 보고, 이를 바탕으로 자기 이야기의 뼈대도 세워 보게 한다.

고1 어느 여름 토요일. 따스한 햇빛을 받으면서 뭐하고 놀까? 생각하며 우리 반 아이들과 집으로 가는 길이었다. 언제나 토요일만 되면 입가에 산뜻한 웃음이 걸린다. 논다는 행복한 생각으로 어느덧 집에 왔다. 집에 오자마자 얼큰하이 담배를 한 대 소올 태웠다. 담배를 터는 순간 담배똥이 떨어지면서 옷에 담배빵을 내는 것이 아닌가. 담배똥이 떨어지면 하루가 재수 없어진다더니 영 찝찝했다. 혼자 씨바씨바 하면서 괜찮다며 달래는데 전화벨 소리가 울렸다. 전화를 받자마자 "개새끼야, 여긴 가야2파, 가야1파 뭐하는가?" 이러는 것이다. 기분도 더러워 죽겠는데 나도 바로 받아쳤다. "씨바 1파고 2파고 니 누고? 이 좆같은 아름다운 새끼야." 그런데 알고 보니 내 친구였다. 그래서 이런저런 변명을 대며 화내서 미안하다고 했다. 이런저런 말을 주고받다 눈이 확 뜨이는 소리를 한다. "내가 술 한 잔 사마." 이 일곱 글자가 내 머릿속을 시원하게 해 주었다. 저녁 7시에 만나자 하고 나는 씻고 준비를 하였다.

약속 장소로 나갔다. 내가 빨리 가서 그런지 친구는 아직 나오지 않았다. 한 30분 정도 기다려야 할 것 같아서 그냥 오락실로 발걸음을 옮겼다. 그런데 이게 무엇인가? 지갑이 "저를 주워 가세요." 하고 길바닥에 떨어져 있었다. 나는 잽싸게 지갑을 주워 현금이 얼마나 있나 보았다. 돈은 없었다. 한숨이 나오는데 어느 무섭게 생긴 인간이 오더니 갑자기 나를 존나게 패기 시작했다. 때리는 이유를 몰라 "왜 때리는교?" 하고 눈을 부라려 떴다. 그러자 무섭게 생긴 놈이 "변호사를 선임할 수 있으며 묵비권을 행사할 수 있다." 이런 알아들을 수 없는 말을 하더니 경찰서로 데려 가는 거 아닌가.

텔레비전에서 봐오던 누명을 썼다는 걸 뒤늦게 깨달았다. 눈물이 나올 거 같았다. 사실을 말해 주어도 형사들은 니 같은 새끼 많이 봐왔다면서 거짓말 하지 말라고 더 때렸다. 지금 시간은 8시, 조사는 계속되고 약속은 늦었다 생각하니, 오늘 왜 이러는가 정말 개 같은 날이었다. 계속 안 훔쳤다고 하니 시끄럽다고 유치장에 처넣었다. 그리고 형사가 돌아서면서 좀 있으면 목격자이자 피해자가 온다고 하면서, 지금 말하면 안 때린다고 하였다. 나는 당장 불러 달라 했다. 그러자 갑자기 발이 날아왔다. 이번엔 정타를 맞았다. 태어나 쌍코피를 처음 흘리고 눈물도 찔끔 나왔다.

그리고 시간이 흘러흘러 12시가 되었다. 드디어 목격자가 왔다는 것이다. 감격의 눈물이 나왔다. 목격자는 당연히 내가 아니라고 했다. 나는 형사들을 죽일 듯이 노려봤다. 내 얼굴은 핏자국에 눈두덩이가 부어 있었고 몰골이 말이 아니었다. 그러자 형사가 국밥을 사주며 "학생 미안허이"이라고 웃는 거 아닌가. 두 눈에 눈물이 흘러내렸다. 혼자 씨바씨바 하면서 집으로 갔다.

(부산상고 3학년 이영민 '개 같은 날의 오후' 전문)

보기로 든 글은 소매치기 누명을 쓰고 경찰서에 잡혀가서 형사한 테 당한 억울한 이야기다. 이야기 뼈대를 간추려 보면 이렇다. ①토요일 오후 집에서 담배 피다가 옷에 담배 구멍을 냄. ②재수 없다고 생각하는데 친구에게 전화가 와서 저녁 7시에 술 약속을 잡음. ③약속 장소에 조금 일찍 닿아 오락실로 가다 지갑을 주움. ④빈 지갑이라 버렸는데 소매치기로 오해받아 형사한테 잡혀감. ⑤조사를 받으면서 훔친 지갑이 아니라고 했다가 형사한테 발에 차여 쌍코피가 남. ⑥밤 12시가 넘어 피해자가 와서 드디어 누명을 벗게 됨. ⑦형사가 국밥을 사 주면서 웃기까지 함. ⑧억울하지만 어디에도 말 못 하고 처량하게 집으로 감. ①에서 ⑧까지 꼬리에 꼬리를 물고 사건이 매우 긴밀하게 이어져 있다.

(4) 진술 방식

또 하나, 마음 쓸 일은 글을 쓸 때 진술 방식이다. 대부분 아이들은 진술 방식에 대해 따로 일러 주지 않아도 된다. 그런데 몇몇 아이들은 서사문이 아닌 설명문을 써서 내기도 한다. 식구 이야기를 쓰라고 하면 식구 소개를 해 놓거나, 자라온 이야기를 쓰라고 하면 자기를 소개한 글을 종종 본다. 설명과 서사는 전달 목적*에도 차이가 있지만, 더 뚜렷한 차이는 진술 방식**에 있다. 설명문은 언제나 현재형이

---

* 설명은 알고 있는 지식이나 정보를 전달하는 글이고, 서사는 무슨 일이 벌어졌는지 사건을 전달하는 글이다.

** 이오덕 앞의 책 149~157쪽, 166~179쪽 참조.

고, 서사문은 기본 진술이 과거형인데 사이사이 현재형이 섞이기도
한다.* 설명문에도 과거형이 쓰일 때가 있는데, 이는 과거 사건을 선
택해서 그 사건을 설명하는 경우이다.

> ㉰ 나는 아빠가 정말로 짜증난다. 우리 아빠는 내가 집에 오기만 하면
> 장난을 친다. 아무래도 아빠는 내가 오기 전에 장난을 생각하고 있는
> 것 같다. 그런데 드디어 사건이 터지고 말았다. 아빠가 컴퓨터로 숙제
> 를 하고 있는 언니의 목을 졸라서 언니야가 울음을 터트린 것이다. 그
> 래서 나는 아빠가 너무 싫다. 장난도 재미있게 하는 장난이 아니라 거
> 의 때리는 장난이기 때문이다. 그래서 나는 당연히 아빠보다 엄마가
> 더 좋다. 엄마가 나를 혼낼 때 아빠가 옆에서 거들먹거리기 때문이다.
> 옛말에 때리는 시어머니보다 말리는 시누이가 밉다던데 아빠가 딱 그
> 말리는 시누이다. 이런저런 이유도 있고 해서 나는 아빠가 정말 짜증
> 난다. 그리고 아빠가 한 장난을 합치면 100번도 넘을 것이다.
>
> (김해 분성초등학교 5학년 이수연 '짜증나는 아빠' 전문)

> ㉱ 언니는 12시가 넘었는데도 자지 않고 자기 방에서 컴퓨터로 오락을
> 하고 있었다. 그때 아버지가 들어왔다. 아버지는 어디서 술을 한잔 하
> 신 것 같았다. 나는 거실 소파에 누워 있었다. 일부러 자는 척하고 가만

---

* 설명문은 지난 일이라 하더라도 과거 경험을 종합해서 지금 알고 있는 정보를 전달하기에 현
재형을 쓸 수밖에 없고, 서사문은 어느 특정한 때에 일어난 일을 들려주기에 주된 진술이 과
거형이 될 수밖에 없다. 사이사이 현재형을 쓰기도 하는데, 현재형을 쓴 곳은 이야기를 들려주
는 사람 마음이 대상(인물이나 사건)에 매우 가까이 다가가는 느낌을 받는다.

히 있었다. 언니는 메이플스토리에 빠져 아버지가 들어오는 줄도 몰랐다. 아버지는 살금살금 언니 쪽으로 걸어갔다. 그러더니 갑자기 뒤에서 언니 목을 꽉 쥐어 잡았다. 언니는 놀라기도 하고 숨이 막혀 막 비명을 질렀다. 그래도 아빠는 풀어주지 않았다. 끝내 언니가 울음을 터뜨린 다음에야 놓아 주셨다.

위에 보기로 든 글 ㉶는 "말았다" 한 곳을 빼고는 때매김이 모두 현재이다. 어느 때, 어느 곳에서 본 것을 붙잡아 쓰지 않고 날마다 있는 일을 쓰다 보니 설명하는 글이 되고 말았다. 이렇게 이야기글을 쓴다고 시작했지만 설명하는 글이 되는 수가 더러 있다. 어느 때, 어느 곳에서 보고 듣고 겪은 일을 쓰라고 하면 자연스럽게 때매김은 과거가 된다. 글 ㉷는 이야기글 꼴을 갖추도록 다시 고쳐 써 본 것이다. ㉶가 이야기글 꼴을 갖추자면 ㉷와 같은 과거형 진술이 되어야 한다.

3. 이야기 나누기

공부 시간에 아이들이 쓴 글을 자주 읽어 준다. 말하고 싶지 않은 아픈 상처를 드러내 보인 글은, 먼저 글 쓴 아이에게 허락을 얻어서 이름을 밝히지 않고 읽어 준다. 읽고는 함께 이야기를 나눈다. "우리 바로 옆에 이런 친구가 있는 줄 몰랐다." "나만 힘든 게 아니란 걸 알았다." "힘든 상황에서도 꿋꿋한 모습이 보기 좋다. 참 대단한 친구다." "옆에 이야기를 들어 주는 좋은 친구가 있어 다행이다." 아이들은 이런 따뜻한 말로 친구 이야기에 공감해 준다.

글을 쓰는 과정에서 얻는 것도 있지만, 쓴 글을 함께 나누는 과정에서 얻는 것 또한 크다. 친구가 쓴 이야기를 들으면서 자기와 처지가 다르지 않다는 것도 느끼고, 어머니나 아버지 없고 가난한 게 나만 그런 것이 아니구나 싶기도 하고. 처지가 비슷하니까 서로 다독거려 주기도 하고. 친구들 삶에 비추어 내 삶을 살피기도 하고. 그러면서 아이들 마음이 조금씩 자라지 싶다. 자라온 이야기 쓰기는 아이들 마음을 자라게 하는 좋은 공부다.

자라온 이야기의 주인공은 바로 아이들이다. 아이들은 자기가 주인공으로 등장하는 이야기를 쓰고 또 함께 나누면서, 자신과 자신의 삶이 귀한 줄 알게 된다. 말하자면 자기 존중감 같은 것이 생기는 것 같다. 우리 학교교육은 공부를 하면 할수록 자기를 존중하기는커녕 끝없이 자기를 부정하게 만든다. 경쟁과 시험은 성공하는 몇 사람보다 훨씬 더 많은 탈락자를 만들어 낸다. 경쟁에서 밀린 수많은 아이들은 패배감에 주눅 들고, 이긴 아이들은 알 수 없는 미래를 위해 지금의 제 삶을 내맡긴다. 밀리거나 이기거나 제 삶의 주인으로 살지 못한다. 이런 우리 아이들이 제 삶의 주인으로 바로 서게 하는 공부가 글쓰기다. (2013년 10월 14일)

손바닥소설 쓰기

중간고사를 마치고 홀가분한 마음으로 '손바닥소설' 쓰기를 했다. 아이들에게 '손바닥소설'이라고 그럴싸한 말을 붙여 보았지만, 알고 보면 그게 이야기글 쓰기이다. 무슨 소설을 쓰자고 하면 지레 겁먹을까 봐 손바닥소설이라 했다. 짧게 쓰자 하면 글 쓸 마음을 쉽게 내지 않을까 싶어서다.

먼저 이야기(서사)가 무엇인지 말을 조금 꺼내 보았다.

"어젯밤 구포시장에 불이 나서 점포 다섯 개를 태웠다. 다행히 다치거나 죽은 사람은 아무도 없었다." 칠판에다 이렇게 쓰고 이게 이야기가 될까, 안 될까 물었다. 무슨 뚱딴지같은 소리냐는 듯이 멀뚱히 나를 쳐다본다.

"여기서 사건이 일어난 시간은 언제지요?"

"어젯밤."

"그럼 사건이 일어난 공간은 어딘가요?"

"구포시장."

"그럼 사건은?"

"불난 거."

"맞아요. 그런데 이것은 이야기가 아니야. 왜 이야기가 되지 못하는지 아는 사람?"

"인물이 없어요."

"그렇지요. 사람이 빠졌지요. 사람이 끼어들고, 그래서 불이 난 사건이 그 사람의 일이 되고, 그 사람의 삶을 드러내야 비로소 이야기가 제 꼴을 갖추게 되지요. 그러자면 불이 난 사건 하나 가지고는 삶을 제대로 담아낼 수가 없지요. 꼬리를 물고 이어지는 여러 사건들이 있어야 가능하겠지요?"

"예."

"그렇지만 오늘은 사건 하나를 붙잡아서 그 일이 언제 어디서 누구하고 벌어진 사건인지 써 보기로 해요."

이렇게 설명한다고 글을 쓰는 데 크게 도움이 될 것 같지는 않다. 이쯤 해 두고 보기 글을 하나 읽어 주었다.

시험 부산고 2학년 박우식

민규는 어제 모든 시험을 마쳤다. 고등학생이 되어서 처음 본 시험이었고, 기대도 컸던 시험이었다. 그런데 집에 와서 채점을 해 보니 성적이 기대만큼 나오지 않았다. 시험지를 찢어 버렸다. 그리곤 방에 벌렁 누워서 자 버렸다.

시간이 얼마나 흘렀을까. 학원 갈 시간이 되었다. 마지못해 일어나서 학원을 향해 힘없이 터벅터벅 걸어갔다.

학원에 가니, 처음 만난 영어 선생님이 물으시길

"시험 잘 쳤니?" 한다.

민규는 시험을 망쳐서 기분이 안 좋았다.

"모르겠는데요." 하며 지나쳤다.

또 다른 국어 선생님을 만났다.

"오늘 시험 어떻디?"

이렇게 몇 명이 똑같은 질문을 했다. 그때마다 "모르겠는데요. 다 망쳤는데요." 하며 변명을 했다.

화근이 된 것은 수학 선생님이었다. 수학 선생님은 민규를 끈질기게 물고 늘어졌다.

"몇 개 틀렸니? 시험지 한 번 보자. 어렵니?"

안 그래도 기분이 안 좋았던 민규는 아무런 대꾸도 하지 못했고, 이제 수학 샘도 민규가 말을 안 하자 화가 나셨는지 큰소리를 내셨다.

"아, 얼마나 못 쳤는데?"

"아, 뭘요. 아, 다 망쳤어요. 이번 시험 다 조졌어요. 이제 됐어요."

참았던 화가 폭발하듯 터지고, 수학 샘은 황당해 말을 못 하고 있다가

"아니, 선생이 학생한테 물어보는 게 뭐 어떤데? 글고, 니 말이 그게 뭐고?"

"아 돌겠네. 내 시험 망쳤으니깐 상관마요."

민규는 벌떡 일어나 나가 버렸다.

그걸 보던 우식이는 민규를 따라 나가다가, 민규가 그냥 가 버려서 놓쳐 버리고 다시 학원으로 왔다. 우식이는 학원에 있기 뭐해서 다시 나

가니 민규가 계단에 앉아 있었다. 자기도 심했다 싶은가 보다.

수학 선생님은 자기 책상에 앉아서 휴지로 눈물을 닦고 있었다. 다른 사람이 혹시나 볼까 봐 소리도 못 내고 있었다. 교무실이 조용했다. 다른 선생님들도 티는 안 내지만 다 알고 있는 듯하다.

수학 선생님은 눈가가 붉어져 훌쩍거리며 수업에 들어갔다. 애들이 물었다.

"샘 울었어요?"

"아니 감기 걸렸다." (2000년 7월 18일)

오래전에 부산고 있을 때, 우리 반 우식이가 쓴 글이다. 우식이는 "민규"라고 내세웠지만 사실은 민규가 우식이다. 이렇게 인물을 '나'가 아닌 자기 이름을 내세워도 괜찮다고 하였다.

첫 모의고사 문현여고 2학년 천수빈

수빈이는 고2가 되어 3월에 친 첫 모의고사 성적표를 집에 들고 갔다. 고2 모의고사가 고1 모의고사랑 확실히 다르다고 해 좀 걱정을 했는데, 첫 스타트치고는 생각보단 그다지 나쁘지 않은 성적이었다.

집에 가니 엄마가 대뜸 모의고사 성적을 물었다.

"몇 등인데?"

수빈이는 밝은 표정으로 대답했다.

"24등. 나름 괜찮은 듯."

근데 엄마는 수빈이와 생각이 달랐던 거 같다.

"24등? 이과 몇 명인데 그것밖에 못하는데?"

수빈이는 속이 너무 상했다. 24등이면 평타 친 거 아닌가. 너무 열이 받아서 그냥 자기 방으로 들어갔다. 이불을 덮어쓰고 서러워서 펑펑 울었다. 자신이 너무 불쌍했다. 얼마만큼 잘해야지 엄마 성에 차는지 모르겠고, 원래 공부를 잘 하는 것도 아닌데 저렇게 말하는 엄마가 싫다. 밖에서 밥 먹으러 오란 소리가 들렸다. 그 와중에도 배에서 꼬르르 하는 게 더 슬펐다. 좀비처럼 터덜터덜 방을 나와 식탁에 앉았다.

엄마가 또 모의고사 얘기를 했다.

"너거 누나 24등밖에 못했단다."

그에 장단을 맞춰 동생이 얄밉게 말했다.

"누나가 언제는 잘했나. 에휴 쯧쯧."

그 말을 듣는 순간 너무 열받아서 동생 머리를 세게 내려쳤다. 동생이 울었다. 또 엄마한테 혼나겠다 싶었지만 아랑곳하지 않았다.

(2015년 10월 12일)

시험 뒤끝이라 성적 때문에 부딪힌 이야기가 많았다. 이 글을 듣고 모두 수빈이 글에 공감해 주었다. 소희는 모의고사 못 쳤을 때 엄마가, 니 같은 애한테 전기세 아깝다고, 샤워를 하는데 보일러 끄고, 자고 있는데 전기 매트도 끄고, 이불까지 몽땅 들고 갔단다. 성희는, 만약 내가 24등 했다면 우리 엄마는 집 거실에 펼침막 하나 걸어 주고, 잘했다고 엉덩이 두드려 주었을 거 같다며 안타까워해 주었다.

추석 문현여고 2학년 이혜진

추석은 참 싫다. 아니 그냥 명절 자체가 싫다. 물론 쉬는 건 좋지만 왜 꼭 명절엔 다 모여야 하냔 말이다. 모여 봤자 하는 얘기는 다 똑같은 말들뿐인데 그 짓을 또 해야 한다니 정말 짜증이 났다.

아침부터 혜진이는 짜증투성이였다. 친척들이 온다는 거에 심통이 난 것 같다. 속으로 '제발 오지 마라. 사고 나라.' 하면서 집안일을 도왔다.

시간이 지나 하나둘씩 모이기 시작했다. 혜진이는 '이제 전쟁 시작이다.' 하며 방으로 들어갔다. 들어간 지 얼마 안 되어 이모들이 불렀다.

"혜진아, 혜진아 좀 나와 봐라."

"네. 나갈게요."

웃는 얼굴로 표정을 바꾸며 나갔다.

"왜 부르셨어요?"

"공부는 잘 하나? 지금 몇 등 하니? 혜진이가 하고 싶은 거는 뭐고?"

"아, 저 외교관이나 호텔지배인요."

"그런 쓸데없는 거 말고 간호사 해라 간호사. 그거 취업이 엄청 잘 된대."

"전 별론데요."

자기도 모르게 말이 퉁명스럽게 나왔다.

친척들 모두 당황하며 혜진이를 보았고, 혜진이는 한마디 남기고 방으로 들어갔다.

"제 일 제가 알아서 할게요. 신경 안 써 주시면 감사하겠어요."

(2015년 10월 12일)

혜진이가 쓴 '추석'을 듣고는 아이들이 통쾌하다고 했다. "제 일 제가 알아서 할게요. 신경 안 써 주시면 감사하겠어요." 이 말에 나도 속이 시원했지만, 한편으론 마음이 아프기도 했다. 일이 벌어진 때와 장소가 또렷이 드러나서 읽으면 장면이 환하게 그려진다. 이야기글 은 언제 어디서 누구하고 어떻게 하였다는 것이 또렷하게 드러나야 한다. 아이들이 쓴 글을 보면 쉽게 놓치는 것이 때와 장소다. 다음 글 을 보면 언제 벌어진 일인지 때는 드러나지만 어디서 일어난 일인지 또렷하지 않다.

하루 저녁 문현여고 2학년 안소미

언제나 똑같은 하루. 지루하기 짝이 없는 하루를 끝낼 시간이었다. 하 지만 다른 것이 있다면 지금 야단을 맞고 있다는 것일까.

"야이, 개새끼야. 개만도 못한 년아. 너는 이게 점수야. 점수냐고? 어?"

여고생에게 심한 욕?

아니다. 일주일에 적어도 두 번은 들으니까. 특히나 시험이 끝난 뒤에 는 한 3주 동안은 고생해야 한다. 점수로 물고 늘어지는 우리 엄마. 평 소엔 자상하지만 시험 끝난 뒤엔 정말로 무섭다.

"이게 니가 할 수 있는 거라면 나가 죽어. 시발새끼야. 대답하라고?"

말대답을 하지 못한다.

저번에 대답하래서 대답했더니 대꾸한다고 지랄, 대답 안 하면 엄마가 우습게 보이냐고 지랄. 어떻게 해야 할까?

한 가지 언제나 변하지 않는 것이 있다. 머리를 얻어맞는다는 것.

퍽!

계속해서 때리지만 대꾸를 할 수도 없고, 서러워 펑펑 울 수도 없다. 그 랬다간 뭘 잘못해서 우냐고 한 번 더 밀치기 때문에. 그저 이 시간이 지나길 마음속으로 빌 뿐.

뭐, 내 기억력이 안 좋은 건 이미 알고 있으니. 정말로 열심히 했지만 점수가 그렇게 나온 걸 어떡한단 말인가. 나는 암기가 매우 약하다. 진 짜로, 거짓 없이 외우는 것이 힘들다. 다른 아이들이 영어 단어 30개를 외우는데 30분 걸린다면, 나는 세 시간 걸렸고, 그마저도 희망일 뿐 기 억은 거침없이 영어 단어를 밀어낸다. 외운 날만 기억하고 그 다음날 이면 까먹는다. 그리고 그나마 내가 자신 있어 하던 수학도 중학교 때 일 뿐, 고등학교 올라와서 이과 수학을 하니, 그 분량에, 난이도에 치여 점수는 1학년 때보다 내려갈 뿐 도무지 올라가지 않는다. 기억력이 수 학에도 영향을 미치는지 며칠 안 보면 금세 앞에 걸 까먹는다. 앞에 걸 보면 뒤에 걸 까먹고. 공식을 적어 시험 직전에 보았지만 시험지를 받 고 나니 도통 생각이 나질 않아 그냥 완전 대판 망했다.

"니가 자신 있는 건 제발 웅? 확실하게 잡으라고. 언제까지 이럴 거야. 영어는 엄마가 이미 포기했어. 제발 좀!"

시간이 지나니 어느새 착한 엄마 모드로 돌아왔다.

아무튼 오늘 하루도 무사히 넘어갔다. (2015년 10월 12일)

이 글은 아이들에게 이름을 밝히지 않고 읽어 주었다. 그렇지만 듣 고 있는 소미 눈에는 눈물이 가득 고였다. 공부 마치고 따로 소미를 잠시 만나 이야기했다. 어머니와 사이가 나쁜 것은 아니라고 한다. 평소엔 부드럽고 좋은데 시험만 치고 나면 얼굴이 확 바뀐다고 했다. 듣고 있으니 다시 그 일이 떠오르고, 서러워서 눈물이 나더란다.

소미는 주고받은 말을 잘 살려 썼고, 특히 주고받은 말 사이사이에 떠오른 속마음이나 마음속으로 한 말을 잘 되살렸다. 글을 읽으면 소미 마음속을 환히 들여다볼 수 있어 좋다.

한 가지 아쉬운 것이 있다면 일이 벌어진 장소가 또렷이 드러나지 않았다는 점이다. 때는 하루를 끝낼 무렵임이 드러났으나, 어디서 벌어진 일인지는 알 수 없다. 엄마가 거실로 불러냈는지, 소미 방에 찾아왔는지, 아니면 식구들이 다 모인 자리였는지.

아이들이 쓴 글을 보면서 느낀 것이 한 가지 있다. 아이들이 글을 짧게 썼는데도 아주 자세하게 썼다는 것을 알 수 있다. 사건 하나를 붙잡아서 이야기를 풀다 보니 자연스럽게 그렇게 된 것이 아닌가 싶다.

후회 문현여고 2학년 황신영

얼마 전에 비가 엄청나게 오던 날이었다. 그날 우산이 없어서 밤이 되면 그치겠거니 하고 오랜만에 늦게까지 야자를 했다.

근데 야자 마치는 종이 쳐도 비는 계속 왔다. 신영이는 엄마한테 데리러 와 달라고 카톡을 해 볼까 했지만, 엄마도 오늘 야간 근무라 밤 9시에 출근을 해야 한다. 그래서 친구 지애랑 중앙현관에 서서 담요를 뒤집어쓰고 친구 집까지 가기로 했다. 지애 집은 가까워 뛰면 5분이면 간다. 지애랑 담요를 뒤집어쓰고 냅다 뛰었다.

그렇게 지애 집에서 우산을 빌리고 버스정류장에서 버스를 기다리는데 엄마에게 카톡이 와 있었다.

"우산은 가져갔나?"

"데리러 갈까?"

"빨리 답장해 줄래?"

20분 전에 와 있었던 것이다. 학교에서 조금만 더 기다렸더라면 편하게 집에 갈 수 있었을 텐데. 후회가 되었다. 엄마에게 답장을 하고 버스를 기다렸다.

근데 20분이 지나도 버스는 오지 않았다. 그냥 택시 타고 갈까 생각하던 찰나 아빠한테 카톡이 왔다.

"이제 택시 타고 퇴근할 건데 교문 앞에 있으면 데리러 갈게"

근데 몇 십 분 기다리던 버스가 온 것이다. 잠시 갈등했다. 하지만 그 순간 버스는 떠났고, 신영이는 다시 학교로 가서 아빠를 기다렸다. 기다리기 추워서 교실에서 기다리는데 아빠한테 다시 카톡이 왔다.

"비 안 오네 그냥 버스 타고 갈게"

신영이는 뭔가 허무한 느낌도 들고, 헛고생 했다는 생각이 들어, 짜증도 나고 울컥하기도 했다. 그래서 우산을 교실에 놔두고 교문 밖으로 나가 사거리 편의점 앞까지 갔는데, 다시 비가 엄청나게 오기 시작했다. 덕분에 비에 홀딱 젖었다. (2015년 10월 12일)

일이 꼬일라치면 이렇게 꼬이는 수도 있구나 싶다. 지나고 나면 털어 버릴 수 있지만 그 당시에는 신영이 기분이 참 안 좋았겠다. 이 글은 일이 벌어진 때와 장소가 아주 또렷하다. 야간자습 마친 밤 9시부터 한 시간 동안에 일어났던 일이고, 학교에서 친구 집을 거쳐 버스 정류장까지 갔다가 다시 학교로 돌아와서 학교 앞 편의점에서 끝났다. 글을 읽다 보면 자기도 모르게 글쓴이를 따라 걷는 듯한 느낌이 든다.

이야기 주인공을 '나'로 내세우는 것과 '나' 대신에 '이름'을 내세우는 것에 큰 차이가 없어 보인다. 이야기하는 사람(서술자)이 바뀌고, 사건과 상황을 바라보는 자리(시점)가 바뀌었는데도 글은 여전히 자기 관점에만 머물러 있다. 시점을 달리 해서 글을 쓰면 남의 처지도 살피게 되고, 남의 마음도 헤아리게 되지 않을까 싶었지만 아직 거기까지는 미치지 못하였다. 다만 글을 쓰면서 제 감정에 휘둘리지 않고, 한발 뒤로 물러서서 자기를 바라볼 수 있었지 싶다.

(2015년 12월 7일)

글을 쓰면서 마음이 자란다

　여기서 이야기할 글 세 편은 모두 한 아이가 쓴 글이다. 첫 번째 글은 지난해 4월에 '자라온 이야기'를 글감으로 썼고, 두 번째 글은 같은 해 12월에 '식구 이야기'를 글감으로 썼고, 세 번째 글은 올 3월에 '아직도 가슴속에 남아 있는 상처'를 글감으로 썼다. 글감은 달랐지만 글을 쓴 해인이는 세 번 모두 아버지 이야기를 풀어냈다. 그만큼 꼭 쓰고 싶은 절실한 마음이 있었다는 말이다.

　나는 여기서, 글을 쓰면서 아이 마음이 어떻게 바뀌어 가는지 살펴보고자 한다. 욕심 같아서는 실제로 생활하는 모습이 어떻게 달라지는지도 살펴보고 싶으나, 거기까지는 힘이 닿지 못하였다. 고등학교라는 사정이 그렇다. 초등학교와 달리 담임교사라 할지라도 아이들과 한 교실에서 하루 함께 보내는 시간이 많지 않다. 더구나 나는 글을 쓴 해인이 담임도 아니었고, 한 주일에 두 번, 국어 공부 시간에 만났다. 그러다 보니, 두 해째 해인이와 공부하고 있지만 속속들이 아이를 관찰하지는 못하였다.

내 일기장

우리 아빠는 완벽주의자였다. 굳이 과거형을 쓴 이유는 지금은 안 그런 게 아니라 좀 덜해서이다.

초등학교 4학년 때였다.

학교에서 일기를 쓰라고 시켰다. 난 일기 쓰는 걸 좋아했다. 친구랑 싸운 일 따위를 쓰면 선생님이 위로와 격려하는 말을 선생님 말씀 칸에 적어 주셨기 때문이다. 그래도 집에서 아빠한테 혼난 일 따위는 쓰지 않았다. 영어 단어를 안 외우고, 중국어 단어를 안 외우고, 한자도 안 외우고, 수학 문제를 안 풀어서 매를 맞고 속옷 바람으로 집에서 쫓겨나는 일 같은 걸 썼다가는 선생님도 나를 게으르다고 생각할 것 같아서였다.

그러다 딱 한 번, 우리 아빠가 참 싫다고 썼다. 아마 이런 내용이었던 것 같다.

"아빠는 나한테 너무 많은 걸 바라는 것 같다. 나는 다 못할 것 같댔는데 아빠는 다 할 수 있다고 했다. 아빠는 나한테 강요만 한다. 왜 아빠는 아빠의 의견만 옳다고 생각할까? 그런 아빠가 이해가 안 된다."

지금 생각하면 너무 유치하지만 그건 내 나름의 SOS 신호였다. 선생님이라도 알아 줘요 하는. 선생님은 "아버지께서 해인이 말을 안 들어 주어서 섭섭했구나. 그래도 해인이 아버지는 해인이를 사랑한단다" 해 주셨다. 마음에 썩 들지는 않았지만 선생님 말씀대로 아빠가 나를 생각해 주어서 그런 거니 내가 이해해야지 뭐, 하고 생각했다. 아주 소심한 내 반항은 그렇게 끝나는 듯했다.

그런데 어느 날이었다. 토요일인가 일요일인가 휴일이었는데 아빠가 날 불렀다. 나는 당연히 갔다. 가자마자 뺨을 맞았다. 딱 뺨을 때렸다긴 뭐 한 게, 나는 작았고 아빠 손은 그에 비해 컸기 때문에 얼굴 반쪽을 그대로 얻어맞았던 것이다.

나는 크게 휘청했다. 뺨과 머리에 진동이 울렸다. 열이 홧홧하게 올랐다. 영문을 몰라 아빠를 쳐다보니 아빠 손에 내 일기장이 쥐여 있었다. 봤구나. 화가 났다. 그래도 가만히 있었다.

"그래 싫더나?"

목소리가 퍽 다정했다.

아빠 얼굴을 힐끔 보니 웃고 있었다.

얼굴을 때린 게 웃긴 일인가. 아니면 한순간 감정을 주체 못해 날린 손이 머쓱해서 그런 건가. 나는 가만히 있었다.

"니 일기장 봤는데, 아빠가 니 중국어 시켜 주고, 영어 학원 보내 주고 하는 게 그래 싫더나?"

수업이 싫지는 않았다. 단지 집에 오면 6시고, 중국어 과외는 9시에서 11시까지 하는데 6시에서 9시까지 그 두 시간을 마음대로 두지 않는 아빠가 야속했을 뿐인데.

나는 고개를 저었다.

"그래, 가 봐라."

문득 의문이 들었다. 왜 아빠는 내 일기장을 마음대로 봤는데, 왜 사과를 하지 않지? 내가 꽁꽁 숨겨 놨다고 생각한 내 이야기가 저렇게 쉽게 보여질 줄 상상도 못했던 나는 왠지 모를 설움이 들었다. 일기장은 나만의 이야기가 아니었구나.

며칠 뒤였다. 나는 그때도 수학을 잘 못했다. 집에서 문제집을 풀다가 틀리는 게 한두 번이 아니라서 아빠가 소매를 걷어붙이고 나를 가르쳐 주셨다. 그때 범위가 분수의 덧셈과 뺄셈이었는데, 아빠는 곱셈 나눗셈까지 가르쳐 주셨다. 통분하는 게 재미는 있었다. 그렇지만 초반에 이해하지 못하자 아빠가 머리를 세게 쥐어박았다. 또 머리가 휘청했다. 머리가 찡하고 눈도 찡했다. 내가 멍청한 것 같아서 슬펐다. 그리고 그날 일기를 쓰려고 책상에 앉았을 때 망설였다.

'아빠가 또 내 일기를 읽는 게 아닐까?'

나는 아빠가 내 머리를 때려서 섭섭했던 일을 쓰고 싶었다. 내 머리를 때리고 웃으면서 이해력이 나쁘다고 한 그 얘기를 쓰고 싶었다. 그런데 나는 그렇게 쓰지 않기로 마음먹었다.

"아빠가 분수 나눗셈을 가르쳐 주셨다. 내가 이해를 못해서 나를 혼내셨지만 아빠가 재미있게 가르쳐 주어서 고마웠다. 이해가 안 되는 나한테 계속 가르쳐 주었다. 아빠는 좋은 선생님인 것 같다."

내가 진짜 멍청한 애가 된 것 같았다. '그건 사실이지만 세계에서 제일 큰 거짓말을 한 애가 된 것 같아.' 하는 생각이 들었지만 그냥 일기장을 덮었다.

지금 생각하면 뭐 그리 대순가.

그 다음 다음날, 아빠가 날 불렀다. 당연히 갔다.

"왜요?"

아빠는 웃고 있었다.

"재밌더나?"

아빠 손에 내 일기장이 들려 있었다.

웃음이 나면서 눈물이 났다. '왜 그러는 거예요?' 말이 목 아래서 웅웅 댔지만 난 속삭이듯 울렁거리는 목소리로 "네." 했다.

"다음에도 할까, 수업?"

"네."

손을 뻗었다. 아빠가 일기장을 건네 주셨다. 나는 웃으면서 받았다. 팔이 흔들, 흔들, 흔들…… 로봇 같았다.

나는 내 방에 들어가 문을 살짝 닫았다. 책상에 앉아서 일기장을 폈다.

"해인이는 좋은 아버지를 두었구나."

선생님 말씀.

나는 책상에 엎드렸다. 더 이상 내 일기장은 없는 것 같았다.

(2013년 4월 10일)

앞서 말했듯이, 이 글은 해인이가 고등학교 들어와 처음 쓴 글이다. 3월 한 달은 뜸을 들이면서 선배들이 쓴 '자라온 이야기' 글을 읽어 주었다. 그러다가 4월 들어서 날을 잡아 자기 이야기를 써 본 것이다. 교실에서 시작은 했지만, 글을 한 시간 안에 마무리 짓지 못해 다음 시간에 내는 아이가 많았으나, 해인이는 한 시간에 다 써서 냈다. 자기 이야기를 생생하게 담은 글이라, 해인이한테 허락을 얻어서 다른 반에 가서 읽어 주기도 했다. 글공부하는 데 아주 좋은 맛보기 글이 되었다. 그 뒤 이 글은 교지에 실어서 전교생이 읽기도 했다.

해인이 글을 읽고서, 이것이야말로 어른들이 모르는 아이들의 세계구나 싶었다. 초등학교 4학년 때 일을 이렇게 또렷이 기억하고 있다는 것은, 그만큼 해인이 마음속에 응어리가 컸다는 말이다. "더 이상 내 일기장은 없는 것 같았다." 이 말에 아픔이 고스란히 담겨 있다. 손톱만큼도 아버지에게 존중받지 못해, 자기 존재감을 송두리째 잃어버린 빈껍데기 같은 느낌이었겠지. 아니면 얼음 녹듯 자기가 사르르 녹아내리는 느낌이었을까. 글을 읽으면 해인이의 아픈 마음이 그대로 전해 오는 듯하다.

해인이 기억 속에 아버지라는 존재는, 도무지 알 수도 없고 이해할 수도 없는 폭군이다. 글에서는 "완벽주의자"라 썼다. 나를 조금도 이해해 주지 않을 뿐더러 내가 이해할 수도 없는 그런 사람이다. 기억 속에서만 그런 게 아니라 글을 쓰는 지금도 그렇다는 말이다. 그런 아버지를 그다음 글 '유리 조각'에서는 "범죄자" "죄인"이라 말한다.

유리 조각

부끄러운 이야기다.

초등학교 때 있었던 일기장 사건은 표면적으로 별 거 아닌 일이었다. 그때 아빠는 우울증 때문에 늦된 질풍노도의 시기를 겪고 계셨으니까. 아빠가 내 주는 숙제를 미루다 한 번 걸리는 날엔 우리 집은 한바탕 뒤집어졌었다. 거짓말이 들통 날 때도 그랬다. 집밖에 쫓겨나기도, 잠긴 베란다 문 바깥에서 이불을 펴고 자기도 했다. 잠이 와 머리가 어찔해질 정도로 오래 벌을 받기도 했고, 내가 치마를 입지 않는 게 다행이다 싶을 정도로 다리가 울긋불긋해지기도 했다. 그러나 그것들은 나와 내 동생이 중학교에 올라가면서 안정되어 가는 아빠의 신경처럼 사그라들어 갔다.

아빠는 나와 내 동생의 유년을 사과해 왔지만 그건 진짜 사과처럼 우리의 악감정 아래서 파삭 깨졌다. 모르는 건 아빠뿐이었다. 내 동생과 나에게 아빠는 언제나 범죄자였고, 죄인이었다. 그러나 아빠는 더 이상 내가 어렸을 때 그랬던 것처럼 큰 죄는 짓지 않았다. 가끔씩 던져지는 날카로운 말들이 겨우 씹을 거리가 되었다. 그러다 제법 큰 일이 있었다. 그날은 그냥 평소와 같은 아침이었다.

솔직히 말하면 그날 아침에 어떤 이야기가 오고갔던지는 기억이 나지 않는다. 원인은 평소와 같은 문제였지만 아빠는 유독 날카로웠고, 나도 날카로웠다. 우리는 말을 칼처럼 쥐고 싸웠다. 아니지, 싸웠다는 말이 무색하게 나는 일격에 쓰러졌다.

"학교 그만둬!"

아빠는 중요한 사안에 있어서 절대 거짓말을 하지 않았다. 비록 그게 나에게만 중요할지라도. 학생증은 쓰레기통에 파묻혔고 아빠는 엄마에게 학교 전화번호를 물었다. 잠시 말이 오가고 아빠의 언성이 높아졌다. 결국 엄마는 번호를 내 주었다. 엄마는 출근했고, 학교 봉고차는 이미 떠났을 터였다. 아빠는 유순한 목소리를 흉내 내며 전화를 했다.

"애 자퇴시키려는데, 어떻게 해야 합니까?"

행정실 업무는 아닌 모양이었다. 아빠는 수화기 너머로 흘러나오는 번호를 입으로 외웠다. 다시 전화를 걸었다.

"아, 보호자만 할 수는 없습니까, 네, 그럼 애 데리고 가겠습니다."

아빠는 날 보고 말했다.

"가자."

정신이 없었다. 혼란스럽고 말 것도 없이 머리가 희게 빈 듯했다. 나는 아빠의 하얀 경차를 타고 학교에 갔다. 난 이제 어떻게 하지? 자퇴하면 대학은? 대학이 대순가, 내가 하고 싶은 일을 할 수나 있을까……. 다른 애들이 지긋지긋해하며 올랐을 등굣길을, 나는 아빠와 자퇴서를 내러 오르고 있었다. 그러면서도 지각이네 생각하는 내게 헛웃음이 나왔다.

신발을 신고 건물에 들어섰다. 아빠가 "너희 담임선생님 어디 계시노?" 했을 때 나는 체념했고 그냥 대답했다.

"일단 저리로 가야 돼요."

복도에 무거운 발자국소리 두 개가 허망하게 울렸다. 나는 아빠를 보고 걸었다. 그러다 아빠가 멈춰 섰다. 나도 따라 멈췄다.

"할 말 없나?"

나는 그게 마지막 기회라는 걸 직감했다. 이런 일이 여태껏 한두 번은 아니었으므로. 다만 고등학교가 초등학교, 중학교와는 다르다는 것을 알고 있었기에 나는 망설임 없이 말했다.

"잘못했어요."

"뭐가."

나는 줄줄줄 읊었다. ……하면 안 됐는데, 저도 ……하다 보니, 어쩌고 저쩌고. 눈물은 나지 않았다. 내가 늦게나마 교실에 들어갈 수 있을 거라는 확신이 있었다. 그래, 내가 맞았다. 나는 그날 교실에 웃으면서 들어갔다. 왜 늦었어? 하는 물음에 아침에 집에서 문제가 생겨서, 하고 웃을 수 있었다.

나는 그 일이 보호자로서 권리를 가진 아버지의 횡포라 여겼다. 아빠가 내게 잘못을 저질렀다고 생각했다. 그 일은 말라 가는 악의의 싹에 오랜만의 단비가 되었다.

그런 일이 있던 날이 올해 8월이었다. 큰 사건이었지만 유별날 건 없었다. 나는 아빠가 이전에 그랬듯 화를 내고 포기 각서를 쓰게 하는 일련의 행동들이 내게 죄를 짓는 일이라고 생각했다. 나는 그걸 견디는 피해자고 아무렇지 않게 넘겨주는 성자였다.

넉 달 뒤 추워지고, 덩달아 크리스마스 시즌이 되었다. 이브라고 학교를 일찍 마쳐 친구랑 카페에 갔다. 우리밖에 없었고 나는 축 늘어져 있었다. 커피, 라떼, 다 먹어치우고 해가 뉘엿뉘엿 넘어갈 때 나는 내 친구에게 아빠 이야기를 했다.

"나 초등학교 때 아빠 진짜 심했어. 우울증 있어서. ……답이 1인 문제였는데, 난 그때 그 답을 몰랐지. 이해 못했거든. 근데 아빠가 자꾸 답이 뭐냐고 묻는 거야. 계속 오답을 말했지. 결국엔 매로 맞았어. 그래서 쎈 문제집 아직도 별로 안 좋아해."

사실 그건 아빠 '이야기'가 아니었다. 오히려 험담이었지. 곪았는지 아물었는지조차 희미한 초등학교 때 얻은 상처를 헤집어 되새김질하고, 그 자리에 없는 아빠를 찌르는 말이었다. 욕설은 없었지만 가책은 남았다. 음울하게 가라앉은 기분이 해가 지니 도리어 풀리고 있었다. 그저 정신 사납게 따가운 해가 사라져서인지 내가 뱉은 끈적한 덩어리 때문인지 모르겠기에 뭔가 얹힌 듯 속이 무거웠다. 카페에 사람이 점차 많아졌다. 우리는 카페를 나왔다. 왠지 몸 상태가 별로였다.

나는 집으로 가는 버스에서 아빠를 생각했다. 사실은 아빠의 죄를 생각했다. 우리 아빠가 내게 무슨 잘못을 했는지. 피해자가 되는 것은 생각보다 편한 일이다. 내 발치에 앉아 용서를 구하는 가해자에게 죄를 사해 주면 되니까. 싫으면 말면 그만이니까. 문득 동화 '눈의 여왕'이 생각났다. "모든 것을 흉측하게 보게 만드는 거울이 산산이 깨져 인간 세계에 떨어지고 그 조각이 박힌 사람들은 모든 것을 나쁘게 보게 되었다"로 시작하는 이야기.

'나한테도 그 조각이 박혀 있나.'

잠깐, 아주 잠깐 생각이 들었으나 재빠르게 지워 냈다. 잘못은 아빠에게 있는 거야.

크리스마스 날, 결국 나는 호되게 앓았다. 머리가 지끈지끈하고 배도 아팠다. 아무도 없는 집에서 두 시간을 아파서 앓고, 다섯 시간을 잤다. 잠에서 깨니 저녁이었고 가족들이 와 있었다. 저녁을 먹고 게으르게 컴퓨터를 하다가 아빠에게 잔소리를 들었다. 제법 따끔했다. 방에 들어가 앉아 있었다. 문이 열렸다. 아빠였다.

"해인아, 기분 많이 상했나."

일상적인 잔소리였다. 새삼 기분 상할 것도 없었다. 나는 아빠를 물끄러미 봤다. 아빠는 웃고 계셨다. 왜 웃지, 내 방에서 나가 줬으면. 불쾌감 같은 긴장으로 가슴이 울렁거렸다.

"기분 나빠 하지 마라. 그래도 요즘 니 혼자서 잘 하길래, 어제 술자리에서 니 자랑 좀 했다."

문득 숨이 턱 막혔다. 원인을 생각할 겨를도 없이, 아빠랑 있으면 유독 그랬듯 눈물이 미친 듯이 나왔다. 고일 새도 없이 턱턱 떨어져 내 속을 마구 난도질했다. 정말 이상했다. 홍수가 난 듯한 내 눈도 이상했고 아빠도 이상했다. 아빠는 이런 말을 할 사람이 아니었는데.

"내 딸, 하고 싶은 일 찾아서 열심히 한다고."

어제 저녁에 나는 내 친구와 카페에 있었다. 내가 상처를 되새김질하고 후벼 파며 아빠를 가해자로, 나를 피해자로 만들고 있던 그때, 아빠는 그런 말을 했다고 했다. 웃기게도 나는 일순 머릿속이 하얗게 맑아지는 것을 느꼈다. 나는 사기극을 벌인 것이었다. 1인 2역의 자작극이었다. 아주 오랫동안 지속해 온. 초등학교 때 맞은 매가, 폭언이 그렇게 쉽게 사라질 것 같냐는 고집 하나로 끌고 온 쇳덩어리가 결국 나였다. 아빠는 기억나지 않는 몇 마디를 더 하고서야 내 방을 나갔는데, 나는 부끄러워 마냥 바닥만, 내 손만 내려다보았다.

아빠는 나를 상처 입혔다. 내가 초등학교를 다닐 땐 우울증에 걸려 있었고, 그 손은 가볍지만 힘이 셌다. 중학교에 올라가고 나서는 우리가 서로를 상처 주며 살았다. 그 무렵 깨진, 아빠가 깬 유리를 손으로 주웠던 그때 나는 유리조각을 삼켰나 보다. 동화에서 나왔던 그 거울 조각이 박히듯이 그랬나 보다. 삼키고 언젠가 뱉어 그걸로 누군가를 찌르려 했던 모양이다. 나는 그걸 아빠가 내민 손이 비어 있던 걸 보고서야 알았다. 내가 삼키고 아빠가 내게 먹였다고 뒤집어씌우려 했던 모양이다. 치졸한 자작극이었다.

나는 삼켰던 유리조각을 뱉어냈다. 오래된 상처를 곪게 만든 주범이었다. 거기엔 피가 잔뜩 엉겨 있었지만 더 이상 내 상처를 베지는 않을 것이다. (2013년 12월 29일)

지난 한 해 동안 해인이와 공부했지만, 이 글을 읽기 전에는 해인이에게 이런 자퇴 소동이 있었는지 전혀 몰랐다. 키가 자그마하고 공부 시간에 눈이 초롱초롱한 아이다. 말수는 적지만 얼굴은 언제나 밝은 웃음을 짓고 있다. 국어 공부를 잘했다. 글쓰기를 좋아하면서 삶을 담은 자기 이야기를 잘 풀어냈다. 다른 아이들이 어렵다고 엄살 부리는 국어 시험도 백 점을 받곤 했다. 공부 마치고 다른 아이들이 학교에서 보충수업과 야간자습을 하는 시간에 해인이는 그림 학원을 다녔다. 옆에 동무들 말을 빌면 그림을 아주 잘 그린다고 한다. 지난해 교지 표지 그림도 해인이가 그렸다. 그림 쪽으로 대학 진로를 정해 놓았다고 그랬다.

글에 보면, 아버지가 술자리에서 친구들에게 딸 자랑을 좀 했다고 말하는 대목이 나온다. 보통 아버지라면 해인이는 늘 칭찬 듣고 사랑 받으면서 자랐을 터이다. 그런데 해인이 아버지는 그렇지 못하다. 해인이 아버지는 오래전부터 우울증을 앓아 왔고, 자기감정을 조절 못해 그 화살이 늘 해인이와 해인이 동생에게 향했던 것 같다. 그것은 해인이에게 감당하기 힘든 아픈 상처를 안겨 주었다.

그렇지만 이 글 '유리 조각'은 앞에 글 '내 일기장'과 다른 점이 있다. 횡포를 일삼는 아버지는 죄인이었고, 자기는 그런 아버지에게 늘 당하기만 해 왔다는 생각에서 놓여났다. 아버지를 원망하기만 하다가 이제는 자기를 돌아보게 된 것이다. 한발 물러서서 자신을 가만히 들여다보고, 자기 생각이 틀에 갇혀 있다는 것을 알아차리게 된다. 딱 들어맞는 비유인지는 몰라도, 아버지로 향하던 날카로운 유리 조각이 자기를 비추는 거울로 바뀌었다고 할까.

친구를 만나 아버지 험담을 늘어놓고 돌아오는 버스 안에서, 동화 '눈의 여왕'을 떠올리고, 세상을 나쁘게만 보게 하는 유리 조각이 나한테도 박혔나? 하는 생각을 아주 잠깐 한다. 그다음 날 아버지한테 "어제 술자리에서 니 자랑 좀 했다" 하는 말을 듣고는 아버지가 이런 말을 할 사람이 아닌데 이상하다고 여긴다. 그러면서 자기를 돌아보게 된다. 초등학생 때는 아무 말 못 하고 당하기만 해 왔지만, 중학생 무렵부터는 자기도 아버지와 똑같이 상처를 입혔다. 그런데 그것을 모두 아버지 탓으로 돌렸다. 아버지는 가해자고 나는 피해자라는 보호막을 쳐 놓고 자기 합리화를 해 왔던 것이다. 그것을 두고 해인이는 "자작극" "사기극"이라 말하고 있다. 모든 것을 나쁘게만 보게 하는 '유리 조각'을 아버지가 내게 먹였다고 뒤집어씌웠는데, 그게 아니라 내 스스로 삼켰다는 사실을 깨닫는다.

좋은 여행

얼마 전 일이다.

아빠와 나에겐 풀리지 않는 고질적인 문제가 있었다. 아빠는 지나치게 사소한 일에 폭발한다. 그러면서 나에게 엄마 아빠를 전혀 존중 안 한다는 말을 한다. 그런 일은 정말 사소하다. 예를 들면, 식탁에 내 물건을 올려놓는다거나, 학원 숙제 때문에 동생 방에 컴퓨터를 11시 이후까지 쓴다거나, 12시 이전까지 자지 않는다는 것들이다. 나는 그렇게 자주 폭발하는 아빠가 이해가 되질 않았다. 그래서 아빠한테 항상 따지고 들곤 했다.

그날도 나와 아빠의 서로 다른 성격들이 마찰하다 불이 붙은 날이었다. 솔직히 모든 싸움이 그렇듯 발단은 너무 사소해서 기억도 잘 나지 않는다. 아빠는 나에게 의무도 다 하지 않으면서 권리를 주장한다고 말했고, 벽 한 면을 꽉 채운 책장을 엎었다. 내 안경이 날아갈 만큼 오지게 뺨을 맞았다. "삼천만 원 줄 테니 나가라. 학비는 지원해 줄 테니까 이걸로 너랑 나랑은 남이다. 알겠습니까, 서해인 씨?" 하는 말을 듣고 흰 종이를 건네받았다. 부녀 관계를 끊는다는 말이 적혀 있었다. "내가 부르는 대로 쓰세요." 하는 아빠 말에 따라 글을 쓰고 이름을 쓰고 사인을 했다.

왜 용서를 빌지 않았냐고? 그렇게 말할 수 있는 것은 당신이 우리 집을 모르고, 내가 아니기 때문일 거다. 나는 내가 집을 나가는 게 정말 온 식구에게 도움이 될 거란 걸 잘 알고 있었다. 엄마는 나에게 외할머니 집에 가 있으라며 트렁크를 꺼내 왔다. 내일이 개학이니 교복, 얼마나 있을지 모르니 사복, 아끼는 책, 일기장, 미술 도구, 생필품 모은 것들이 그 안에 차곡차곡 들어갔다. 내가 정을 두어 갖고 가고 싶은 물건들은 고작 이게 다구나 싶어 웃음이 픽 났다. 아빠는 거실에 누워 있고 나는 집을 나왔다. 엄마가 인사하라기에 "안녕히 계세요." 하고 나왔다.

할머니는 저녁에 갑자기 찾아온 나를 보고 당황스러워하시며 안 쓰는 방 하나를 내어 주셨다. 엄마는 갔고 나는 전기장판에 누워 '좋다'고 생각했다. 우습게도 눈물 한 방울 나오지 않았다. 그저 올 게 왔구나 싶었고, 내일 지각하지 않을까 그 걱정만을 하며 잠이 들었다.

이튿날 학교엔 늦지 않았다. 2학년 새 담임선생님은 만만해 보이고 바지핏이 스루핏인 남자 쌤이었다. 그 선생님은 가족관계 칸이 있는 종이를 나누어 주었다. 나는 그 종이를 망연히 바라보았다. '부'에 아빠 이름을 써야 하나. 벌써 호적에서 팠으려나. 그 '가족관계'라는 말이 날카로웠다. 내가 감히 손대도 되는 건가. 펜끝을 댔다가 뗐다가 결국 이름을 썼다. 왜 그랬는지는 모르겠다. 아마 아직 호적에서 안 팠을 거야 싶어서 그랬겠지. 그날은 '관계'란 말을 참 많이 들었다. 평소 같았으면 그냥 흘러갈 낱말이 자꾸만 자꾸만 박히고 날 후벼 팠다. 문학 시간에 구자행 쌤이 내가 좋아하는 책 '어린 왕자'가 관계를 주제로 한 거죠, 했을 때 정말 기분이 거지 같았다. 기분전환으로 책이나 읽어야지 싶어 도서실에 갔더니 기행문이 눈에 들어왔다. 잡고 반쯤 뽑았다가 도로 넣었다. 도망치는 것 같아서. 그렇다고 '어린 왕자'를 빌릴 생각 따윈 없었다.

학교에서 야자를 마치고 밤늦게 할머니 집에 돌아왔을 때, 상 위엔 저지방 우유와 고구마 두 개가 얹혀 있었다. 외할머니와 난 도대체 뭐길래 이토록 나를 챙겨 주시는가? 먹으면서 할머니에게 없는 애교를 부리며 고맙다고 했더니, 옆에서 할아버지가 "저렇게 착한 애를 쯧쯧" 그랬다. 외할머니와, 관계와, 고구마, 착한 애……. 나는 방에 들어와 이불에 고개를 처박았다. 도대체 관계가 뭐야? 존중이 어떤 거야?

우습게도 잠자리가 다르다고 내 몸은 6시만 되면 깼다. 집으로 돌아오는 버스가 지나는 정거장이 조금 더 많아지고, 아침에 깼을 때 추운 것 말고는 다를 게 없는 나날이었다. 오히려 편하기까지 했다. 물건이야 웬만한 건 다 들고 왔고, 필요하다 싶은 건 동생에게 가져다 달라고 부탁했으니. 다만 머릿속은 뜨거웠다. 그건 할머니 집에 감도는 차가운 공기도 식히지 못하는 거였다. 머리가 뜨겁든 말든 시간은 잘 갔다.

애들이 "그래도 니 집에 들어가야지. 언제 가는데?" 하고 물었다. '혈연이 별건가?' 싶어 그냥 웃고 말았는데, 그날 아빠가 찾아왔다. 집 나온 지 나흘째 밤이었다. 나는 병든 닭처럼 꾸벅꾸벅 졸고 있었다. 습격처럼 아빠의 목소리가 현관문을 비집고 들어왔을 때, 나는 이미 깨어 있었지만 눈은 그냥 감고 있었다. 할머니가 나를 깨우고, 아빠가 웃는 낯으로 내 방에 들어와 앉았다. 나는 아빠와 눈이 마주치지 않도록 얼굴을 돌렸다.

"괜찮니, 좀."

"……."

"아빠가 생각을 많이 해 봤다."

아빠, 아빠라니. 그 각서, 흰 종이는 불태우셨나. 삼천만 원과 관계를 맞바꾼 그 마법의 종이를? 나는 그냥 아무 말 않았다.

아빠는 할 말이 많은 듯했다.

"아빠가 요즘 심리 치료를 받고 있다. 의사가 나보고 관계를 끊으려고 만 한다고, 그러지 말라 그랬는데…… 니랑 이번에…… 그랬지."

"……"

"아빠가 어렸을 때 상처가 많았다. 아버지는…… 그러니까 느이 할아버지는 우리한테 무관심했고, 나는 느이 할머니가 싫었다. 첫째 형이 나를 개 패듯 팼는데 엄마는 형 편만 들었거든. 둘째 형은 사업 말아먹고 이리저리 돈 빌리고 다닐 때, 아빠는 공부하던 거 접고 취직해서 너희 할머니 용돈 드렸다. 버는 거 반은 드렸지. 그러니까 느이 엄마랑 살 때 돈을 못 모았고. 근데 엄마가 주선(둘째 형)이가 주해(아빠)보다 낫다 그러더라. 아빠 너무 섭섭했다. 그래서 뵈러 가지도 않고 용돈도 안 드렸지. 니도 알제? 명절 때만 되면 아빠 한동안 여행 다녔던 거. 그러다 얼마 전 할머니 집 문 앞에서 소리 막 질렀다. 그때 나한테 왜 그랬냐고. 미안하다 그러시더라."

아빠는 그 이후로 말이 없었다.

나는 눈을 내리깔았다. 속이 답답했다. 먹먹했다. 관계가 뭐라고. 아빠랑 내가 무슨 사이라고. 도대체 관계가 뭐길래. 아빠가 불쌍했다.

아빠는 논리 없는 말을 잘 했다. 트집도 잘 잡았다. 아빠는 화를 내며 말을 했고, 나는 아빠의 무논리를 잘 파고들었다. 아빠가 틀렸어. 내가 맞아. 어렸을 땐 아빠가 날 바보 취급했지만 아빠도 현명하진 않을 걸, 하고 아빠의 묵은 고집을 베어 버리려 했다. 사실 그 고집은 아빠의 방패였다. 덜 상처받으려고 나에게 들이미는 칼날이었다. 아주 무른 칼.

아빠가 떠났다. 나는 그냥 앉아 있다가 풀썩 누웠다. 묵묵한 잠에 휩싸였다. 그 사이엔 아빠의 말이 촘촘하게 박혀 있었다.

토요일. 10시쯤에 엄마가, 데리러 갈 테니 짐 싸고 있으라고 전화를 했다. 나는 낮잠도 자고 공부도 하면서 시간을 보냈다.

해가 지고 흰색 경차가 도착했다. 캐리어를 끌고 나가는 내게 할머니가 "좋은 여행하고 가네." 그러셨다. 나는 웃었다.

엄마, 아빠, 동생은 어딜 가던 길이라 나 먼저 집에 내렸다. 원래 내 생일이었던 집 비밀번호가 바뀌어 있었다. 문을 열고 들어간 그곳에는 훈훈한 식구의 공기가 흘렀다. (2014년 3월 24일)

바로 앞에 글 '유리 조각'은 지난해 12월에 썼고, 이 글은 올 3월에 썼다. 석 달이 지났고, 고등학교 1학년이던 해인이가 2학년이 되었다. 글을 읽어 보면, 해인이 마음도 크게 바뀌었다는 것을 알 수 있다. 아주 사소한 일로 아버지와 다투었고, 그 일로 집에서 쫓겨나 외할머니 집에서 지낸다. 나흘 만에 찾아온 아버지가 어린 시절 상처를 이야기하고, 해인이는 그 이야기를 듣고서 아버지를 이해하고 용서하는 마음을 내게 된다. 아버지가 사소한 일에도 폭발하고, 생트집을 잡고, 논리에 안 맞는 고집을 부리고 하는 것이 어릴 적 상처 때문이었다는 것을 알게 된 것이다. 상처를 덜 받으려는 아버지의 방패였구나 생각하니 아버지가 참 불쌍하다고 했다.

이 글만 보면, 해인이 마음이 크게 달라진 것이 아버지 살아온 이야기를 듣고서 그런 것 같지만, 사실은 앞에 글 '유리 조각'에서 그 바탕이 마련되었다고 본다. 아버지를 죄인, 범죄자, 가해자라 심판하면서 모든 잘못을 아버지 탓으로 돌리는 자기를 보았던 것이다. 용서할 줄 모르는 사람은 남을 있는 그대로 봐주지 못한다. 끊임없이 심판하려 들기 마련이다. 용서하지 못하는 이유를 대서 정당화해야 제 마음이 편하니까. 그런데 해인이는 그런 틀에 갇힌 자기 생각을 알아차렸던 것이다.

한발 물러나 가만히 자기를 들여다보고, 틀에 갇힌 자기 생각을 알아차리고, 그리하여 아버지를 이해하고 용서하는 마음을 낸 해인이의 놀라운 힘은 어디서 나왔을까? 나는 그것이 바로 글쓰기의 힘이라 생각한다. 쓸거리를 찾고 정하는 단계에서, 쓸거리를 생각하고 정리하는 가운데서, 실제로 글을 쓰면서, 쓴 글을 읽고 함께 이야기 나누는 과정에서 자기도 모르게 자라는 힘이라 믿는다. (2014년 7월 15일)

이야기하기 교육

국어 시간 교실에 들어가서 아이들과 인사를 나누고 나면, 교과서
공부에 앞서 나는 자리를 비켜 주고 대신 그날 이야기를 준비해 온
아이가 앞으로 나와서 이야기한다. 학교에 오며 가며 겪은 이야기나,
학교 밖에서 동무들과 지낼 때 있었던 일이나, 자라온 이야기 가운데
한 도막이나, 식구들이나 동무들한테 들은 이야기 같은 바로 자기들
이야기를 풀어 놓게 하였다. 내가 교과서를 들고 수업을 하면 엎어져
자던 아이도 자기 동무 이야기에는 귀를 기울인다. 생생하게 살아 있
는 바로 자기들 이야기라 귀담아듣고 그 이야기 속으로 끼어들기도
하고, 이야기를 재미있게 잘하는 아이보고는 하나 더 하라고 조르기
도 한다. 자기 차례인데 미처 이야기를 준비 못 해 오거나 시시한 이
야기를 하면 반 동무들한테 원망을 들어야 한다. 그러니 내가 챙기지
않아도 자기들끼리 알아서 잘한다.

처음 몇 번은 그냥 듣고 넘겼다. 그런데 몇 번 듣다가 보니 한번 듣
고 흘려버리기엔 참 아깝다는 생각이 들었다. 그래서 녹음기를 들고
들어갔다. 이야기는 남이 귀담아들어 주기만 해도 신이 나는 법인데

자기 이야기를 녹음해서 담아 둔다고 하니 더 신이 나는 모양이다. 아이들 이야기를 들으면서 나도 모르게 아이들 이야기에 빠져들기도 했다. 아이들과 참 많이 웃었다. 아이들과 한바탕 웃고 나면 교과서 공부도 술술 잘 풀려 나간다.

나는 주로 아이들 이야기를 들어 주는 쪽이지 지도한 것은 거의 없다. 내가 이야기를 어떻게 하라고 열을 내어 설명하는 것보다 자기 동무가 해 주는 생생하게 살아 있는 이야기 한 자리가 더 효과가 있었다. 다만 무슨 연설하듯이 폼 잡고 하지 말라고 했다. 평소 동무들한테 이야기할 때같이 자연스럽게 하라고. 그리고 늘 쓰는 자기 말과 자기 목소리로 이야기하라고 했다. 그랬더니 아이들이 "존댓말 써야 돼요?" "반말해도 돼요?" 하고 물었다. 그것도 하고 싶은 대로 해라 그랬다.

이렇게 교실에서 이야기판을 벌이다가, 가을이 되면 그 가운데 이야기를 잘한다 싶은 아이들을 따로 모아서 교내 이야기대회를 연다. 반마다 한두 사람씩 이야기꾼이 나오고, 몇몇 반은 방청석에 앉아서 이야기를 재미있게 들어 준다. 교내 대회에서 뛰어난 아이는 전국중고등학생 이야기대회 부산 예선에 내보낸다.

아이들 글을 정성껏 읽어 주는 것이 가장 좋은 글쓰기 지도 방법이듯이, 아이들 이야기를 귀 기울여 들어 주는 것이 가장 좋은 말하기 지도다. 그리고 이야기는 조용한 가운데 한껏 분위기를 돋우어서 해야 맛이 난다. 큰 강당에서 하면 분위기가 한데 모이지 않아 이야기하기가 힘들다. 큰 교실이나 의자가 있는 작은 강당이 제격이다.

녹음한 아이들 이야기를 다시 들어 보고 제법 이야기를 잘 풀어 놓았다 싶은 것은 모두 입말 그대로 옮겨 적어서 문집에 실어 주었다. 그 가운데 몇 편 소개해 볼까 한다.

1학년 4반에 김우형입니다. 저는 중학교 3년, 중학교 마지막 겨울방학 때 있었던 일을 이야기할라 하는데요. 제가 겨울방학 때 뱃살이 좀 많이 나왔거든요. 그래서 제가 살을 좀 뺄려고 사직야구장 홈플러스 새로 생긴 데에 스쿼시를 배우러 다녔는데요. 제가 거기에 저 혼자 다녔거든요. 그래서 친구도 없고 해서 거기서 친구도 좀 사귀야겠다 생각하고 딱 갔는데, 저랑 굉장히 성격이 비슷한 친구가 한 명 있었어요. 활발하고. 그래서 그 친구랑 친해질라고 약간 오버도 하고, 친해질라고 막 옆에서 친한 척하고 이래싸갖고 좀 친해졌거든요. 그 친구랑 전화로 불러내서 피씨방도 가고 또 스쿼시 끝나고 같이 목욕도 하고 뭐 이런 식으로 같이 놀았는데 이제 스쿼시 하는 날이 마지막 날이 되었거든요. 이제 헤어져야 되잖아요. 그러니까 이제 못 만나잖아요. 그래 제가 전화번호를 물어봤거든요. 친구한테. (여자예요?) 아니 남잔데요. 예, 그래갖고 그 친구 전화번호 적고 그 친구도 적고. 제가 만약에 그 친구가 고등학교 올라가서 축제가 되면 제가 갈 수 있을 것 같아서 그 친구 학교를 물어봤어요. 예, 학교를 물어봤는데, 그 친구가 자신 있게 과학고라는 거예요. 그런데 그 친구는 생긴 걸 보니까 굉장히 공부 잘하게 생겼어요. 그래서 저도 그걸 믿었거든요. 설마 해서 임시 소집일 언제 했냐 물어보니까 자신 있게 딱 대답하는 거예요. 우아, 대단하다.

저 친구 대단하다. 이래 생각하고 있었는데 그 친구도 인제 저한테 학교를 물어본 거예요. "야, 니 무슨 학콘데?" 이렇게 딱 하니까, 저도 이제 오늘 보고 말 건데 좀 멋있게 나가보자 이래갖고 저도 국제고라 했거든요. 예, 저도 멋있게 국제고라 했어요. 그래서 그 친구가 제가 국제고라 하니까 처음에 안 믿는 눈치였는데 제가 또 거짓말 잘하거든요. 그래서 거짓말로 어떻게 속여서 그 친구를 믿게 했어요. 예, 그래서 저는 이제 그 친구와 헤어지고 이렇게 1학년 돼갖고 고등학교로 올라왔는데, 그 과학고 간 친구가 제 짝지였습니다.

(부산상고 1학년 김우형 2004년 11월 18일 교내 이야기대회)

한 아이는 과학고로 간다고 하고 또 한 아이는 국제고로 간다고 했는데, 고등학교 입학하고 보니 부산상고에서 둘이 만났다. 그것도 같은 반이 되어 짝지로 만난 것이다. 이야기의 반전이 참 좋다. 우형이와 친구 승현이는 3년 동안 정다운 친구로 지내다가 졸업했다. 이야기는 사람 마음을 풀어 주는가 하면, 또 사람과 사람을 이어 주어 서로 한데 어우러지게 하기도 한다. 그래서 진정한 소통을 이루는 힘을 지녔다.

제가 병원에 입원해 있었을 때 일인데 제가 고1 때 귀 수술을 해서 병원에 있었습니다. 그때 중앙병원에 입원해 있었는데 중앙병원에 계시는 분이 우리 어머니 친구라서 저는 특실에 저 혼자 입원해 있었습니다. 거기 두 명이 쓰는 특실을 저는 저 혼자 누워 쓰고 있었는데 편안히 누워서 텔레비전도 보고 잘 놀고 있었는데 맨날 제가 닝겔을 맞고 하는데 어느 날 간호사가 아닌 다른 사람이 들어왔습니다. 보면 병원에 실습을 나오는 간호학원 학생들이 있는데 모두 예쁘고 키도 크고 다 그런데 제 병실에도 실습생 한 명이 배정되었습니다.

맨날 주임 간호사가 들어오다가 그날은 그 실습생이 제 병실에 들어왔는데 닝겔을 갈아 주러 들어왔습니다. 닝겔병이 다 됐으니까 그걸 빼고 제 팔에 이제 닝겔을 꽂으려고 팔을 걷었는데 이 간호사가 실습생이라서 그런지 제 핏줄을 찾지를 못하고 한 10분 동안 여기저기를 뒤지다가 바늘을 찔렀는데 바늘을 찌르는 순간 다른 간호사들은 찌르면 물약이 잘 들어가는데 이 간호사는 찌르는 순간 피가 호스를 따라 쭈욱 역류를 해서 올라가더니 닝겔병까지 올라갈려고 하는 겁니다. 그래서 간호사가 놀래서 어머! 어머! 그러면서 호스를 손으로 탁 쳤는데 순간 호스가 바늘에서 빠지면서 피가 밖으로 쫙악 분출해 나오기 시작했습니다. 피가 그냥 나오는 게 아니라 이게 동맥 혈관에 찔려 있으니까 그대로 벽면에 피가 쫙악 뿌려지면서 벽에 쫙악 피무늬가 그려졌는데 그런데 간호사는 그러면 호스를 다시 꽂아 줄 생각을 해야 되는데 휴지를 뽑아 벽만 닦고 있는 겁니다. 그래가 제가 간호사를 보고 이거 안 꽂아 주냐고 물어보니까 제 말을 듣지도 못하고 계속 벽만 닦고 있었습니다. 그래서 그냥 제가 호스를 잡아서 꽂고 약을 조절했습니다. 그러니까 나중에 간호사가 그제서야 정신을 차리고 "죄송합니다" 말을 하더니 밖으로 나갔습니다.

그리고 거기서 저 혼자 생각할 때 저 간호사한테 걸리면 고생 좀 하겠구나 생각을 했는데 얼마 뒤 혈압을 재러 누가 들어왔는데 또 그 간호사가 들어왔습니다. 그런데 지금까지 혈압을 재면은 여기(팔뚝) 묶는 걸로 묶어 놓고 한 번 바람을 넣은 다음에 바로 얼마라고 적고 나가는데 그 간호사는 여기(팔뚝)를 묶더니 한 열댓 번을 바람을 넣었다 뺐다 넣었다 뺐다 그러더니 한참 재고 나서 맥박 한 번 잡았다가 시계 보고 또 한 번 쟀다가 맥박 잡고 시계 보고 하더니 간호사가 근 40분 동안 혈압을 쟀습니다. 한참 40분 동안 혈압을 재고 겨우 이 판에다가 뭘 적고 나가더니 조금 있으니 주임 간호사가 같이 들어왔습니다. 그러더니 주임 간호사가 다시 혈압을 재더니 그 간호사 머리를 판대기로 슬쩍 때리면서 "40이나 높잖아?" 그러면서 머리를 한 대 쳤습니다. 그러자 간호사가 또 저보고 "죄송합니다" 그러고 나갔습니다.

그리고 그날 저녁이 거의 다 됐을 때 제가 주사를 맞았는데 그 간호사가 주사기를 들고 들어왔습니다. 그래서 내심 불안한 마음에 뭔가 좀 느낌이 불길했는데 아니나 다를까 지금까지 늘 닝겔병에 놓던 주사를 갑자기 저보고 엉덩이를 내라고 그러는 겁니다. 아, 지금까지 닝겔병에 계속 맞았는데 왜 엉덩이를 맞아야 되는지 이유를 몰랐는데 그래도 일단 주사를 맞았습니다. 그리고 간호사가 나갔는데 조금 있으니까 오른쪽 다리가 뭐가 뻣뻣해 오기 시작하는데 영 느낌이 이상했습니다. 나중에는 무릎을 굽히고 싶어도 무릎이 굽혀지지 않고 엉덩이부터 돌처럼 딱딱해지더니 움직일 수가 없었습니다. 그래서 제가 실습생을 부르니까 주임 간호사가 같이 올라오더니 상황을 보더니 알고 보니까 그 주사가 옆방 환자에게 놔야 될 주산데 제가 맞았다는 것입니다. 그래서 저는 근 두 시간 동안 기다렸다가 겨우 다리가 풀렸는데……

(부산고 2학년 류영진 2001년 11월 9일)

영진이가 한 시간 내내 이야기하는 바람에 이날 교과서 공부는 못하고 말았다. 이야기가 길어 다 옮기지 못하고 줄였다. 정작 큰일은 뒤에 일어난다. 귀 수술을 해서 귓속에 박힌 고름주머니를 들어내는데, 이때는 주사 마취가 아니라 호흡 마취를 했다. 그런데 마취 담당이 또 그 실습 간호사였다. 고름주머니를 들어내자 피가 엄청나게 나오기 시작했고, 피를 보자 실습 간호사는 어쩔 줄 몰라 흥분하기 시작했고, 피가 저렇게 많이 나는데 얼마나 아플까 싶어 호흡 마취 하는 손잡이를 쭈욱 올리게 되었고, 영진이 몸은 돌덩이처럼 굳어 갔다. 수술하던 의사가 칼 닿는 느낌이 달라 돌아보았을 때는 이미 한발 늦었던 것이다.

만약 영진이가 이 이야기를 글로 썼더라면 어땠을까? 이만큼 이야기가 길어지지도 않았고 재미도 덜했지 싶다. 듣고 있는 아이들이 모두 이야기 속으로 빨려 들고 여기저기서 웃음보가 터져 나오자, 이야기하는 영진이도 덩달아 신이 나서 시간 가는 줄 모르고 한 시간 동안이나 이야기가 이어진 것이다.

아이들 이야기를 가만히 들어 보면, 입말은 문장으로 이어 가는 글말과 또 다른 질서를 지니고 있다는 것을 알 수 있다. 글말과 달리 입말은 짧은 말마디로 이어 간다. 문장으로 따지면 말이 안 되지만, 말마디로 자연스럽게 이어 가는 것을 보면 입말은 입말대로 참 오묘한

질서를 지녔구나 싶다. 그것을 섣불리 글말 질서를 가지고 지도하려 들어서는 안 되겠다. 그리고 입말로 하는 이야기는 '꾸미는 꼴'보다 '푸는 꼴'을 더 많이 쓴다.*

⑦ 옛날에 젊었을 때 남편을 잃고 아들이랑 며느리랑 같이 사는 한 할머니가 살고 있었어.

⑭ 옛날에 한 할머니가 살았는데 그 할머니는 젊었을 때 남편을 잃고 아들이랑 며느리랑 같이 살고 있었어.

⑦는 꾸미는 꼴이고 ⑭는 푸는 꼴이다. 우리 옛이야기를 살펴보면 말법이 모두 푸는 꼴이다. 말을 할 때 꾸미는 꼴로 하면 듣고 있기가 여간 답답하지 않다. 그런가 하면 푸는 꼴은 마치 얼레에서 연실이 풀려 나가듯 시원시원하다. 영진이가 한 이야기 한 도막을 살펴보자.

제가 병원에 입원해 있었을 때 일인데/ 제가 고1 때 귀 수술을 해서 병원에 있었습니다./ 그때 중앙병원에 입원해 있었는데/ 중앙병원에 계시는 분이 우리 어머니 친구라서/ 저는 특실에 저 혼자 입원해 있었습니다.

영진이 말법은 푸는 꼴이고 짧은 말마디로 이어 간다. "병원에 입

---

* 서정오《옛이야기 되살리기》보리, 2011년, 76쪽~80쪽 참조.

원해 있었다"는 바탕말을 먼저 해 놓고, 왜 입원해 있었는지, 그 병원이 어느 병원인지, 어떤 병실에 있었는지, 차례로 풀어 나간다. 이것을 글로 썼더라면 아마 이렇게 썼지 싶다.

저는 고1 때 귀 수술을 하게 되어 우리 어머니 친구 분이 계시는 중앙 병원 특실에 저 혼자 입원해 있었습니다.

이야기하기에 앞서 미리 대본을 써서 외워 오는 아이들 말법이 대개 이렇다. 달달 외워서 티 안 나게 감쪽같이 외워 왔어도 이야기를 듣는 아이들과는 따로 겉도는 느낌이다. 이야기는 이야기대로 푸는 가락이 있는데, 이야기하는 사람이나 듣는 사람이나 그 가락에 올라타지 못하고 만다.

제가 해 드릴 이야기는 '장인뿐인 줄 아나'라는 옛날이야기입니다. 한 농사꾼이 장에 갔다 오는 길에 중 한 사람을 만났는데 그 중이 큼지막한 보따리를 들고 신바람을 쌩쌩 내며 걸어가기에 "스님께서 무엇을 사 가지고 가십니까?"라고 물으니, "오늘 장에 좋은 양고기가 나왔지 뭔가. 갖은 양념 쳐서 구워 먹으려 사 간다네." "아니, 스님께서도 고기를 드십니까?" 농사꾼이 깜짝 놀라 이렇게 물으니, 중이 몹시 당황했던지 얼버무린다는 것이 "아니 누가 고기를 먹고 싶어서 먹나. 절에 좋은 술이 있지 뭔가. 술안주로야 양고기가 제일이지. 그래서 조금 샀다네." 이러는구나. "그럼 스님께서도 술을 드시나요?" 농사꾼이 더 놀라서 이렇게 물었겠다.

중은 또 실수했구나 싶었던지 얼른 둘러대는데, "아, 그게 아니라 절에 손님이 와 계시지 않겠나. 중이야 술은 안 먹지만 손님 대접까지야 안 할 수야 없지 않은가?" "그렇군요. 어떤 손님이신지 귀한 분인가 보군요?" 농사꾼은 고개를 끄덕이고, 한고비 넘긴 중은 입에서 신바람이 나는구나. "귀하다마다. 오랜만에 장인이 오지 않았겠는가." 듣고 보니 점입가경이라 농사꾼이 되물을 수밖에. "아니 방금 장인이라고 하셨습니까?" "장인뿐인 줄 아나. 장모도 와 있는걸." "예에, 그게 정말입니까?" 중이 그제서야 아차 했는지 말꼬리를 슬쩍 돌리는데, "이 사람아, 중이라고 농담도 못 하나. 나와는 인연이 있는 사람들인데 집에 좀 시끄러운 일이 있다는 소문을 듣고 찾아왔다네." "아아, 그렇군요. 산중에 절에도 시끄러운 일이 있다니 믿기지 않는데요?" 또 한고비 넘긴 중이 가만히 있으면 좋을 것을 어디 입이라는 게 가만히 있으려고 붙어 있는가. "골치 아픈 일이라네. 글쎄 마누라하고 첩하고 대판 싸움이 붙었지 뭔가. 오죽했으면 장인 장모가 담판을 내겠다고 그 먼 데서 찾아왔겠는가?" "예에, 첩이라고요?" "이 사람아, 누가 첫째 첩 가지고 그러는 줄 아나. 얼마 전에 얻은 둘째 첩이 말썽이라네. 지금도 대판 싸우고 있을지 모르니 나는 어서 가 봐야 되겠네." 중이 이러고 앞에 성큼성큼 가더라. 이상입니다.

(부산상고 황영학 2004년 11월 17일 교내 이야기대회)

영학이는 이야기대회에 나와 우리 옛이야기를 했다. 그런데 책에서 읽은 옛이야기를 그대로 외워서 마치 글 읽듯이 했다. 이야기할 내용을 미리 글로 써 오지 말라고 그렇게 일렀는데 어쩌다가 한두 명이 미리 써 오는 경우가 있었다. 써 온 것을 보고 읽거나, 슬쩍슬쩍 보면서 말하거나, 외워 와서 쓴 대로 따라가면서 말하거나 모두 이야기 맛이 죽어 버렸다. 생생한 맛이 없고 듣는 아이들과 따로 노는 느낌이 들었다. 굳이 말을 유창하게 잘할 필요가 없다. 좀 더듬거려도 그것대로 맛이 나고 뜨음뜨음 어눌하게 해도 그것대로 맛이 난다. 제 각기 자기 목소리를 살려서 말하도록 도와주어야 한다. 마치 군대 보고하듯이 씩씩하게만 말하는 아이들도 있는데 귀에 거슬렸다.

중1 여름방학 때 사촌 형하고, 사촌 형들하고 밀양에 있는 송백강에 놀러 갔었단 말이야. 준비 다해서 차 타고 도착했는데 장마철이라서 사람 별로 없데. 일단 텐트 치고 바로 물에 들어갔단 말이야. 거기 강 수심이 좀 깊어갖고 잠수하면서 놀았거든. 한참 놀고 있는데 내 레이더 망에 존나이 잘 빠진 누나들이 딱 들어오데. 그래 보니까 고2쯤 보이는 누나들인데. 좋아갖고 그 누나들 주위에서 빙빙 돌면서 놀았거든. 계속 놀다가 누나들 나가데. 그래 나도 나가갖고 수박 좀 먹어 보라고 갖다 주었거든. 갖다주니까 누나들이 막 좋아하면서 잘해 주데. 그래갖고 누나들하고 같이 밥도 먹고 수영도 같이하고 놀았거든. 나중에 밤이 돼 갖고 잘라고 하는데 누나들이 다슬기 잡으로 가자데. 그래갖고 통 하나 들고 후라쉬 들고 수심 좀 얕은 곳에 가갖고 잡고 있었는데 내 신발이 자꾸 벗겨지갖고, 신발이 벗겨지갖고 떠내려가데. 강 물살이 좀 세

갖고 빠르게 떠내려가는기라. 나는 수영을 하고 쫓아가고 있었는데, 발을 헛디디갖고 물에 빠졌단 말이야. 물살이 세갖고 나도 떠내려가데. 그런데 차마 그 누나들 앞에서 쪽팔리게 살려 달라고 못 하고. 쪽시러워서 될 대로 되라는 식으로 떠내려갔거든. 컴컴하고 막 아무도 없고 막 정말 쫄데. 내가 처음에 떠내려온 곳이 저 강 상류 쪽이었는데 떠내려오다 보니까 강 하류 쪽까지 왔데.

그런데 갑자기 옆에서 마악 누가 잡아땡기는 거라. 난 막 귀신인 줄 알고 죽을 똥 살 똥 하고 막 도망갈라 했거든. 그런데 누가 옆에서 "큰 거다 큰 거. 이거 함 잡아 봐라." 이라데. 보니까 밤낚시 하는 아저씨들 같데. 알고 보니까 그 바늘, 낚싯바늘이 내 옷에 걸리갖고 막 내가 끌리가고 있는 거야. 막 불쌍한 표정 지으면서 계속 막 힘 주고 있었는데, 아저씨들이 막 이상하게 느꼈는지 막 후라쉬 비차 보데. 그래가 내 모습 보고 그 아저씨 기절해갖고 119 불러갖고 실리 갔거든.

그다음에 그 아저씨 우째 되었는지 모르고. 다음 날 돼갖고 날씨가 좀 꾸리하데. 천둥 번개 막 치고 막 폭우 쏟아지고 그라데. 사촌 형들하고 텐트 안에 있었는데 갑자기 텐트가 막 구르데. 한 세 바퀴 굴렀는데 구르는 동안 내 자갈에 부닥치갖고 쌍코피 막 흐르데. 완전 개판이었거든. 텐트 좀 약하게 치갖고. 누나 쪽도 마찬가지일 거 같데. 그래갖고 비 맞으면서, 비 맞으면서 그 철수하고. 결국은 1박 2일 만에 집으로 돌아왔거든. 그런데 그때 그 누나들 중에 한 명하고 사촌 형하고 눈 맞아갖고 아직까지 사귀고 있다. (부산고 1학년 장기준 2000년 4월)

재미난 이야기일수록 이야기를 듣는 중간에 더러 끼어들기도 한다. "뭘 봤는데?" "좀 조용히 하고 듣자" "뭔데? 빨리 말해라" 하면서 추임새를 넣어 준다. 기준이가 이야기할 때도 아이들은 기준이 이야기에 사로잡혀, "뭐라고, 누나들이랑 같이 잤다고?" "아! 은근히 웃기네" 하면서 자기도 모르게 불쑥불쑥 한마디씩 내뱉었다. 방해하기보다 오히려 흥을 더해 준다 싶어 막지 않는다. 드문 일이긴 하지만 간혹 다른 아이 이야기를 듣고 나서 자기도 비슷한 경험을 이야기하고 싶다고 손들고 나오는 아이도 있었다.

기준이는 몸짓이나 얼굴 표정을 지어 가며 온몸으로 이야기했다. 낚싯바늘에 걸려 끌려갈 때, 안 끌려가려고 버티는 자세와 그때 표정까지 되살려 보여 주기도 했다. 녹음한 이야기를 옮겨 적으면서 그것까지 다 살릴 수는 없었다. 글로 옮긴다는 것은 벌써 듣는 사람이 아닌 읽는 사람을 생각하고 있기에 입말에서 한 걸음 떠나서 글말 쪽으로 기울어진 것이다. 아무리 잘 붙잡아 적는다고 해도 이야기하는 사람이 말하는 사이사이에 잠깐 뜸을 들이는 거라든지 목소리에 실린 감정 같은 것은 도저히 잡아낼 수가 없었다.

저는 제 친구 중학교 때 일을 얘기해 드리겠습니다. 중학교 때 제 친구 학교 선생님 중에서 그 기독교 그거를 아주 믿는 선생님이 계셨는데, 애들 보기만 하면 맨날 기도를 해 주는 그런 선생님이 있다고 하였습니다. 하루는 제 친구 반에 들어와서 제 친구의 친구에게, 성깔이 좀 있는 앤데 그 애한테 기도를 해 주겠다고 뭐 하느님 아버지 뭐 축복이 어쩌고 그런 말을 하고 있는데 내 친구의 친구가 "아이 또 시작이가." 막 이랬는데 여선생님이 하는 말이 "이런 악의 무리 같으니, 하느님의 축복을 받지 못한다." 막 이래 말했습니다. 그래 그 친구가 나가면서 하는 말이 "에이씨, 나무아미타불." 이라면서 나갔다는 그런 얘기가 있었습니다. (부산고 2학년 이민우 2002년 6월 4일)

그게 아니고 민우가 한 이야기를 제가 다시 하겠습니다. 주현이라는 제 친구가 있었는데 그 친구는 성격이 다혈질이고 성질이 더럽고 양아치였습니다. 그래서 어 우리 중학교 때 영어 선생님이 절실한 기독교 신자셨는데, 학교에서도 선생님을 하시고 교회에서도 선생님을 하셨습니다. 그래서 저도 맨날 복도에서 마주치기만 하면은 "경택아, 시간 있니?" 이래서 양호실로 끌고 가서 이상한 종이 쪼가리를 주시면서 예수를 믿으라면서 매일 저에게 강요를 하였습니다. 저는 복도에서 그 선생님을 마주칠 때마다 매일 피해 다녔는데, 일요날에도 저에게 교회에 나올 것을 요구하였습니다. 저는 그래서 마지못해 교회에 갔다가 빨리 왔었던 일이 있는데.

주현이라는 친구가 3학년 때 저랑 같은 반이었습니다.

수업 시간에 갑자기 예수 얘기가 나와서 주현이가 흥분한 나머지 선생님에게 "저 미친년 또 시작한다." 이랬는데, 주현이가 그렇게 사알 말했는데 선생님이 들은 것 같았습니다. 그래서 선생님이 와서 뭐라 했느냐 하면서 이렇게 꼬치꼬치 캐물었는데 "아아, 꺼지라." 이라면서 아주 심하게 반항을 하였습니다. 선생님도 너무나 흥분을 하여서 주현이의 뺨을 후려쳤습니다. 그러자 주현이는 너무나도 흥분한 나머지 가방을 들고 팍 뛰쳐나가는 거였습니다. 선생님도 너무 화가 나서 이렇게 멍하니 서 있는데, 다시 나갔다가 들어와서 하는 말이, 아 아닙니다. 아닙니다. 그래 주현이가 그어 반항을 하고 가방을 메고 나갈려고 하자 그 선생님이 이렇게 말했습니다. "예수의 이름으로 물러나라. 이 사악한 것아." 이렇게 말씀하셨는데 그 친구가, 그 친구가 나가면서 그 말을 들었는데 다시 그어 뒷문으로 들어오는 것이었습니다. 들어와서 하는 말이 "미친년 지랄하네. 나무아미타불 관셈보살이다." 이렇게 말했습니다. 그러자 선생님은 화가 너무 나 있었는데 그 말을 듣고 너무 황당해서 선생님이 웃어 버렸던 이야기가 있습니다.

(부산고 2학년 이경택 2002년 6월 4일)

같은 이야기를 두 아이가 했다. 앞에 이야기한 민우는 친구한테 들은 이야기를 옮겼고, 뒤에 이야기한 경택이는 자기가 바로 옆에서 지켜본 일을 말했다. 경택이 이야기가 훨씬 자세하다. 민우 이야기를 듣고 나서 그게 아니라고, 다시 해 보겠다고 자청해서 앞으로 나왔다.

시를 쓸 때는, 어느 때 어느 자리에서 본 한 장면을 또렷하게 그려서 써야 한다. 언제나 겪는 일처럼 쓰면 시가 안 된다. 그런데 이야기는 속살을 빠뜨리지 않고 자세하게 말해야 한다. 누구와 부딪힌 일인지, 언제 어디서 일어난 일인지, 무슨 일이 벌어졌고, 그 일이 왜 일어났는지, 그래서 어떠한 곡절 끝에 어떻게 결말이 났는지 빠짐없이 말해야 한다.

요즘도 교실에서 아이들에게 이 이야기를 들려주곤 한다. 그러고는 주현이랑 선생님 두 사람 중에 누가 더 잘못한 것 같으냐고 물어본다. 아이들은 모두 주현이 편을 든다. 자기 학교에도 그런 선생님이 있었는데 정말 괴로웠다면서. 그런가 하면 선생님을 변호해 주는 아이도 있다. 아무리 그래도 선생님인데 너무 심한 거 아니냐고.

저는 그냥 얘기 하나 해 드리겠습니다. 얼마 전에 시골에 사는 사촌 형이 우리 집에 왔습니다. 그래가지고 우리 어머니가 "니 뭐 제일 먹고 싶노?" 그러니까 "피자요" 그랬습니다. 그래가지고 어머니께서 저에게 돈을 주셔서 가까운 피자집에 가서, 피자집에 갔습니다. 그러니까 형이 가자마자 직원에게 "피자 줘" 하는 것이었습니다. 그래가지고 직원이 "예에~" 그러니까 "아! 빨랑 피자 줘" 그러는 것이었습니다. 그래가지고 직원이 "아니 피자 종류에는 이것이 있고 저것이 있고 여러 가지가 있습니다. 그러니까 여기서 고르세요." 그러니까 "아! 그냥 피자 줘" 그러는 것이었습니다. 그래가지고 제가 피자를 살라면 피자 이름을 말해야 된다고 하니까 "아! 그러면 제일 비싼 걸로 줘" 그래가지고 시켰습니다. 피자 제일 비싼 게 좀 큰데, 그것을 마지막까지 다 못 먹었습니다. 그래가지고 형이 하는 말이, "니 이거 다 못 먹겠제. 우리 이거 집에 들고 가자." 그러면서 갑자기 후라이팬을 막 들고 피자집에서 나가는 것이었습니다. 그래가지고 그 사람 많은 데를, 그냥 그 피자 후라이팬을 들고 집까지 왔습니다. 아직도 그 후라이팬이 우리 집에 있습니다. (부산고 1학년 유정민 1999년 5월 10일)

아이들 이야기를 들어 보니 끝말이 "~것이었습니다"가 많았다. 우리 옛이야기를 보면 끝말이 아기자기하다. 요즘 글말처럼 "~다" 하나로 끝맺는 경우가 없다. 이야기를 들려주는 사람이 이야기에 끼어들어 참견하기도 하고, 듣는 사람에게 묻기도 하고, 앞말을 받아 되감아 나가기도 한다. 옛이야기에서 이야기를 풀어내는 가락을 배우면 좋겠다.

① 끝말: "~할 판이야" "~한다네" "~하더래" "이러더란 말이야" "~했네" "이러더래"

② 끼어들기: "~하겠다는데 누가 마다할 리가 있나" "아, 이런단 말이지" "큰일이 나긴 났지 뭐" "그러니 기가 찰 노릇이지" "아닌 게 아니라 가니까 뭐가 있어" "참 기가 막히거든" "아, 듣고 보니 예삿일이 아니야" "들어 보니 참 딱하거든" "에라 모르겠다, 그냥 갔지" "일이 딱하게 된 거야" "그러니 이거야 원"

③ 묻기: "제정신이겠어?" "그러니 답답할 것 아냐?" "그러니 도리가 없지. 뭐 어쩌겠어?" "안 그러면 어떡할 거야? 엎질러 논 물인 걸" "그게 어디 쉬운 일인가?"

④ 되감기: "밤이 이슥해지더래. 이제 밤이 이슥해지니까" "겨우 목숨을 건져서 또 가는데, 가다 보니" "쌔가 빠지도록 온다. 쌔가 빠지도록 오다가, 오다가 중간에" "사람이 문을 열면 구리가, 지동 같은 구리가" "죽어도 못 가게 허네. 못 가게 혀. 못 가게 허고 나를 잡고 허는 말이"

이야기는 지닌 속성이 쭈욱 늘어서 풀어 놓는 것이다. 그래서 이야기하는 사람 마음속에 맺힌 것을 풀어 준다. 억울한 마음도 풀어 내고, 실수해서 부끄러운 마음도 풀어 주고, 잘못해서 죄스런 마음도 풀어 주고, 혼자 간직하기엔 아까운 가슴 벅찬 마음도 풀어 준다. 그리고 그런 이야기를 듣는 사람 마음까지도 함께 풀어 주는 재미와 맛이 있는 듯하다.

아이들이 쓴 글을 읽어 보아도 아이가 보이고 아이들이 어찌 사는지 알 수 있지만, 아이들 이야기를 듣다 보면 글쓰기와 또 다르게 아이들이 보이고 아이들 곁으로 한 발짝 다가서는 느낌이다. 아이들끼리도 그렇지 싶다. 이야기하는 아이는 자기 이야기를 풀어 놓으니 신이 나서 좋고, 듣는 아이들은 같이 웃기도 하고 이야기에 끼어들기도 하면서 동무의 새로운 면을 느끼니 좋은 모양이다.

녹음해 둔 아이들 이야기를 옮겨 적으면서 이런 생각이 들었다. 우리 아이들이 말을 어떻게 하고 사는지 참 관심을 가져 보지 못했구나. 말하기 지도란 바로 아이들이 나날이 쓰는 말에서 시작해서 말을 가꾸고 삶을 가꾸는 쪽으로 나아가야 하는데, 우리는 그러지 못했구나. 말하기조차도 틀에 박힌 이론을 앞세워 지식이나 기능으로 가르치려 들었구나. 한번 걸러서 나온 글말보다 생생한 입말이 아이들 삶과 더 가까이 있구나. 아이들 입말을 그대로 담았다가 다시 들어 보고 또 그것을 글로 옮겨서 공부거리로 삼으면 좋겠구나.

(2004년 12월 9일)

젊은 국어 교사에게 보내는 편지

"국어 시간에 뭐 하니?"

이 물음은 듣기에 따라 여러 뜻으로 들립니다. 아이가 옆에 동무한테 "이번 국어 시간에는 뭐 할까?" 묻는 말일 수 있고, 아버지가 아들한테 "국어 시간에 뭐 배우니?" 하고 묻는 말일 수 있고, 국어 교사가 옆에 국어 교사한테 "국어 시간에 뭐 가르쳐요?" 하고 묻는 말일 수도 있겠지요. 그렇지만 저는 젊은 국어 교사가 "국어 시간에 뭘 가르쳐야 하나?" 하고 던지는 물음이면 좋겠어요. 이 책을 엮으려고 글을 쓰면서, 또 써 놓았던 글을 다시 손질하면서, 마음속으로 제가 줄곧 말을 건 사람은 젊은 국어 교사였거든요.

왜 하필 젊은 국어 교사냐구요?

이 책에 말해 놓은 알맹이는 전국국어교사모임 연수 '쓰기' 모둠에서 젊은 국어 교사들과 몇 차례 이야기 나누었던 것입니다. 그때 모둠에서 서로 이야기 나누면서 느낀 게 있었어요. 여러 젊은 교사들이 아이들과 글쓰기를 하고는 싶은데 첫발을 어떻게 떼야 할지 몰라 머뭇거리거나, 글쓰기를 실천하고는 있지만 내가 하는 것이 제대로 가는 길인지 궁금해한다는 것. 그런 젊은 교사들이 곳곳에 더 있겠다 싶었고, 그분들에게 말을 걸어 보고 싶었어요.

저도 젊은 시절, 첫발을 어떻게 떼야 할지 머뭇거리다 한국글쓰기교육연구회 문을 두드렸고 거기서 이오덕 선생님을 만났어요. 그 뒤로 20년 가까이 아이들과 글쓰기를 하며 지내 보니 이보다 더 귀하고 좋은 공부가 없다 싶어요. 글쓰기는 참 재미나고 즐거운 놀이입니다. 그것을 젊은 교사들과 나누고 싶은 마음입니다.

방금 제가 글쓰기가 참 재미나고 즐거운 놀이라 했는데, 공감하시나요? 아마 대부분 그렇지 않을 거예요. '글쓰기' 하면 거부감부터 먼저 일어날 겁니다. 교사가 재미없어하고 거부 반응이 일어나는데 아이들이라고 다를까요?

그럼, 글쓰기를 재미있게 가르치려면 어떻게 해야 할까요?

먼저 교사가 글을 써야 한다고 말하고 싶어요. 스스로 글을 써 보지 않고 아이들더러 글을 쓰라 할 수 있을까요? 교사가 마음을 담아 쓴 글을 읽어 주면 아이들 눈이 빛납니다. 제가 쓴 교실 일기를 들려 주면 숨죽이고 듣습니다.

우리가 아이들과 지내는 교실은 온갖 이야기가 쏟아져 나오는 이야기 곳간입니다. 아이들 말에 조금만 귀 기울여 보세요. 정말 놓치고 싶지 않은 아이들 말과 아이들의 귀한 이야기를 듣고 보게 됩니다. 그 이야기를 붙잡아 기록해요. 글을 쓸 때는 욕심부리면 안 돼요. 여러 일을 보고 듣고 겪었더라도 한 가지만 붙잡고 써야 합니다. 하나를 쓰고 그래도 꼭 쓰고 싶은 게 또 떠오르면, 제목을 달리 해서 하나 더 쓰면 되지요.

내 글쓰기 동무 탁동철 선생이 쓴 글을 같이 읽어 보아요.

가을비가 끝없이 온다. 유리창에 물방울이 또록또록 맺혔다. 산 아래 개울까지 내려온 단풍도 춥다. 내 마음도, 아이들 마음도 춥다.

공부 시간에 왜 이런 문제도 모르냐고 나는 딱딱한 얼굴로, 사랑 없이 말했고 아이는 한숨을 쉬었다.

책가방 메며 내 곁에 와서 작은 소리로 "선생님, 이제 수학 잘할게요" 겨우 그 말을 하고 꾸벅 인사하고 밖으로 나가는 여자아이. 아니야, 그게 아니야. 미안해.

나는 창가에 두 팔을 짚고 서서 추덕추덕 내리는 빗속을 걸어가는 아이 뒷모습을 바라보았다. ('미경이' 탁동철 2001년 11월《달려라, 탁샘》)

어때요? 글을 읽으면 나도 이런 글을 쓰고 싶어, 하는 마음이 살그머니 일지 않나요? 줄글로 써 놓았지만 그림 같고 시 같지요. 탁 선생은 "선생님, 이제 수학 잘할게요" 하는 아이 말을 놓치지 않고 붙잡았지요. 이런 말을 들어도 무심코 넘기는 수가 많아요. 아이 말에 마음이 오래 머물러야 붙잡게 되지요. 미경이 말에 마음이 머무니까, 거기에 내가 딱딱하게 내뱉었던 말도 겹쳐지고, 추덕추덕 빗속을 걸어가는 미경이 뒷모습을 바라보는 내 미안한 마음도 겹쳐지지요. 탁 선생이 남다른 재주가 있어 이런 글을 쓴 게 아닐 겁니다. 아이를 보는 따뜻한 눈길을 지녔고, 그래서 미경이가 한 말에 마음이 오래 머물렀기에 이런 좋은 글이 나왔을 거예요.

아이들에게 글쓰기를 잘 가르치기 위해서 우리 스스로 글을 써야 한다고 말하지만, 글을 써야 하는 또 다른 까닭이 있어요. 바로 자기 발전입니다. 어떤 분야에서건 제아무리 재주가 뛰어나다 하더라도 꾸준하게 기록하는 사람을 당해 낼 재간은 없어요. 기록하지 않고는 발전에 한계가 있는 듯해요. 인류 문명의 역사를 보면 알 수 있어요. 인류 문명은 글자를 만들어 쓰기 전에는 원시 상태 그대로 평행선을 긋다가, 글자를 만들어 쓰고 나서부터 놀라운 발전을 이루어 냈지요. 오늘날 우리가 누리는 과학기술 문명도 바탕은 글자에서 비롯한 거지요. 조금만 생각해 보면 그 까닭을 알 수 있어요. 정보와 지식을 담는 그릇인 책은 글자 없인 불가능하잖아요. 인류 문명의 역사가 그렇다면 한 개인의 삶도 마찬가지라 생각해요. 글을 쓰면서 사는 사람과 한평생 말로만 사는 사람은 삶의 결이 다를 수밖에 없지요. 글을 쓰다 보면 하루하루 나를 살펴볼 수 있고, 그래서 더 나은 교사가 되게 하지요. 아이들과 지내는 이야기를 써 놓으면 참 귀한 글이 됩니다.

글을 쓰면 쓸수록 글쓰기가 참 즐거운 일이란 걸 몸으로 느낄 수 있을 거예요. 그런데 쓰는 것만으로도 즐겁지만, 나누면 즐거움이 더하지요. 누군가 내 글을 읽고 공감해 주면 그것같이 신나는 일이 없어요. 제가 처음 교실 이야기를 썼을 때, 부산글쓰기모임 동무들이 함께 읽어 주었지요. 돌아보면 그것이 글을 쓰게 하는 힘이 되었어요. 함께 나눌 동무가 마뜩잖으면 아이들에게 읽어 주어도 좋아요. 저는 내 글을 아이들과 나누기를 좋아해요. 아이들이 좋은 글동무들이지요.

교사가 먼저 글을 쓰고, 글쓰기에 재미를 느끼고 나면 이번에는 아이들 차례입니다. 글쓰기에 앞서 마음 써야 할 일들이 여럿 있어요. 보기 글 읽어 주기, 아이들하고 서로 마음 열기, 무엇이든 말할 수 있는 민주적인 교실 만들기 같은 것이지요. 하지만 무엇보다 중요한 것은 아이들 글을 귀하게 여기는 마음입니다. 아이들이 글을 다시 쓰고 안 쓰고는 여기에 달렸어요. 아이들 글을 좋아하고, 아이들 말을 귀 기울여 들어 주면 아이들은 꾹꾹 참아 왔던 자기 이야기를 거침없이 쏟아 내지요. 아이들이 무엇이든 말할 수 있게 하는 힘은 아이들 글을 귀하게 여기는 마음이라 생각해요.

점심시간에 운동장을 걷다가 젊은 교사들을 만나면 가끔 던지는 물음이 있어요. "교실 문을 열고 들어설 때 가슴이 뛰나요?" 다들 고개를 저어요. 가슴이 답답하다고도 하고, 선생 노릇 하기 힘들다 그래요. 그러면 또 묻지요. "처음 발령받았을 땐 가슴이 뛰지 않았어요?" 그랬던 것 같다고 아주 먼 옛날 이야기하듯이 고개를 끄덕여요. 그러고는 되받아 묻지요. "선생님은 뛰나요?"

어디 저라고 별다르겠어요. 그렇지만 저는 아이들과 글쓰기를 할 때는 정말로 가슴이 뜁니다. 아이가 쓴 글을 읽다가 감정을 주체 못해 슬그머니 일어나 혼자 걸었던 적도 있고요, 아이가 쓴 글을 가지고 교실로 갈 때는 발걸음부터 달라요. 아이들 글을 읽어 주고 아이들과 이야기 나누면서 참 많이 웃었어요. 함께 눈물 흘리기도 하고요.

"글을 쓰게 하는 것보다 더 좋은 인간 교육이 있는지를 나는 모른다. 글쓰기보다 더 나은, 아이들을 지키고 가꾸는 교육이 있는지 나는 모른다. 내가 40년 동안 아이들과 살면서 여기에 정신을 판 까닭이 이러하다."

한평생 글쓰기에 온 힘을 쏟았던 이오덕 선생님 말씀입니다. 그래요. 글쓰기는 참 좋은 사람 공부지요. 사람다운 마음을 지니게 하고, 사람다운 사람으로 자라게 하는 공부. 아이들이 제 삶의 주인으로 살아가게 하는 공부이기도 해요. 그렇지만 그것은 아이들만 하는 글쓰기가 아니라 우리 자신이 아이들과 함께 자라는 글쓰기라야 가능한 일이지요.

이 책을 읽고서 '아이들과 글쓰기를 해 봐야겠다' '나도 이렇게 아이들과 지내는 이야기를 기록해야지' 하는 마음이 들었나요? 그랬으면 하는 마음으로, 내보이기엔 모자라고 부끄러운 이야기를 펼쳐 보였습니다.

고맙습니다.

2016년 5월 구자행